친구 여동생이 나한테만 짜증나게 군다

vol. 8

작가
미카와 고스트
일러스트 토마리

© tomari
10년 후에도,
다시 떠올리고 싶어질 것이다.

교토 수학여행편, 돌입!

온천에서,
소녀들의 사랑이 불꽃을 튀기다.

"츠키노모리 양과
사귀는 게 아니라면……
나와 단둘이 돌아다녀도,
윤리적으로 아무 문제 없잖아."
비일상 속에서 좁혀지는 거리.
카게이시 미도리,
그녀의 진심 어린 승부가 시작된다.

"——가자."
© tomari

CONTENTS

친구 여동생이 나한테만 짜증나게 군다

vol. 8

미카와 고스트 지음
토마리 일러스트
이승원 옮김

000 ····· 지난 권의 줄거리 ·····

억지 친분 사양, 여친 사절, 친구는 진정으로 가치 있는 한 명만 있으면 된다. 『청춘』의 모든 것은 비효율적이며, 가혹한 인생 레이스에서 살아남기 위해서는 낭비를 극한까지 줄여야 한다— 한때 그런 신조를 가슴에 품고 살던 나, 오오보시 아키테루의 앞에 두 명의 모친이 막아섰다.

한 명은 친구 여동생의, 모친. 그와 동시에 텐치도 사장이기도 한 코히나타 오토하, 사회에서 쓰는 이름은 아마치 오토하.

다른 한 명은 여친의, 모친. 그와 동시에 허니플레 사장 부인, 겸, 대배우인 츠키노모리 미즈키.

보통내기가 아닌 W마더의 맹공에 《5층 동맹》이 나아갈 방향성부터 사적인 연애사까지, 노도와도 같은 인정사정없는 공격을 받으며 유린당한 나는 이리저리 마구 휘둘렸다.

그런 와중에 허니플레의 콘솔 게임 사업의 호조 및 더욱 폭넓은 일반층 취향의 게임을 확충하려 하는 업계의 풍조에 나는 위기감을 느꼈다. 현재의 『검은 염소』의 DL수로는 승부가 안 될 거란 점을 깨닫고 동료들에게도 결의 표명을 했으며, 숫자를 늘리기 위해 온갖 수를 쓰려 획책했다.

하지만, 그것은 실수였다.

내 결의에 부응하려던 무라사키 시키부 선생님, 본명 카게이시 스미레는 학교의 통상 업무에 수학여행 준비까지 떠맡게 되어 업무량이 늘어났는데도 불구하고 일러스트 작업을 무리하게 진행하다 건강을 해치고 말았다.

그것은 스미레가 건강 관리를 허술하게 한 탓이 아니며, 마시로가 내 의지를 스미레에게 전하며 무리한 소리를 한 탓도 아니다.

전부 내 탓이었다. 내가 사적인 일을 내팽개치고 전력을 다했기에, 동료들도 거기에 부응하기 위해 한계를 넘어가며 일을 하고 말았다. 물론 그들은 진심으로 창작 활동을 하고 싶어서 열심히 했을 뿐이고, 강요한 것도 아니다.

하지만 크리에이터 본인의 의욕을 끝도 없이 허락해선, 프로듀서로서 실격이다. 팀 체제를 바꾸지 않은 채로 《5층 동맹》의 활동을 계속 이어가기 위해, 나는 어떤 결단을 내린다.

『검은 새끼 염소가 우는 밤에』의 장기 갱신 정지. 스미레가 수학여행 업무에서 해방되고, 갱신 콘텐츠의 저장량에 충분한 여유가 생길 때까지— 이제까지 쉬지 않고 달려온 게임 운영을 완전히 스톱시킨다는 결단이었다.

물론 단순히 멈춰서기만 하는 건 아니다. 《5층 동맹》과 『검은 새끼 염소가 우는 밤에』를 더욱 높은 수준으로 끌어올리기 위해, 나는 자신의 사적인 면과 마주하기로 했다. 곧 떠날 수학여행을, 평범한 학생으로서 진심으로 즐기기로 맹세한 것이다. ……하지만, 우려되는 점이 하나 있다.

친구 여동생은 수학여행을 같이 가지 않는다.

등장인물 소개

오오보시 아키테루

주인공. 극도의 효율충인 고2. 「5층 동맹」의 프로듀서. 여행할 때도 엄밀한 계획을 세워서 이동효율을 추구한다.

코히나타 이로하

고1. 학교에서는 청초한 우등생이지만, 아키테루에게만 짜증나게 군다. 연기 천재. 남쪽 섬의 리조트에서 바캉스를 즐기고 싶어 하는 인싸.

츠키노모리 마시로

고2. 아키테루의 사촌이자 가짜 여친. 아키테루에게 맹렬히 대시 중. 실은 작가인 마키가이 나마코. 여행을 가면 그 지역 생선을 먹고 싶어 하는 타입.

코히나타 오즈마

고2. 통칭 오즈. 아키테루의 유일한 친구. 「5층 동맹」 소속의 프로그래머.
여행은 Go●gle Ea●th로 충분한 인도어파.

카게이시 스미레

아키테루 일행의 담임교사. 일러스트레이터인 무라사키 시키부 선생님이기도 하다. 양조장 투어를 하며 곯아떨어질 정도로 술을 좋아하는 25세.

오토이 ●●

고2. 이름은 비공개. 「5층 동맹」에 협력하고 있는 사운드 담당. 훌쩍 혼자 여행을 떠나는 것을 좋아하는 솔로활동녀.

카게이시 미도리

고2. 매번 전 과목 만점을 받는 괴물 우등생. 연극부 부장이지만 연기는 별로. 아타미 여행 중에 성문화 박물관이 있다는 걸 알고 기절한 과거를 지녔다.

토모사카 사사라

고1. 이로하의 옛 라이벌이자, 현 친구. 여행이란 멋진 사진을 찍어서 좋아요!를 버는 진검승부의 무대.

키라보시 카나리아

마키가이 나마코를 담당하는 수완 좋은 아이돌 편집자.
자칭 17세. 말끝에 짹을 붙인다. 여행 중에도 업무 메일에는 즉시 답장이 기본.

interlude 막 간 ····· 미도리와 오토이 씨

복도에서 스쳐지나간 그의 얼굴을 보고 퍼뜩 놀라 뒤돌아보니, 처음 보는 남학생이 친구와 담소를 나누며 걷고 있었다.

긴장됐던 표정 근육이 실망한 것처럼 금방 풀리더니, 입에서는 안도의 한숨이 새어 나왔다.

―뭐야, 다른 사람이구나.

안도. 혹은 실망? 스스로도 자신의 감정을 알 수 없다.

쉬는 시간. 나― 카게이시 미도리는 화학 수업을 위해 과학실로 이동하는 중이었다.

교실 이동 같은 거 시키지 마! 하고 마음속으로 불만을 토하는 나 자신에게 약간 놀랐다.

이제까지 학교 선생님이 결정한 일에 반발한 적은 없었다.

정해진 룰에 따라, 맑고 올바르며 충실하게 행동한다.

거기에 아무런 의문도 품지 않았으며, 딱히 억압된다고 느낀 적도 없다.

그저 「당연한 거잖아」 하며 받아들였다.

하지만 지금, 과학실로 이동하기 위해 쉬는 시간에 복도를 걸어야만 한다고 하는, 사소한 속박에 나는 짜증을 느끼고 있었다.

이성적인 부분은 이해하고 있어. 나쁜 건 다름 아닌 나 자신이라는 걸 말이야.

“또 오오보시로 착각했네…….”

어째서? 나 자신에게 물어봤지만, 답해주는 사람은 없었다.

얼굴 윤곽도, 언뜻 본 인상도, 아까 남학생과 오오보시는 전혀 딴판이었다.

게다가 이런 일은 처음이 아니다.

요즘 들어, 몇 번이나 같은 일을 겪었다.

교실 안에서 문뜩 복도를 지나가는 누군가의 얼굴을 봤을 때.

방과 후에 신발장에서 신발을 갈아 신고, 문뜩 돌아봤을 때.

그뿐만 아니라 학원에서 돌아가는 길, 오오보시가 있을 리 없는 길을 걸으면서 어디 사는 누군지도 모르는 사람이 옆을 스쳐 지나갔을 때도…….

어찌 된 건지 몸과 마음이 민감하게 반응하면서, 체온이 아주 약간 상승했다.

정말 어떻게 된 것일까.

“카게이시~. 너, 설마 아키한테 반한 건 아니지~?”

“…………”

복도 옆, 벽에 등을 맡기며 서 있는 여학생과 시선이 마주쳤다.

그녀는 막대 사탕을 입에 물고 있었다(교칙 위반이다).

“…………하아. 나, 왜 이러는 걸까…….”

“어이~, 무시하지 마~.”

요괴라도 본 것처럼 무시하며 지나치려 하는 내 어깨를 꽉 움켜쥔 건, 붉은색 장발을 헤어밴드로 대충 묶은 여학생.

오토이 양이다.

텐션이 낮고 항상 느릿느릿 움직이는 것에 비해, 악력이 매우 강했다. 마치 바위에 꽁꽁 묶이기라도 한 것처럼 한 걸음도 앞으로 나아갈 수 없었다.

어쩔 수 없이 뒤돌아봤다. 물론, 불만에 가득 찬 표정으로 말이다.

“만나자마자 대뜸 이상한 소리를 늘어놓는 사람이라면, 아무리 나라도 무시하는 게 당연하잖아.”

“이상한 소리 안 했어~. 네가 아키에게 반했다는 건, 아마 사실일걸~?”

“그, 그건 오토이 씨의 생각이잖아! 논문으로 증명된 것도 아냐! 그리고 그런 말을 큰소리로 하면 어떻게 해! 남들이 오해할 테니 그러지 마.”

“네 목소리가 백 배는 커~.”

“으윽. 오, 오토이 양 탓이잖아~!”

정말 어처구니가 없다.

내가 오오보시를 좋아해? 그럴 리가 없다. 왜냐하면 나는 태어나서 지금까지 한 번도 사랑을 해본 적이 없거든? 딱히 남자가 거북하다거나 성별만을 이유로 싫어하는 건 아니지만, 초등학생 때부터 학급 반장으로서 같은 반 남자애들이 가져오는 나쁜 물건들을 압수하다 보니 남자들의 유치함에 질려서 사랑 따위 할 마음이 가셨을 뿐, 오오보시처럼 어엿하게 자립한 어른이라면 얼마든지, 아니, 이건 어디까지나 예를 든 것일 뿐, 딱히 오오보시라면 오케이란 의미가 아냐!

"너무 매정하게 굴지 마~. 같은 수학여행 실행 위원으로서, 네 이야기를 좀 들어줄까 싶은 것뿐이야~."

"거짓말! 딱 봐도 재미있어 죽겠다는 눈치거든?!"

"이야~, 물론 재미있긴 해~. 지나치던 남자들을 몇 번이나 아키로 오해했었잖아~."

"으그극…… 어?"

아니, 잠깐만 있어 봐.

이제까지 의아하게 생각하지 않았지만, 오토이 씨는 아무렇지 않게 오오보시를 「아키」라는 애칭으로 부르잖아.

"오토이 씨는 오오보시와, 저기…… 친하다거나……."

"오~ 질투하는 거야~?"

"아, 아니, 그런 게 아니라!"

"흐음~."

오토이 양은 졸린 듯하면서도 상대의 속내를 캐내려는 듯한 눈길로 내 얼굴을 뚫어지게 쳐다보더니, 곧 크게 한숨을 내쉬었다.

"맙소사~."

"어. 어. 바, 방금 반응은 뭐야?"

"별거 아냐. 물욕 센서라는 게 진짜 있다 싶어서 말이지~."

"물욕 센서?"

"어찌 된 건지 원하는 것일수록 좀처럼 손에 안 들어오고, 원하지 않는 것만 손에 들어오는 그런 흔한 현상이야~."

"말의 의미는 알아. 내가 묻는 건 의미가 아니라, 용도! 왜 지금, 이 순간에 그 말을 쓴 건데?!"

"글쎄~. 너는 머리가 좋으니까 직접 생각해봐~."

"어, 자, 잠깐만. 왜 이 타이밍에 내팽개치는 거야?"

손을 내저으며 이 자리를 벗어나려 하는 오토이 씨의 등을 향해, 나는 불만 어린 목소리로 그렇게 외쳤다.

그녀는 귀찮다는 듯이 나를 돌아보더니, 사탕의 막대를 살짝 까딱이며 말했다.

"진심으로 자기 마음과 마주할 생각이라면 이야기를 들어줄 수도 있지만~. 변명이나 늘어놓으며 눈을 돌리고 있는 녀석과 어울려줄 시간은 없거든~. 안 그래도 그 자리는 **선약이 왕창** 있단 말이지~."

"그게 무슨…… 어, 오토이 양. 어느새……."

"잘 있어~."

오토이 양은 느긋한 어조에 어울리지 않는 빠른 발걸음으로, 복도 건너편으로 사라졌다. 만나고 지금까지 전력으로 뛰는 모습을 한 번도 본 적 없는 나태의 화신 같은 소녀지만, 방금은 복도에 컨베이어 벨트라도 설치되어 있는 게 아닐까 의심마저 들 정도로 빨랐다.

최근에 알게 된 것이지만, 오토이 양은 성가신 일에서 도망칠 때는 놀라울 정도로 빨랐다. 아마 농땡이를 부리기 위해서라면 전력을 다하는 타입일 것이다.

"……하아."

한숨이 입에서 새어 나왔다.

오토이 양의 모습이 시야에서 사라진 후, 그녀가 한 말을 다시 떠올려봤다.

『너, 설마 아키한테 반한 건 아니지~?』

내가, 오오보시를……?

말도 안 되는 바보 같은 소리다. 그에게는 츠키노모리 양이라고 하는, 소중한 여친이 있다.

만약 오토이 씨의 지적이 옳다면, 나는 타인의 남친에게 반한 나쁜 여자가 되고 만다.

카게이시 가문의 규율에 따라 항상 면학에 힘써왔으며, 악을 벌하고 정의를 실행해왔다.

그것이 특별하다고 여긴 적은 없고, 올바르고 성실한 인생을 걷는 것은 당연한 상식이라고 여겼다.

하지만 오토이 씨가 한 말이 사실이라면…….

—나, 엄청 나쁜 애 아냐?

"하아, 정말. 최악이야……. 나, 대체 어떻게 되어버린 거야. 정말, 이상해……."

응어리진 듯한 가슴을 움켜쥔 나는, 마치 체포당해서 경찰차에 밀어 넣어지는 순간의 범죄자처럼 고개를 숙인 채 복도를 걷기 시작했다.

매우 극단적인 비유지만, 지금의 내 표정을 타인에게 보여주고 싶지 않다는 의미에서는 크게 다를 게 없었다.

문뜩, 벽에 붙어있는 포스터에 눈길이 갔다.

실행위원 중 한 명으로서 자신이 기획에 참여해서 만든, 수학여행 관련 포스터다.

수학여행.

그 네 글자를 보기만 해도 뇌리에 오오보시의 얼굴이 떠오르는 것을 보면, 이건 상당한 중증일지도 모른다.

prolgue ······ 프롤로그 ······

안면 점수 평균점. 학교 성적은 전 과목 통틀어 특출나게 잘하는 것도 없지만, 못 하는 것도 없는 평범한 수준이다. 체육제에서 박수갈채를 받거나, 동아리나 운동부에서 에이스를 한 적 또한 없고, 미술 음악 정보 등의 온갖 분야에서도 지극히 평범하다. 패션 감각은 옷가게 마네킹에게 전부 의존하며, 인기 있을 만한 취미를 가졌을 리도 없다.

범용. 평균. 양산형. 기억에 남지 않는 공기 같은 남자 랭킹에서 당당히 1위를 수상할 자신이라면…… 아니, 잠깐만. 너무 존재감이 없어서 표를 못 받아서 탈락할 수도 있으려나.

아무튼 그게 바로 나— 오오보시 아키테루의 솔직한 청춘 스테이터스였다.

학원 연애 게임의 등장 캐릭터로서, 이 정도로 재미없는 설정도 드물 것이다.

그런 무미건조, 평범 그 자체의 무난한 내가 수학여행이라고 하는 듣기만 해도 혀 위가 새콤달콤해지는 듯한 청춘의 일대 이벤트에 참가하더라도, 연애물 같은 특별한 일이 일어나지 않고 지나갈 게 틀림없지만, 그게 유감스럽기보단 원래의 나로서는 바라는 바라고 할 수 있었다.

내 청춘은 전부 《5층 동맹》의 게임 제작에 바쳤다.

아직 고등학생인 나와 동료들이 이 분야에서 압도적인 성과를 내고 싶다면, 학교의 청춘 이벤트 같은 건 소음에 지나지 않는다. 그러니 영향을 받지 않는 거리를 유지하며 지나가길 기다리는 게 딱이다.

그렇게 필요한 일에만 효율적으로 시간을 할애하며, 최단거리로 목표를 달성하자고 생각했다. ……얼마 전까지의 나는, 말이다.

하지만 아이러니하게도, 이런저런 일을 겪다 보니 조금은 나 자신의 사적인 일과 마주하는 것도 괜찮지 않을까 하고 생각하게 됐다. 그러면서 생긴 마음의 빈틈에, 이 『수학여행』이라는 적당한 행사가 짜기라도 한 것처럼 쏙 들어온 것이다.

그리고 지금, 수학여행 전날 밤인 나는 잠들지 못하고 있었다.

참고로, 소풍 전날에 너무 기대되어서 잠들지 못하는 상황 같은 순진무구한 어린애 같은 증상이 발병한 것은 아니다.

"선배, 선배! 이것 좀 봐요, 선배! 드디어 이 몬스터를 사냥했어요!!"

"…………."

한밤중의 우리 집, 내 침실.

불을 꺼서 어둑어둑한 방 안을, 액정 화면의 푸르스름한

빛이 어렴풋이 비추고 있었다.

침대에 누운 내 눈에는, 침대에 기대앉아서 놀고 있는 사람의 황금색 머리카락이 들어왔다.

딸깍딸깍딸깍하며 콘트롤러를 맹렬히 연타하는 소리가 인정사정없이 울려 퍼지고 있다…….

"역시 시대는 수리검과 대형 나무통 폭탄이네요~. 이게 일류 헌터의 솜씨예요. 우랴앗~!"

"…………."

화면 안에서는 캐릭터가 지면에 쓰러진 거대한 몬스터의 몸에서 뭔가를 채취하고 있었다.

요즘 화제인 수렵 게임의 최신작. 친구와 협력 플레이가 매력인 게임을, 완전 솔로로…….

"우와, 다음 보스는 되게 센 녀석이잖아요! 저기, 선배! 선배도 일어나서 도와줘요~."

"크아아아, 짜증나! 대체 언제까지 내 방에서 버티고 앉아있을 거냐고!"

완전히 뚜껑이 열렸다.

솔로 플레이만 한다면 몰라도, 침대 안에 있는 나까지 끌어들이려고 하는 거냐.

"우왓, 왜 갑자기 고함 지르는 거예요. 지금이 몇 시인 줄 알아요?"

"그 질문, 그대로 포장지에 싸서 정중히 돌려주겠어."

"안심하세요. 이 맨션의 벽은 방음 성능이 끝내주거든요! 선배 말고 다른 사람에게는 폐가 되지 않도록, 세심한 주의를 기울이고 있으니 마음 놔요!"

"그럼 내가 목청껏 너한테 한 소리해도 되는 거네."

"제가 깜짝 놀라니까 안 돼요. 선배는 제가 기분 좋게 게임을 할 수 있도록, 환대하는 마음을 계속 품어야 한다고 생각해요."

"이로하는 괜찮고 나는 안 된다니……. 세상에 침투하고 있는 남녀평등의 이념은 어디 간 거야……."

"남녀는 평등하지만, 이로하 양과 선배는 남녀의 일반적 관계를 아득히 초월했으니까요. 상식에 얽매이려 하는 게 오히려 난센스~인 거예요☆"

"너무 불합리해……."

깔깔 웃으며 괴상한 이론을 늘어놓는 이 여자는 코히나타 이로하.

맨션 5층의 옆집에 사는 내 친구, 코히나타 오즈마의 친동생. ―즉, 친구 여동생이다.

종횡무진으로 내 방에 눌러앉아서, 방약무인하게 마구 치근덕대는 민폐 덩어리지만, 오늘은 평소와 좀 달랐다.

"왜 이 시간까지 내 방에 있는 거야. 평소에는 밤이 되면 돌아가잖아."

"요즘 엄마가 눈에 불을 켜고 있는 탓에, 놀러 오지 못했잖아요. 선배 성분에 굶주렸다고요~. ……오랫동안 선배와 꽁냥꽁냥 못 대서, 쓸쓸했거든요? 아아, 저는 참 불쌍한 후배예요. 훌쩍훌쩍~."

"잠깐만, 그 눈물 연기는 그냥 넘어갈 수 없어. 너라면 좀 더 감정을 담아서 완벽하게 선보일 수 있지 않아?"

"아, 지금은 노는 시간이니까 연기 지도는 됐어요."

"으윽."

맞는 말이다.

울음은 연기겠지만, 이로하가 요즘 들어 마음 편히 지내지 못한 것은 사실이다. 그녀의 어머니인 코히나타 오토하, 사회적으로는 아마치 오토하란 이름을 쓰는 오토하 씨가 얼마 전까지 장기 휴가라서 온종일 집에 있었던 탓에 우리 집에 와서 마음껏 놀지 못했다.

그 사이에 밀린 게임을 이참에 다 해치우겠다고 생각하는 것도, 어찌 보면 당연하겠지만—.

"딱히 오늘 밤에 다할 필요는 없잖아. 내가 수학여행을 간 동안, 이 방을 마음껏 써도 돼."

"부우. 그러면 의미가 없는데요~."

"……그건 또 왜야?"

"그야 선배가 있어야 선배네 집이니까요~."

"놀기만 할 거면 내가 있으나 없으나 마찬가지잖아."

"……하아~. 선배는 몰라도 한참 모른다니까요!"

이로하는 땅이 꺼지게 한숨을 내쉬더니, 중요한 증거를 제시하는 검사처럼 손가락으로 나를 가리켰다.

"같은 영화도 영화관과 스트리밍 서비스로 보면 다르듯이! 같은 음악 이벤트도 현지에서 라이브로 즐기는 것과 방송으로 보는 게 다르듯이! 선배를 놀릴 수 있느냐 없느냐에 따라, 이 체험의 재미가 확 달라진단 말이에요! 원격으로 놀려봤자 같은 현장감을 느낄 수 없다고요!"

"괜히 고지식한 비유 들지 마. 오히려 머리가 더 나빠 보여."

"아~무~튼~. 선배가 수학여행을 가기 전에, 팍팍 충전해두고 싶어요."

"저기 말이야……. 그러고 보니, 요즘 이런 일 천지네……."

한밤중, 잠들기 전에 같은 방에 여자애가 있는 환경.

그것을『이런 일 천지』라고 표현하면, 오즈 녀석에게 또 복받은 자식 같은 소리를 들을 것 같다.

사실, 얼마 전에도 아침까지 내 방에 있다간 여자애가 있다.

—츠키노모리 마시로.

그 애의 얼굴이 뇌리에 떠올랐다.

매몰찬 태도와 독설이 돋보이고, 새하얗다는 의미의 이름에 걸맞게 새하얀 눈처럼 차가운 소꿉친구. 겸 사촌 겸, 계약으로 맺어진 가짜 여친. ……속성이 너무 많은 느낌도 들지만, 그만큼 나와 인연이 깊다는 것이다.

아무리 설정상 사귀고 있다 해도, 예전에 나한테 고백을 했을 뿐만 아니라 아직 포기하지 않았다는 것을 아는 애를 이 집에 묵게 한 것은 실수였다.

무라사키 시키부 선생님의 트러블을 해결할 방법을 함께 생각했을 뿐이라 딱히 양심에 찔리는 부분은 없지만, 그래도 마시로의 어머니에게 자초지종을 솔직하게 설명하지 못한 것도 사실이다.

그로부터 얼마 지나지 않은 오늘, 또 이런 일이 벌어졌다. 반성하는 기색이라고는 눈 씻고도 찾아볼 수 없는 남자의 행동이다.

"아니, 나는 그런 걸 바라지 않아. 게다가 지금은 수학여행 전날이잖아……. 색기보다 수면. 간음보다 잠을 바라는 게 정상 아니냐고……."

"뭘 그렇게 중얼거리는 거예요? 그렇게 혼잣말을 해대다간, 이상한 애 설정이 붙어서 친구들이 다 떠나갈걸요?"

"혼잣말이 아냐. 신에게 변명하는 거라고."

"아, 그 정정 발언에도 문제가 있거든요? 그편이 백배는 더 무시무시하다고요."

이로하는 질린 듯한 목소리로 말했다.

꿈나라로 떠나기 직전에 발목을 잡혀서 비몽사몽인 상태니까, 말이 좀 지리멸렬한 것은 이해해줬으면 한다.

논리적 사고력의 저하가 현저한 이 깡통 머리가 한계에 도달했다는 걸 느낀 나는 도망치듯 이로하에게서 몸을 돌리며 이불을 뒤집어썼다. ……하지만, 곧 이불을 벗겨졌다.

"…………."

"므흐흐~."

내가 고개만 돌려서 졸린 눈길로 쳐다보니, 심술궂게 히죽거리는 이로하의 얼굴이 눈에 들어왔다.

이 자식은 정말, 하고 생각하면서 다시 이불을 뒤집어쓰자—.

"펄럭~!"

"크아아아아! 적당히 좀 해! 심술 좀 작작 부리라고!!"

이번에는 입으로 효과음을 내면서 이불을 벗기자, 아무리 인자한 나도 뚜껑이 열렸다.

참을 인 자 세 번이면 살인도 면한다니까, 세 번은 참아보라고? 인자하긴 해도 사람이 덜된 나는 두 번 만에 화내도 아마 괜찮지 않을까?

"흐흐흐흐~흥♪ 오늘 밤에는 안 재울 거예요~☆"

"왜 텐션이 상승한 거야. 나는 내일부터 수학여행이라고. 잠 좀 자자."

"그러니 이러는 거잖아요. 늦잠 사서 수학여행을 못 간다면 꽤 이야깃거리가 되지 않겠어요? 초인적일 만큼 철저하게 자기관리를 하는 선배가 보여주는, 그런 덜렁거리는

면……. 호감도 급상승을 통해 반의 인기인이 될 게 틀림없어요! 축하드려요, 이 수학여행은 선배의 독무대겠네요☆"

"괜한 배려에도 정도라는 게 있다고……. 이로하나 토모사카도 아니고, 나는 인기인이 되고 싶지 않아. 될 리도 없고."

항상 교실의 중심에서 주목을 받는 우등생과, 그 친구이자 인기 경쟁자이기도 한 토모사카 사사라의 얼굴을 떠올리며 나는 말했다.

인싸와 아싸이기 전에, 이로하와 사사라에게는 남들에겐 없는 매력이 있다.

얼굴이 예쁜 것은 물론이고, 겉으로 드러나지 않는 재능—이로하에게는 연기자의 재능, 사사라에게는 SNS에서의 재능에 뒷받침된, 자신감과 카리스마성을 지녔다.

그런 점이 두 사람을 인기인으로 만들어주고 있는 게 명백했다.

평소 공기 취급을 당하는 내가 그런 식으로 눈길을 끈다고 저런 압도적인 지위에 도달할 수 있을 거라니, 그런 가설은 세우는 것조차 당치도 않다.

"하지만 선배는 리얼충이 되기로 마음먹었다면서요?"

"……다소 청춘이랄까, 사적인 부분을 돌이켜보기로 했을 뿐이야. 딱히 리얼충이 될 생각은 없어. 아니, 못 돼."

"어~, 자기평가가 너무 낮은 거 아니에요? 선배가 마음만 먹으면 금방 될 수 있을 것 같은데요."

"근거를 제시해봐, 근거를. 애매한 근거로 기획을 내놓지 말라고."

"일상 대화를 기획에 짜 맞추려고 하지 말라고요~. 선배는 대체 왜 『검은 염소』의 운영을 쉬자고 생각한 거예요?"

"정론으로 두들겨 패지 마……."

이로하가 어처구니없다는 듯이 어깨를 으쓱하자, 내 입에서는 한심한 목소리가 흘러나왔다.

그 지적은 지당했다.

카나리아, 아마치 오토하, 츠키노모리 미즈키. 각 분야의 일류에게 이야기를 듣고, 작금의 허니플레의 사업 전개를 관측하면서, 《5층 동맹》과 『검은 염소』는 이대로 폐쇄된 세상에서 즐겨지기만 해선 안 된다는 판단에 이르렀다.

하지만 우리는 예산과 인원이 적은 약소 중의 약소 팀이다. 무리했다간 일전의 스미레처럼 몸을 혹사한 끝에 고장이 나버리고 만다.

동료를 쉬게 하기 위해선, 우선 나부터 솔선해서 쉬어야 한다. 그리고 그 여가를 활용해 더 많은 사람과 교류하고, 『검은 염소』의 팬층만이 아니라 더 넓은 세상과의 접점을 찾아서, 지금보다 더 히트할 수 있는 작품을 만들 아이디어를 짜낸다—.

내가 그린 청사진은 이러하지만, 갑자기 동급생과 화기애애하게 교류할 수 있다면 전혀 고생 안 하겠지…….

"일반인 속에 녹아들기 위해서라도, 지금은 저와 함께 밤새도록 놀아야 한다고 생각해요."

"영문 모를 논리를 강요하지 마. 그냥 네가 놀고 싶을 뿐이잖아."

"딩동댕~!"

"되게 뻔뻔하네—!!"

이로하는 평소보다 백배는 더 끈질겼다.

어쩌면 주인님이 여행을 가기 전날의 강아지나 고양이도 이렇게 어리광을 부리는 게 아닐까, 하고 나는 애완동물을 길러본 적이 없지만 상상해봤다.

하지만 곤란하게 됐는걸. 이대로 잠을 못 잔다면, 내일 수학여행에 진짜로 지각할지도 모른다.

반에서 붕 뜨는 건 피하고 싶은데…….

결론부터 말하자면, 그런 내 걱정은 기우로 끝났다.

"쿨~ 쿨~ 흠냐흠냐~."

몇 분 후. 텐션 MAX였던 이로하는 대충 던져놓은 세탁물처럼 상반신만 침대에 맡긴 채 폭풍 수면을 취하고 있었다.

"그러고 보니 이로하는 건강 우량아였지. 밤샘 같은 걸 잘할 리가 없나."

무리하기는.

겨우 며칠 동안 수학여행을 갈 뿐이니 이번 생의 작별을 하는 것도 아닌데, 익숙하지 않은 밤샘까지 하면서 나와 같이 있으려고 하다니…….

하아, 이 친구 여동생은 대체 얼마나 어리광쟁이인 걸까.

완전히 배터리가 바닥나서 뻗어버린 이로하의 얼굴을 보며 훈훈한 감정에 사로잡혀 있을 때, 내 눈동자도 자연스럽게 무거워졌다.

"……잘 자."

딱히 듣는 사람이 없는데도 그런 말을 중얼거리며, 나는 천천히 수면의 늪에 빠져들었다.

*

"……추워어어어엇!"

느닷없이 한기가 느껴지며, 나는 벌떡 일어났다.

뭐, 뭐야?!

반강제로 잠에서 깨어난 나는 상반신을 일으키자마자 반사적으로 실내를 둘러봤다.

수면 방해에서 비롯된 분노, 탓이 아니다.

시간이 얼마나 흐른 건지는 모르겠지만, 육체의 회복 상태로 보면 적절한 수면 시간은 확보한 것 같았다.

하지만 세팅한 적 없는 자명종 시계가 느닷없이 울리기 시작하면, 경계 태세를 취하는 게 인간이란 생물이다.

툭하면 불법 침입을 한 이웃사촌이 괴상한 방법으로 자신을 깨운다고 하는 일을 겪는 나 같은 인간은 더욱 그러했다.

신속한 기상 및 신속한 범인(주로 이로하) 색출에서 이어지는 전력 설교가 필요하다.

"어이, 이게 무슨 짓이야?!"

"뭐? 그건 내가 할 말이거든?"

"어…… 마시로, 님……?"

침대 옆.

나를 내려다보듯이, 은발 미소녀가 당당히 서 있었다.

츠키노모리 마시로. 매몰찬 태도와 독설이 돋보이고, 새하얗다는 의미의 이름에 걸맞게 새하얀 눈처럼 차가운……

아, 이 말은 안 해도 되려나.

아무튼 마시로는 얼음장 같은 아우라를 온몸으로 뿜으며 이 자리에 있었다.

하늘에서 보슬보슬 내리는 눈 정도가 아니다. 이 정도면 맹렬한 눈보라다.

날카롭게 노려보는 그녀의 눈빛은, 시선 자체에 살상 능력이 있는 게 아닐까 싶을 정도로 내 피부를 찔러대는 감촉을 자아내고 있었다.

참고로 아까 반사적으로 마시로 님이라고 부른 건, 그녀가 뿜는 무시무시한 박력에 압도당해서다.
설마 이 추위도 그 탓인가? 싶었지만, 그런 오컬트 같은 일이 아니라 활짝 열려 있는 침실 창문을 통해 차가운 가을 아침 바람이 불어 들어오고 있을 뿐이었다.
아니, 그렇게 간단히 넘어갈 문제는 아니다.
"인마, 남의 방 창문을 멋대로……."
"응, 열었어. 그게 왜?"
"……아무것도 아닙니다."
그 단호한 말투에 등골을 꼿꼿이 편 나는 침대 위에서 무릎을 꿇었다.
이상하다.
남의 방에 멋대로 침입해서 멋대로 창문을 연 마시로에게, 왜 집주인인 내가 사과해야 하는 걸까.
아니, 왜 이른 아침부터 이런 공격을 받아야만 하는 걸까.
"아~, 으음, 마시로, 양. 왜, 화가, 나신, 건지요?"
"모르겠어?"
"어~, 아~, 네. 황송하지만, 짚이는 구석이 없사옵니다."
"흐음. 그럼 저쪽에서 이로하 양이 쿨쿨 자는 건, 지극히 흔하고 평범한 일상의 한 장면인 거구나?"
마시로는 마치 지옥행을 선고하는 것처럼 아래쪽을 가리켰다.
덩달아 그쪽을 쳐다보니, 이로하가 어젯밤의 자세 그대로 행복한 표정을 지은 채 곤히 잠을 자고 있었다.

"여친 있다는 설정은 어디로 사라진 거야? 아니면 그런 설정이 있는데도 여자애를 자기 방으로 데려오는 게, 아키한테 있어서는 일상인 거야?"

"아……."

"바람둥이."
"송구하기 그지없사옵니다!!"

나는 변명의 여지가 없을 정도의 쓰레기였다.

아니, 사실 마시로와는 사귀는 게 아니거든?

하지만 마시로에게는 불평을 할 권리가 있다.

"믿기지 않아. 저질. 변태. 색마."

"아냐! 맹세코 이상한 짓은 안 했어! 마시로가 오해하는 거야!"

"뭐? 변명하는 걸로 모자라, 책임 전가하는 거야? 마시로의 이해력에 문제가 있다고 말하고 싶은 거구나?"

"그, 그런 게 아니라……."

"아키는 나쁜 짓을 하면 어떻게 해야 되는지 모르나 보네. 초등학생도 할 수 있는 건데 말이지. 실망이야."

"미안해! 정말 미안해! 내가 잘못했어!"

"사과하면 용서해줄 거라고 생각하는 거야?"

"큭. 불합리한 소리를 듣고 있는데도, 딴죽조차 허락 안 되는 듯한 느낌이 들어."

"물론 허락 안 돼. 순순히 샌드백이나 되란 말이야. ……흥."

마시로는 볼을 부풀리며 고개를 돌렸다.

그리고 삐죽 내민 입술 사이로, 목소리가 흘러나왔다.

"이번 수학여행이 거리를 좁힐 기회라고 생각해서, 용기를 내서 온 건데…… 최악이야."

"으……음…… 송구합니다만, 못 들었습니다. 귀가 안 좋은 저한테도 들릴 만한 음량으로 다시 한 번 말씀해주시겠사옵니까?"

"신혼여행 전날에 여자를 방에 데려와서 즐겨댄 저질남은 확 죽어버리라고 했을 뿐이야."

"했을 뿐, 이라고 말할 레벨이 아닐 정도로 신랄하거든?! ……그리고 은근슬쩍 수학여행을 신혼여행으로 바꾸지 마."

"뭐? 딴죽 한 번 되게 날카롭네. 네가 그렇게 잘났어?"

"……송구하옵니다."

"흥. ……그래. 게임 하러 왔던 거구나."

언짢은 듯이 코웃음을 친 마시로는 이로하가 손 옆에 떨어져 있는 컨트롤러, 그리고 켜져 있는 텔레비전 화면 안에서 접수원 아가씨와 마주 선 채 영원히 대기 모션을 유지 중인 헌터를 힐끔 쳐다보며 그렇게 말했다.

아무래도 마음이 좀 진정된 것 같았다.

"맞아. 오토하 씨가 출장 갔으니까, 마음껏 게임이 하고 싶다더라고. 뭐, 내가 수학여행을 간 사이에 마음대로 들어와서 놀면 되니까 꼭 어젯밤에 쳐들어올 필요는 없는데 말이지."

"아키, 그런 점은 문제라고 생각해. 적이지만 동정할래."

"뭐?"

"아, 아냐. ……마시로로서는 그편이 나으니까, 됐어."

무슨 소리를 하는 거지?

내 주위의 여자애들은 때때로 영문 모를 소리를 하거나, 갑자기 목소리를 낮추기도 하잖아. 만약 중요한 정보를 놓치기라도 한다면 비효율적이기 그지없으니, 가능하면 들리도록 말해줬으면 한다.

아무튼 마시로의 분노가 가라앉은 것 같아서 다행이다.

괜히 지뢰를 밟기 전에 빨리 일어나서, 이 상황을 벗어나야겠다.

그렇게 생각하며 몸을 일으키려던 순간, 이불이 부스럭거리는 소리와 함께 잠든 이로하의 몸이 꼼지락거렸다.

"으음~ 선배, 추워요~. 흠냐흠냐……."

이로하는 잠꼬대를 하며 이불을 끌어안았다. 그녀는 구겨진 이불에 얼굴을 묻더니—.

"킁킁. 선배 체취, 참 기분 좋아~."

"……윽…… 이, 이……."

마시로 폭탄의 도화선에, 그대로 불을 붙였다.

"이로하 야아아아앙…… 이제 그만…… 일어나……!"

*

『내 여친과 친구 여동생이 완전 수라장—이란 라이트노벨 제목이 생각나, 아키.』
『대뜸 각계각처로부터 혼날 듯한 소리 좀 하지 마. 이러다 언젠가 넘어선 안 될 선을 네가 넘을까 싶어 무섭다고…….』
『아니, 정확하게는 내 사촌이자 소꿉친구이자 가짜 여친이 친구 여동생과 완전 수라장, 이려나.』
『성가신 속성을 전부 집어넣지 마. 이건 정보를 너무 정확하게 전달하려 한 나머지 아무것도 전달 안 되는 케이스라고.』

001 제1화 …… 같은 조 클래스메이트가 나한테만 짜증나게 군다

"큰일났다, 벌써 대부분 모여 있는 것 같네. 어쩌면 우리가 꼴찌일지도 몰라."

"아키 탓에 지각할 뻔했어. 반성해."

"아니, 그건 이로하가 사태를 복잡하게 만든 것뿐……. 부탁인데, 이제 그만 화 풀어. 수학여행 중에도 계속 삐쳐서 지낼 거야?"

"……응, 맞아. 백보 양보해서 집행유예 정도로 봐줄게."

"관용 넘치는 조치에, 감사드립니다."

나와 마시로는 그런 이야기를 나누면서 도쿄역 구내로 서둘러 걸어갔다.

우리의 시선이 향한 곳에는 눈에 익은 교복을 입은 집단이 있었다. 넓은 구내에 같은 교복을 입은 학생들이 줄 서 있는 모습은 장관이었다.

그렇다. 수학여행 집합 장소는 바로 이곳, 도쿄 역이다.

교토행 신칸센을 타야 하니 타당한 집합 장소라고 생각하지만, 덕분에 나와 마시로는 집에서 여기까지 같은 전철 안의 빈자리에 나란히 앉아서 와야만 했다.

그것도 오늘 아침에 그런 수라장이 펼쳐진 직후에 말이다.

마시로는 불륜 현장을 목격한 본처처럼 차가운 분노를 터뜨렸고, 이로하는 혼나면서 어쩔 줄 몰라 하는 나를 놀리며 웃음을 터뜨렸다.

이로하 자식, 마시로의 본심을 알면서도 그 자리에서 나한테 치근덕댈 줄이야…….

문화제날, 앞으로도 더욱 짜증나게 굴겠단 느낌의 발언을 했었는데, 그 탓이려나?

뭐, 아무튼…….

거북한 분위기가 이어진 탓에, 이동하면서 영 불편했다.

꼭 이럴 때만 오즈 녀석은 따로 행동하다니깐……. 대체 뭐냐고. 전날부터 도쿄역 근처의 호텔에 숙박해? 나보다 효율적으로 행동하지 말아줬으면 한다. 얼마 안 되는 아이덴티티를 위협받는 것 같잖아.

"……앗."

문뜩 옆을 쳐다본 나는 무심코 목소리를 냈다. 마시로의 얼굴이, 거북한 분위기였던 아까보다 더 언짢아 보였다.

"저기, 마시로."

"……왜?"

"즐거운 수학여행이 되자."

"아침부터 사람 열받게 해놓고 그런 소리 하는 거야? 설득력 없어."

대꾸할 말이 없네.

마시로의 말이 맞지만, 그래도 나는 그녀에게 그렇게 말해 주고 싶었다.

여름 축제 때, 나무 위에서 불꽃을 올려다보는 마시로의 얼굴을 떠올렸다. 용기를 내서 나에게 더 다가가겠다고 말했던 마시로라면, 이 수학여행을 향한 열의 또한 범상치 않을 것이다.

나 자신의 마음을 알 수 없는 만큼, 마시로가 바라는 결과에 이를 수 있을지는 알 수 없다.

그래도 연애 감정이 어떤 결말을 맞이하든 간에, 마시로에게 있어 이 수학여행이 즐거운 추억이 되기를 바란다. ……그래. 제멋대로에 무책임한, 나의 일방적인 감정이야.

그렇게 생각하고 있을 때, 마시로가 부풀리고 있던 볼에서 공기를 뺐다.

"그래도, 고마워. 같이 즐기자, 아키."

아직 토라진 기색이 희미하게 남아 있지만, 마시로의 말끝이 부드러워졌다.

그리고, 다시 걸음을 옮겼다.

다가오는 나와 마시로를 눈치챈 건지, 교복 집단 안에 있던 누군가가 가볍게 손짓을 했다.

시원시원한 미소를 지으며 우리를 맞이해준 건, 말할 필요도 없겠지만 나의 유일한 친구이자 문화제 때의 미스터

콘테스트를 통해 명실상부한 교내제일의 미남이 된 남자, 코히나타 오즈마. 통칭, 오즈였다.

“오늘 아침에는 꽤 즐거운 시간을 보냈나 보네.”

“……너, 전부 알면서 재미있어 하는 거 아냐?”

“어, 무슨 소리야? 집에 엄마와 내가 없는 걸 이용해 아키의 방에 쳐들어간 이로하와 츠키노모리 양이 딱 마주쳐서 수라장이 펼쳐지는 장면 따위, 나는 관측하지 않았어.”

“관측하지도 않았으면서, 왜 본 것처럼 맞추는 건데!”

“예측은 했거든.”

“큭……. 이과 인간 주제에 묘한 말장난을 하기는…….”

나는 싱글벙글 웃고 있는 친구가 원망스럽다는 듯이 노려봤다.

이 코히나타 오즈마란 남자는 기본적으로 좋은 녀석이지만, 이로하와 오토하 씨와 같은 코히나타의 피를 이어받은 사람답게 타고난 사디스트 기질을 지녔다.

나와 오즈가 몰래 그런 이야기를 나누고 있을 때, 갑자기 꾸욱 하고 어깨에 무게가 실렸다.

“어이~. 뭘 그렇게 꽁냥거리냐고, 오오보시. 츠키노모리 양이 질투하면 어쩌려고 그래!”

“우왓?! ……뭐야. 스즈키잖아.”

놀라서 돌아보니, 까무잡잡한 피부와 단정하고 새하얀 치아가 건강미를 자아내는 근육질 남학생의 얼굴이 눈에 들어왔다.

가을? 추위? 그게 뭔데? 내 기초대사한테 이길 수나 있어? 라고 말하는 것처럼 반팔 교복 와이셔츠 앞섶을 활짝 벌려서 탱크톱을 드러내고 있었다.

예전에 내가 장난삼아 한 말 탓에 몸을 단련하기 시작했고, 어느새 진짜 마초로 진화해버린 남자다. 자리가 가까워서 수학여행에서 같은 조가 되었기에 나도 겨우 그의 풀네임을 외웠는데, 이 녀석은 스즈키 타케시라고 한다.

스즈키에게 눌리고 있는 어깨를 통해, 그의 근육량과 압도적 노력의 궤적을 느낄 수 있었다.

"뭐야, 되게 무덤덤하네. 근력 운동이 부족한 거 아냐?"

"오늘 아침에는 바빠서 못하긴 했지만…… 이래 봬도 매일 빼먹지 않으려고 노력해."

"오, 대단하네. 근육남의 귀감인걸~!"

스즈키는 괜히 친한 척을 하며 웃었다.

얼마 전까지만 해도 이 거리감 때문에 질색했지만, 이번만은 이러는 데도 정당성이 있었다.

수학여행에서 같은 조로 편성된 것이다.

친하게 지내는 남자가 더 있을 텐데, 왜 나와 같은 조가 된 거지? 싶어 물어보니…….

『다른 녀석과는 얼마든지 얽힐 수 있거든. 하지만 오오보시는 매일 바빠 보이잖아. 그러니까 이 타이밍에 좀 친해지고 싶다고~.』

……하고 바로 답했다.

말도 안 되게 좋은 녀석이다. 이렇게 좋은 녀석인 줄 알았다면, 스미레와 가까워지도록 순수하게 응원해주는 편이 좋았을지도 모른다…….

그러니 이건 같은 조 멤버끼리의 스킨십이지만, 그래도 너무 후덥지근하고 성가셨다.

"누가 근육남이라는 거야. 나는 너와 같은 과가 아니거든? 그리고 아무리 그래도 너무 들러붙는 거 아냐?"

"즐거운 여행을 함께할 사이잖아. 사이좋게 지내자고. 안 그래, 코히나타?"

스즈키는 씨익 웃더니, 오즈에게 말을 건넸다.

그러자…….

"…………으음."

한순간, 오즈는 미소를 머금은 채 그대로 정지됐다.

무슨 말을 할지 찾는 건지, 과부하 상태의 컴퓨터처럼 잠시 뜸을 들인 후에 오즈는 입을 열었다.

"살살 부탁할게, 스즈키."

"일본어가 좀 이상한 것 같은데…… 뭐, 사소한 건 됐어! 응! 잘 부탁해!"

"오즈……?"

호쾌하게 웃어넘기는 스즈키의 뒤편에서, 나는 그 위화감을 흘려 넘기지 못한 채 미간을 찌푸렸다.

마키가이 나마코 선생님의 시나리오에 존재하는 소소한 일본어 미스를 지적해온 감각이 그렇게 했다……는 게 아니라, 중학생 때부터 오즈와 어울려온 나이기에 그 말에 존재하는 이음매를 눈치챌 수 있었다.

"아, 스즈키. 저쪽에 검은색 스타킹을 신은 각선미 쩌는 스미레 선생님이—."

"정말?! 어딘데?!"

내가 아무 곳이나 가리키며 대충 그렇게 말하자, 그 말에 낚인 스즈키가 우리한테서 떨어지며 그 방향을 주시했다. 물론 그쪽에는 아무것도 없다. 아무리 못난 어른이라고는 해도, 동료인 스미레의 각선미를 이용할 정도로 나는 타락하지 않았다.

스즈키의 주의를 돌린 사이, 나는 오즈의 귓가로 얼굴을 가져가서 작은 목소리로 말했다.

"어이, 오즈. 괜찮겠어? —**데이터** 말이야."

"어라라. 역시 아키의 눈은 못 속이겠네."

"그야 뭐……. 교실에서의 커뮤니케이션은 완벽해졌지만, 수학여행은 너무 이레귤러한 거지?"

"역시 샘플이 너무 적거든. ……여자애와의 대화라면 어찌어찌 될 것 같지만, 남자와의 대화 데이터는 아무리 뒤져봐도 좀처럼 없더라고."

여자는 OK, 남자는 NG. 그렇게 표현하면 오즈가 난봉꾼처럼 들리지만, 당연히 진실은 그렇지 않다.

"일상 테마의 게임이나 만화 중에서도 수학여행 장면이 포함된 작품은 한정되잖아."

"여성향 작품에서는 남자끼리의 대화가 많긴 해. 스미레 선생님이 추천해준 녀석에도 말이지. 하지만 왠지 불길한 예감이 들어서, 참고로 삼지 않았거든."

"잘했어. 그런 판단을 할 수 있는 걸 보면, 성과가 나오고 있나 보네."

"아하하. 아키한테는 폐를 많이 끼쳤잖아. 같은 실수를 반복하고 싶지는 않아."

오즈는 볼을 긁적이며 쓴웃음을 머금었다. 분명 나와 같은 일을 떠올리고 있으리라.

옛날에 남의 마음을 전혀 이해하지 못하는 탓에 학급에 익숙해지지 못하던 오즈에게, 나는 게임과 만화 같은 창작물을 이용해 커뮤니케이션의 기초를 가르쳐줬다.

정확하게는 「흉내」를, 권했다.

이해하지 못해도 된다. 납득하지 못해도 된다. 자신의 의사조차 아니라도 괜찮다.

그저 상대의 반응과 대사에 맞춰 준비해둔 대답을 해주기만 해도, 사회성을 나름 유지할 수 있다. 고육지책이라는 걸 알면서도, 하다못해 이 녀석이 교실에서 배제되지 않도록…… 고교 데뷔를 할 수 있도록, 그렇게 가르쳤다.

그 바람에 빌려본 여성향 작품의 영향을 받아, 오즈가 스미레 앞에서 나에게 BL스러운 행동을 한 적도…… 아아, 그건 흑역사니까 떠올리고 싶지 않다.

지인을 이용한 망상은 자중할 정도의 자제심을 지니고 있던 당시의 스미레한테서 윤리라는 이름의 족쇄를 벗겨버린 그 사건은, 나에게 「한번 엎지른 물은 다시 주워 담지 못한다」라는 속담을 교훈 삼아 깊이 새겨줬다. ……진짜로 돌이킬 수 없는 일이었어.

—과거를 돌이켜보는 건 관두자. 그것보다는, 지금 어떻게 하느냐가 중요하다.

"네가 실수를 범하지 않도록, 나도 조심하겠어. ……응급처치밖에 안 되겠지만, 조별 행동 때는 대화 샘플이 많은 여자 쪽과 주로 대화를 나누도록 해."

"그편이 무난할 거야. —오케이."

오즈와 그런 대화를 나누고 있을 때, 갑자기 누군가가 내 옷자락을 잡아당겼다.

"언제까지 쑥덕거리고 있을 거야?"

고개를 돌려보니, 마시로가 삐친 듯한 표정을 짓고 있었다.

그녀는 가라앉은 눈길로 남자끼리 밀담을 나눈 우리를 비난했다.

"동성 친구가 말을 걸어오니까, 여친을 내팽개쳐놓고 남자끼리 한참 쑥덕거리기는……. 완전 저질이야.”

“윽……. 잠깐만 있어 봐. 아까 화 풀기로 약속했잖아…….”

“집행유예. 이 말의 의미, 알아?”

“……뭐, 일반교양의 범위에서 알긴 해.”

“그럼 알고 있겠네? 유예 기간 중에 죄를 범하면 사형이야.”

“아무리 그래도 그건 너무 과하지 않습니까?”

“시끄러워. 반성한다면 마시로를 내버려 두지 마. 남친의 소임을 다하란 말이야. 네가 즐거운 수학여행을 만들어 줄 거라고, 마시로는 기대하고 있어.”

“으, 응…….”

그렇게 말한 마시로는 코알라처럼 나와 팔짱을 끼더니, 체중을 실었다.

심정은 이해한다. 이해하지만, 남들 앞에서 이러는 건 너무 대담한 것 아닐까?

보라고. 주위에 있는 학생들의 시선이 자연적으로 우리에게 쏠리고 있잖아.

요즘 들어 미즈키 씨를 닮은 미인으로 성장하고 있는 마시로가 열렬하게 대시하자, 선망에 찬 남자들의 시선이 내 피부를 따끔따끔할 정도로 찔러댔다.

객관적으로 봐서, 나는 꽤 축복받은 환경에 있다……는 건, 자각하고 있다.

그리고 그런 식으로 보이는 것 또한, 어찌 보면 이상적인 상태다.

원래 마시로에게 가짜 남친이 필요한 것은 나쁜 벌레가 꼬이지 않게 하고, 집단 괴롭힘을 당할 우려를 줄이면서 마음 놓고 학교에 다닐 수 있는 환경을 갖춰주기 위해서다.

커플인데다 남친을 향한 LOVE를 이렇게 과시한다면, 남자들은 대부분 의기소침해진다.

여자 또한 그 상대가 수수하고 잘생기지도 않은 평범남이라면, 얼마든지 내주겠단 듯이 웃으며 환영해준다. 괜히 질투하거나, 연애 감정이 얽힌 트러블이 발생할 일도 없다.

비인기남에게만 주어지는 슈퍼 어드밴티지라고, 하하하.

…………시끄러워. 우는 거 아냐.

"저기, 츠키노모리 양. 모처럼의 수학여행인데, 그건 좀 아니지 않아?"

"……윽!"

"어?"

무심코 얼빠진 소리를 냈다.

같은 반 여자애들이 마시로를 비난하는 듯한 대사를 던진 것, 그리고 내 팔을 끌어안고 있던 마시로의 흠칫하는 반응은 완전히 예상 밖이었다.

……어라? 이상하네.

마시로는 잘 지내왔을 것이다. 나도 마시로가 친구를 만들지는 못했지만, 적어도 적은 만들지 않도록 컨트롤해왔다.

그런데…….

왜 눈앞의 여학생은 불만에 찬 눈길로 우리를 쳐다보는 걸까?

내 팔에 들러붙은 마시로도 불길한 예감에 사로잡힌 건지, 새파랗게 질린 얼굴로 발치를 쳐다보고 있었다.

말을 걸어온 여학생의 얼굴을 쳐다보지 못하는 것이다. 그 심정은 나도 충분히 이해한다.

"으, 으음. 눈꼴사나웠다면 사과할게. 그러니 마시로를—."

"오오보시만 약았어! 츠키노모리 양을 독점하지 마, 이 쓰레기야!"

"—너무 나쁘게 말하진 말아줬으면 하는데…… 어, 비난당하고 있는 건 나야?!"

"자, 츠키노모리 양. 이쪽으로 와."

"꺄앗?!"

"어, 어이. 억지로 잡아당기지 마. ……어, 아얏!"

그 여학생은 가녀린 팔에 어울리지 않는 엄청난 힘으로 마시로를 나한테서 떼어냈다. 그녀는 항의하는 나를 노려보더니, 천적을 발견한 뱀처럼 나를 위협하며…….

"우리도 츠키노모리 양과 꽁냥꽁냥하고

싫어!"

그야말로 목청껏, 믿기지 않을 만큼 (IQ가) 낮은 자기주장을 펼쳤다.

겉모습뿐만 아니라 머릿속도 푸근해 보이는 분위기의 웨이브진 갈색 머리카락, 그리고 윤기 넘치는 아이섀도가 인상적인 화려한 타입의 여자애.

클래스메이트의 이름을 잘 모르는 나도 그녀의 이름은 안다.

참고로 그녀가 유명인이라서가 아니다. 같은 학교, 같은 반. 그렇게 가까운 곳에 유명인이 몇 명이나 있을 리 없는 것이다.

타카미야 아스카.

어째서 그녀의 이름을 내가 아는 거냐면, 수학여행에서 같은 조이기 때문이다.

남자는 나, 오즈, 스즈키, 이렇게 세 명.

여자는 마시로, 타카미야, 그리고 타카미야의 옆에 있는 성실해 보이는 인상의 여자애— 마이하마 쿄코, 이렇게 세 명.

총 여섯 명이 한 조를 이뤄서 같이 행동하게 되어 있다.

"모처럼 같은 조가 됐으니까 여자들끼리 재미있게 놀자. 쿄코도 그렇게 생각하지?"

"으, 으음. 츠키노모리 양은 남친과 놀고 싶지 않으려나……."

"에이~. 교실에서도 항상 러브러브잖아! 이럴 때만이라도 양보해줘~. 괜찮지? 츠키노모리 양!"

"마, 마시로와 같이 있어서, 재미, 있다면야……."

"좋았어, 언질 확보~♪"

언질의 의미를 알지도 못하면서 써먹은 듯한 인상의 타카미야가 마시로의 몸을 방금 선물 받은 봉제 인형처럼 꼭 끌어안더니, 그 자리에서 빙글빙글 돌았다.

타카미야와 함께 빙글빙글 돌면서 아~ 아~ 아~ 하는 소리를 내는 마시로의 눈은 빙빙 돌고 있었다.

평소의 독설은 어디로 가버린 건지, 완전히 휘둘리고 있었다.

비슷한 텐션인 이로하와 스미레 상대로는 뿌리치며 독설을 퍼부었지만, 아직 친분이 깊지 않은 상대 앞에서는 내성적인 성격이 진하게 드러나는 것 같았다.

여름 방학을 거치며 한층 성장한 마시로가 한 걸음 더 나아가서, 수학여행이란 중요 이벤트를 통해 친구를 늘릴 수 있을지도 모르겠는걸.

—뭐, 그렇더라도…….

이번에는 나 자신이 충실한 휴가를 즐길 수 있는지도 중요하다. 마시로만 너무 신경쓰다간, 또 프로듀스 근성이 발휘됐다며 《5층 동맹》 멤버들이 어이없어할 것이다.

그런 생각을 하고 있을 때, 주위의 분위기가 확 달라졌다.

잡담을 나누던 학생들이 앞에서부터 차례차례 양동이 릴레이를 하듯 입을 다물더니, 이윽고 우리 조의 멤버들도 입을 꼭 다물었다.

우리 반만이 아니라, 모든 학생이 숨을 삼키며 앞을 주목하자, 날카로운 구둣발 소리를 내며 여교사 한 명이 당당히 나타났다.

"다들 교육이 잘 되어 있는 것 같네. ―칭찬해주겠어."

아침 바람에 휘날리는 보랏빛 머리카락은 여왕의 상징.

교직원답지 않은 불손한 태도로 군림하고 있는 건, 수학여행을 통괄하는 담당 교사― 수학여행 한정으로 학년 주임보다 높은 권력을 손에 쥔, 진정한 의미에서 《맹독의 여왕》으로 진화한 여자, 카게이시 스미레.

질실강건(質実剛健), 문무겸비. 자신뿐만 아니라 타인에게도 엄격한, 현무암 같은 정신으로 엄격하고 철저하게 지도하는 교육의 귀신.

……이라고 다들 생각하지만, 사실 이 녀석의 정체는 그렇게 거창한 게 아니다.

자유분방, 기기음교(奇技淫巧). 자신에게 물러 터졌고 타인에게도 물러 터져서, 두부 같은 정신으로 엄격한 마감을 짜는 스케줄 관리적인 의미에서의 귀신. 완성한 일러스트는 초절정 퀄리티라서 그런 마이너스가 대부분 상쇄되지만, 남에게만 엄격한 교육 지도 탓에 결국 마이너스로 치닫는 점은 유감이다.

이런 부메랑 실력은 수학여행에서도 건재한 것 같은데…….

"앞으로도 계속 정진하도록 해. 단체 행동에 해를 끼치는 꼬맹이가 보이면, 사정없이 짓밟아버릴 거야."

스미레는 도깨비 교관 같은 눈길로 학생들을 쳐다보며 못 박듯이 말했다.

……뭐, 본성을 아는 사람이 보면 기분이 미묘하지만 말이다.

들뜬 분위기가 순식간에 가라앉는 것을 보면, 저래도 교육자로서는 꽤 우수한 것 같단 생각이 들었다.

"……어?"

호주머니 안에 넣어둔 스마트폰이 진동하는 느낌이 들었다.

꺼내서 화면을 확인해보니, 이로하한테서 LIME 메시지가 와있었다.

《이로하》 선배! 선배한테 지금 꼭 전해야 할 메시지가 있어요…….

호오? 대체 뭐지?

꽤 심각해 보이는 내용이었기에, 어차피 한심한 메시지일 거라고 예상하면서 적당히 이모티콘을 보냈다.

그러자 1초만에 읽음 표시가 뜨더니, 2초만에 답장이 왔다.

《이로하》 이 메시지를 본 당신은 저주받았습니다. 저주를

풀기 위해서는 24시간 안에 옆집에 사는 한 살 어린 후배 여자애에게 「사랑해요. 두 번 다시 당신에게 맞서지 않겠어요」라는 맹세의 메시지를 보내 주십시오.

대체 언제 적 센스냐고.

SNS 전성기인 요즘 시대에 이런 고전적인 저주의 메시지에 속는 녀석이 있긴 할까? ……뭐, 이로하도 장난삼아 보낸 거지, 진짜로 속일 생각은 없겠지만 말이다.

일단 나는 「학교에서 스마트폰 만지작거리지 말고, 얌전히 수업이나 들어. 이 불량소녀야」라고 답장을 보냈다.

1초 후, 메롱~ 하는 이모티콘이 왔다.

그건 그렇고 이로하 자식은 멀리 떨어져 있는 동안에도 LIME으로 원격 치근덕을 할 생각인 걸까.

"……우와, 큰일 났다. 맙소사……."

이대로 이로하한테서 계속 연락이 온다면 스마트폰 충전을 신경 써야겠다 싶어서 가방 안을 뒤져봤고, 아연실색했다.

—휴대용 충전기를, 집에 두고 왔다.

사고쳤다. 그러고 보니 오늘 아침에는 마시로와 이로하 때문에 정신이 없었잖아.

그 소동에 정신이 팔려서, 짐 체크를 대충 하고 말았다.

배터리가 바닥나면 불편하겠지만, 여차하면 오즈에게 부탁해서 빌리면 된다. 엔지니어이자 디바이스 마니아인 오즈는 외출할 때 여러 개의 스마트폰 단말과 전기종 대응 가능한 충전기 및 어댑터를 가지고 다니니 말이다. 역시 친구를 잘 둬야 한다니깐.

각반별 점호와 여왕의 주의사항 설명이 끝난 후, 우리는 바로 이동을 시작했다.

그룹별로 나뉘어서 각 시간대의 신칸센에 탔다. 학생들만 같은 시간대에 역에서 출발하는 차량을 전부 점거할 수는 없으니 당연하겠지만, 개별 행동이 늘어나면 그만큼 인솔자의 관리 코스트도 늘어날 테니 힘들겠다 싶었다.

아, 응. 미안. 나도 알아. 평범하게 청춘을 누리는 사람이 할 생각이 아니긴 해. 그래도 어쩔 수 없잖아. 이런 생각에 머릿속에 새겨져 있는걸.

우리 반은 특별진학반과 같은 시간대에 배정됐다.

수학여행 실행위원장이란 직함을 지닌 미도리가 있는 반과, 그녀가 경애하는 언니— 스미레가 담임인 반이 같은 신칸센에 타는 건 뭔가 비리가 있어서란 생각이 드는데, 기분 탓일까?

인솔자와 실행위원은 자리가 가깝기도 하잖아…….

신칸센에 타고 슈트케이스를 짐칸에 둔 후, 나는 시야 한쪽에 있는 미도리를 향해 의혹에 찬 눈길을 보냈다.

그러자 미도리도 내 시선을 눈치챈 것인지, 눈을 치켜뜨며

성큼성큼 나에게 다가왔다.

"저, 저기, 왜 뚫어지게 쳐다보는 거야? 발칙한 상상을 하는 건 아니지?"

"아, 굳이 따지자면 미도리 부장이 발칙한 생각을 하는 건 아닌가 의심했어."

"뭐?! 여, 영문을 모르겠네. 이상한 트집 잡지 마."

"아…… 미안해. 하긴, 증거도 없이 죄인 취급을 하는 건 너무하긴 해. 명백한 내 잘못이야. 솔직하게 사과할게."

사고 쳤다. 아까까지 하던 생각을 그대로 입 밖으로 내뱉은 건 경솔했다.

언니를 정말 좋아하니 같이 행동하고 싶어 할 거다, 라는 건 너무 비약이 심했다. 무례하기 그지없는 쓰레기 같은 상상이다.

"그냥, 우리 반과 특별진학반이 같은 신칸센에 타는 데서 작위적인 느낌을 받았거든."

"—뜨끔?!"

"……어? 미도리 부장, 왜 그래? 방금 엄청 고전적인 『정곡을 찔린 캐릭터』 반응을 보인 것 같은데 말이야."

"기기기, 기분 탓! 기분 탓일 거야!"

미도리는 세차게 두 손을 내저었다. 얼굴이 새빨개진 채, 필사적으로 변명했다.

"작위적일 리가 없잖아! 아무리 내가 수학여행 실행위원이라도, 모든 결정은 합의 하에 결정되는걸! 내 뜻대로 될 리가 없어! 위대한 상위 존재가 세상의 이면에서 온갖 결정권을 쥐고 있다는 근거 없는 음모론을 믿는 건 합리적이지 않다고 여기는데, 네 생각은 어때?!"

"아, 응. 그래. 반론의 여지없는 정론이라고 생각해."

그래서 아까 사과한 거잖아.

"함부로 의심해서 미안해. 그래. 아무리 미도리 부장이 스미레 선생님과 같이 있고 싶더라도—."

"알았으면 됐어. 오오보시와 같은 신칸센을 타고 가고 싶어서 억지로 반 배정을 바꾸는 건, 용서받을 수 없는 짓이거든."

"—억지로 반 배정을 바꾸는 건 용서받을 수 없는…… 어, 왜 내가 언급된 거야?"

내가 말을 끝까지 잇기 전에 미도리가 완전히 똑같으면서 주어만 다른 대사를 뱉자, 나는 대사 캔슬에서 이어지는 즉시 태클을 날렸다.

이 사소하면서도 치명적인 오차는 대체 뭐지?

"어?! 왜, 왜왜왜, 오오보시를 어, 어어, 언급한 거냐면……."

우, 좌, 우, 좌, 상, 하. 프로게이머도 놀랄 정도의 입력 속도로 미도리의 눈알이 움직였다.

안면의 홍조도 최고조에 이르렀을 때, 미도리는 눈을 꾹 감으면서 주먹을 말아쥐더니…….

"가, 가장 음란한 물건을 가져올 위험성이 높은 인물이라서야!"

어마어마하게 불명예스러운 이유를 내뱉었다.

술렁…… 술렁……. 주위의 시선이 우리 쪽으로 쏠리기 시작했다.

"어, 어이, 미도리 부장. 그렇게 큰 소리로 왜 그딴 말을……. 아, 아냐. 아니라고!"

"오호~♪ 꽤 하잖아, 오오보시! 그런 걸 가지고 온 거야? 남자는 대단하네~. 나중에 우리한테도 보여줘~."

"잠깐만. 무슨 소리를 하는 거야, 아스카. 오오보시, 그, 그런 건 좋지 않다고 생각해."

옆에서 커다란 짐을 수납하던 같은 반 여자애들이 완전히 오해한 방향성에 따른 올바른 반응을 보였다.

……크. 나에 대해 잘 모르는 애들이, 나를 변태라고 오해하겠어.

내 인간성을 안다면, 학교 행사에 이상한 물건을 가져올 리가 없다는 것을 알 텐데 말이다.

좀 변호해주지 않겠어? 그런 기대가 담아서 마시로와, 연인 사이(가짜)의 유대가 자아내는 비밀스러운 눈빛 교환을 했다.

"…………저질."

"어……."

하지만 돌아온 것은 얼음장 같은 눈길, 그리고 신랄한 한 마디였다.

내 신용치는, 이것밖에 안 되었던 건가…….

"미, 미미미, 미안해, 오오보시! 이럴 작정은 아니었어!"

오해가 퍼져나가고 있단 사실을 눈치챈 미도리가 허둥지둥 머리를 숙였다. 그리고 소곤거리며 이쪽을 쳐다보는 학생들을 향해, 상세한 설명을 해주려고 입을 열었다.

"딱히 방금은 오오보시가 음란한 물건을 가져온 걸 지적한 게 아니라, 내가 신칸센 반 배정을 조작할 동기가 있다면 그건 오오보시가 음란한 물건을 가져올 확률이 높으니 그걸 단속하기 위해서라고 오해받는 것은 내가 예상했지만, 오오보시가 진짜로 음란한 물건을 가져왔는지는 저 슈트케이스를 열어볼 때까지 확정되지 않으니, 이른바 슈뢰딩거의 고양이 상태랄까, 아니, 정확하게는 슈뢰딩거의 음란한 물건이라고 해야—."

"아아아아아아아! 『음란한 물건』이란 말 좀 그만해~!"

오해를 풀어주려 하는 성실한 자세 자체는 높이 사지만, 아무리 생각해도 이건 역효과다!

게다가 당황한 탓에 말이 너무 장황했다.

문장으로 쓰면 읽기도 힘들 듯한 이런 대사는, 듣는 녀석의 귀에 『오오보시』와 『음란한 물건』이란 단어만 남길 거라고!

뉴스 기사 타이틀만 읽고 기사의 전모를 이해했다 여기는 인간이 많은 작금에, 이래서는 『오오보시』, 『음란한 물건』만 돌아다니며 『오오보시가 음란한 물건을 가져왔다』는 오해를 퍼뜨릴 것이다.

“그, 그래. 『음란한 물건』이란 단어는 좀 경박하긴 해. 으음, 『미풍양속에 저촉되는 센서티브한 물건』은 어떨까?!”

“됐으니까 제발 입 좀 다물어어어어어어어어어어어!”

입은 재앙의 근원이란 말이 생각나는데, 왜 그 재앙은 본인이 아니라 나한테 쏟아지는 걸까?

“출발하기도 전에 끔찍한 일을 겪었어…….”

“아하하. 고생했네.”

혼란에 빠진 미도리를 어찌어찌 진정시켜서 혼돈(카오스) 그 자체인 상황을 처리하고 지정된 자리에 앉았을 즈음, 나는 지칠 대로 지쳐 있었다.

좌석은 3인석 두 개가 마주 보도록 배치되어 있었다. 같은 조 학생 여섯 명이 3대3으로 마주보고 앉게 되어 있었다.

한쪽에는 안쪽부터 스즈키, 오즈가 앉아있었고, 나는 통로 쪽 좌석이었다.

다른 쪽에는 안쪽부터 마이하마, 타카미야, 마시로가 앉아있었다. 내 맞은편이 마시로인 것은, 다른 조원들의 배려이리라.

“그건 그렇고 오오보시는 특별진학반의 카게이시 양과 사이가 좋구나. 좀 의외야~.”

“그래……?”

사이가 좋다는 말을 들을 만한 사태는 아니었다고 생각하는데 말이다.

타카미야처럼 텐션이 하늘을 찌르는 인싸 눈에는 그렇게 보인 걸까.

“아스카, 그 일이 계기 아닐까? 오오보시가 연극부가 출전한 대회에 도우미로 무대에 섰던 일이 있었잖아.”

“아~, 맞다~!”

“‘……어?!’”

여자애 두 명이 아무렇지 않게 한 말에, 흠칫하며 과잉 반응한 인간이 두 명 있었다.

나와 마시로다.

“아, 알고 있었어?”

“당연하잖아. 우리 학교에서 전국대회에 진출한 부가 나왔는데, 유명해지는 게 당연하지 않겠어? 교내 신문에서도 다뤄졌고 말이야.”

성실함이 옷을 입고 돌아다니는 듯한 느낌의 상식인 타입인 마이하마가 당연한 일을 이야기하는 듯한 어조로 말했다.

매사에 대충대충인 듯한 타카미야라면 몰라도, 마이하마가 저렇게 말하니 설득력이 어마어마했다.

그건 그렇고, 교내 신문에서 다뤄진 건가.

그런 걸 읽는 학생도 있구나. 남의 부활동 결과에 1밀리미터도 관심이 없는 나는 믿기지 않았다.

"아~! 맞아! 그리고 누구더라? 1학년 중에 유명한 애가 대역으로 나섰잖아."

"코히나타 양, 이었지 않아? 학년 수석인 사람 말이야."

"엄청 청초하고 귀여운 애 맞지?! 호오~! 그런 애와 같이 공연했구나! 오오보시, 대박이네!"

"후훗. 나도 그 연극이 보고 싶었어. 부실에 가면 대본이라도 읽어볼 수 있을까?"

"……윽!"

마이하마의 소박한 한 마디에 마시로의 얼굴이 흠칫했다. 그리고 부들부들 떨면서 새파랗게 질린 얼굴로 마이하마를 쳐다봤다.

"안 돼. 안 읽는 편이 나아."

"어? 츠, 츠키노모리 양?"

"그렇게 부끄러운 대본을 널리 알리지 말아줬으면 해."

"말이 너무 심하지 않아? 소문으로 들은 거지만, 유명한 작가분이 써준 대본이라던걸?"

"끄아아아아아……."

마시로는 성스러운 빛에 정화되는 악마의 단말마 같은 목소리를 내며 몸을 비틀어댔다.

아싸라서 그 닭살 돋는 연애 시나리오를 견딜 수 없는 것 같았다.

그렇게까지 싫어할 건 없지 않을까…… 란 생각도 들지만 말이다.

“흐음, 몰랐어. 연극부도 오오보시의 협력으로 잘 풀린 거구나.”

“연극부도? 뭐야, 스즈키. 정보통 분위기 좀 팍팍 내네!”

“그런 건 아니지만 말이야~. 실은 나도 오오보시 덕분에 잘 풀린 일이 있거든.”

“……뭐?”

스즈키 녀석이 무슨 소리를 하는 거지? 고마움이 가득 담긴 말투로 저렇게 말하지만, 나는 짚이는 구석이 없다.

코밑을 손가락으로 훔치는 옛날 만화에나 나오는 행동을 취한 스즈키는 멋쩍은 듯이 얼굴을 붉힌 채 말했다.

“실은, 얼마 전에…… 여친이 생겼어.”

“오~! 꽤 하잖아, 스즈키!”

“와아, 축하해.”

그 커밍아웃에 가장 먼저 반응한 이는 타카미야, 다음은 마이하마였다.

유감스럽게도 자신 이외의 다른 남자에게 연인이 생겼을 때의 대화 샘플이 너무 적은 오즈와, 리얼충 커뮤니케이션 능력이 제로인 마시로는 반응하지 못했다. 두 사람은 입을 반쯤 벌린 채, 얼이 나가 있었다.

그리고 나 또한, 무슨 말을 들은 건지 몰라서 괜찮은 반응을 보이지 못했다.

"으음……? 축하해, 하고 말해도 될까?"

"물론이지! 전부 네 덕분이야, 오오보시!"

그 말이 전혀 이해되지 않았다. 뭐가 내 덕분이라는 건지 알 수가 없다.

"미안한데 좀 더 자세하게 설명해줘."

"아, 그게 말이지. 나, 최근에 근력 운동에 빠졌잖아? 그건 네 덕분이야. 카게이시 선생님을 꼬시고 싶다면 근육남이 되란 조언 덕분이지."

"아, 응. 맞아. 그랬지."

상대해주는 게 귀찮아서 대충 말한 것뿐이지만 말이다.

"오오보시가 그때 해준 조언 덕분에 여친이 생겼어. 정말 고마워."

"어, 잠깐만. 설마, 선생님과 사귀는 거야?"

스미레한테서는 아무 말도 못 들었지만, 그게 사실이라면 축하할 일이다.

학생과 사귀면서 본성을 숨기는 건 힘들겠지만, 잘 하고 있는 걸까.

아니, 잠깐만. 스즈키와 연락처를 교환해두면, 마감 직전에 스미레가 도망치더라도 남친을 통해 일러스트를 받아낼 수 있지 않을까? 한순간 그런 기대로 마음속이 가득 찼지만—.

"그게 아냐. 내가 다니는 헬스장에서 만난 애와 사귀게 됐어."

"아, 뭐야. 그렇게 된 거구나."

추욱…… 하고 텐션이 떨어졌다. 아쉬운 마음을 숨길 수가 없었다.

"《맹독의 여왕》을 동경한 적도 있긴 해. 하지만 내 몸을 단련하다 보니 알게 되더라고. 내 한계랄까……. 그녀와 나는 사는 세상이 다르다는 걸 말이야……."

"뭐, 사는 세상이 다를지도 몰라."

무라사키 시키부 선생님과 근력 운동은 하늘과 땅만큼 동떨어져 있긴 하지.

그 사람, 헬스장에 갔다간 30분 만에 온몸이 삶은 두부처럼 흐물거리며 녹아내릴 거야.

"게다가 지금 여친을 좋아하게 되어서 사귀다 보니 눈치챈 건데, 당시에 내가 스미레 선생님에게 품고 있던 건 연애 감정이 아니었어."

"그럼 뭔데?"

"동경. 존경심을 사랑으로 착각한 거야."

"착각……."

그 단어가, 왠지 가슴 속에 깊숙이 박혔다.

청춘, 연애…… 그런 것과는 인연이 없는, 효율적인 업무처리로 점철된 학창 시절을 보내온 나는 어떤 것이 진정한 연애 감정인지 모른다. 이해할 자신이 눈곱만큼도 없다.

만약 스즈키가 그 답에 누구보다 먼저 도달한 거라면, 정말 부럽다…….

"에이, 성욕이잖아~! 검은색 스타킹 각선미 쿨뷰티를 보고 발정했을 것뿐이면서~. 뭘 무게 잡는 거야!"

"—들켰구나! 푸하하!"

"…………."

방금 한 말은 취소하겠다. 이 자식, 진짜 못 말리겠네.

한순간 감성적인 독백을 마음속으로 중얼거렸잖아. 내 시적 감성 포인트를 돌려줘.

내 감동을 호쾌하게 웃어서 날려버린 스즈키는 아무튼! 하며 화제를 다른 곳으로 돌렸다.

"오오보시의 조언을 듣고 근육남이 된 덕분에 여친이 생겨서~! 고마워하고 있단 거야! 하하하!"

"인과응보의 증명이 참 대충대충이네……. 딱히 내 덕분도 아닌 거잖아."

"후후. 딱히 나쁜 일이 아니니까, 순순히 감사를 받아두면 되잖아."

"그래! 맞아! 코히나타, 너도 그렇게 생각하지?"

오즈와 스즈키가 어깨동무하면서, 의기투합했다.

이 남자끼리의 묘한 결탁은 대체 뭐지…….

"나, 나도, 코히나타의 말에 동의해. 오오보시는 어른스러워서 의지가 되는 느낌이 있어."

내가 그런 생각을 하고 있을 때, 마이하마까지 참전했다. 스즈키의 구체적인 에피소드에 비하면 막연한 동의라 근거 없이 남의 의견에 편승하는 것 같았다. 하지만 그걸 지적하면 더 칭찬하라고 강요하는 느낌일 것 같아서 딴죽을 걸지는 않았다.

마이하마가 배시시 웃으며 나를 칭찬했지만, 그렇다고 「어? 나한테 반했나?」 같은 어처구니없는 착각에 빠지지는 않았다.

교묘하게 숨기고 있지만, 그녀의 시선은 오즈를 향하고 있다.

타깃은 내가 아니라, 오즈다. 오즈의 의견에 동의해서 공감한다는 것을 어필할 속셈이다!

—하고, 명탐정 행세를 하며 추리할 것도 없다.

마이하마 쿄코는 여름 방학이 되기 전, 오즈에게 여름 축제에 같이 가자고 말할 정도로 그에게 마음이 있는 여자애다. 그때는 딱히 접점이 없는 학생이라서, 이름을 기억하지 않았지만 말이다.

그건 그렇고, 꽤 과감한 애라는 생각이 들었다.

데이트도 신청했고, 수학여행에서 같이 조가 되려고 했다. 오즈에게 다가가기 위해, 최선을 다하고 있는 것이 느껴졌다.

연애 감정이 향하는 대로 우직하게 나아가고 있는 눈치다. 예전의 나라면 청춘이나 연애에 빠져 정신이 나갔다 같은 편견 어린 시선으로 이런 이들을 쳐다봤을 테지만, 지금은 이것도 꿈을 좇는 것과 마찬가지로 쉽지 않은 길처럼 느껴졌다.

나는 맞은편에 앉은 마시로를 힐끔 쳐다봤다.

……마시로도, 과감하게 나에게 고백했었다.

당시의 나는 연애에 관해 진지하게 생각할 수 있는 타이밍이 아니어서, 거절하고 말았지만…….

그런 그녀도, 올곧은 사람이다.

혹시 여자들은 하나같이 연애에 있어 이렇게 대담한 것일까? 그러고 보니 그런 느낌의 비속어가 인터넷에서 예전에 유행한 적이 있었지.

"음……."

마시로는 내 시선을 눈치챘다. 그러자 도끼눈을 뜨면서, 입술을 삐죽 내밀었다.

"여자애한테 칭찬받고 좋아 죽나 보네. ……저질."

"아니, 그런 표정 안 지었어. ……안 지었지?"

"글쎄. 거울이라도 보지 그래?"

마시로는 흥, 하고 고개를 돌리며 언짢아했다. 역시 오늘 아침 일부터 시작해서, 마시로와 잘 풀리지 않는 것 같았다.

바로 그때, 마시로의 부푼 볼을 누군가가 검지로 살짝 눌렀다.

옆자리에 앉아있는 타카미야였다.

"쿄코한테 질투해~? 너무 귀엽네~. 에잇에잇~."

"잠깐…… 가지고 놀지 마."

"방금 그거 가지고 삐친 걸 보면, 오오보시와 츠키노모리 양은 진짜로 사귀나 보네~. 커플이란 느낌이 그다지 안 들어서 이미 헤어졌거나, 실은 사귀는 게 아니라고 생각했다니깐."

""…………윽?!""

나와 마시로의 표정이 동시에 얼어붙었다.

"사, 사사, 사귀는 게 아니라니, 말도 안 돼. 전학 오자마자, 일부러 클래스메이트 앞에서 설명했잖아?"

"아니~, 그것도 부자연스럽거든? 보통 남친 여친 관계는 숨기기 마련이잖아."

"어? 그래? ……몰랐어."

"나도 마찬가지야."

슬프게도, 나와 마시로는 음지에서 사는 자들이다. 이성과 사귄 경험도 없고 친구도 적어서, 뭐가 보통인지 아직도 잘 알지 못했다.

"일부러 그런 어필을 하니까~. 전학 전에 이런저런 일이 있어서 반에 녹아들지 못할까 불안한 츠키노모리 양을 도와주려고, 오오보시가 가짜 연인 행세라도 하는 건가~ 했어. ─뭐, 그런 만화 같은 일이 현실에서 벌어질 리 없나! 아하하♪"

"다, 당연하지. 과대망상, 이야. 아, 안 그래? 아키."

"그, 그래. 가짜 연인이라니, 그딴 건 오타쿠의 꿈 같은 거야. 아하, 아하하하……."

큰일 났다. 웃지를 못하겠어. 농땡이 부리지 마, 표정 근육!

……그건 그렇고 말도 안 되는 직감력이다. 근거도 전혀 없으면서, 자연스럽게 정답을 맞혔다.

타카미야 아스카, 무시무시한 존재다. 야생 타입 파티피플녀라는 칭호를 줘야 하나?

얼마 전까지는 평범한 클래스메이트, 아무 관련 없는 여학생 정도로만 인식했는데 왜 이제 와서 이렇게 캐릭터성을 발휘하는 걸까. 나 자신이 이렇게 강렬한 캐릭터를 주위에 모이는 체질이라도 되는 걸까.

아니면 실은 다들 강한 개성을 지니고 있으며, 그걸 아는지 모르는지의 차이뿐인 걸까.

"그럼 말이야. 이참에 전부터 궁금하던 걸 물어봐도 돼?!"

"그, 그래."

"오오보시와 첫 데이트는 어디서 했어?!"

"첫 데이트……. 궁금하구나. 흐음…… 뭐, 가르쳐줄 수도 있어."

마시로는 싫은 듯한 표정을 지으면서도, 입가가 씰룩거렸다.

나, 나왔다~! 자기는 말하기 싫지만 질문을 받았으니 어쩔 수 없는 척하지만, 실은 자기 연애담을 자랑하고 싶어 환장한 애~!

한때 마시로가 증오해 마지않던, 바보 커플의 대표적 습성 그 자체다.

해방 전쟁을 통해 독재자로부터 나라를 구한 영웅이, 왕이 되자마자 독재자와 똑같은 방식으로 나라를 통치하기 시작한 역사의 무상함이 느껴졌다.

"그건, 그러니까…… 야경이 아름다운 고급 호텔의 최상층 프렌치 레스토랑이었어……."

"거짓말. 첫 데이트로 고급 프렌치?! 너무 부담스럽지 않아?!"

맞는 말이다.

사실 첫 데이트는 쇼핑몰에서의 영화 감상이지만, 그건 카운트하지 않는 것 같았다.

하긴, 그때는 이로하도 있었고, 오즈와 스미레가 재미있어하며 참가 거부를 하는 바람에 결과적으로 하렘 느낌이 됐을 뿐, 애초에 데이트가 아니긴 했다.

"그런 세련된 곳에는 처음 가봤어. 벽에는 비싸 보이는 그림이 걸려 있고, 어둑어둑한 공간에 램프 갓의 어슴푸레한 빛만 떠올라 있었어. 어렴풋이 감도는 아로마 향, 너무 크지도 작지도 않은 음량으로 선율을 자아내는 클래식 음악. 이런 날이 왔을 때를 위해 준비해둔 드레스를 입고, 긴장한 표정으로, 마시로는 아키가 기다리는 테이블로 향했어—."

"오, 오오……. 현장감이 엄청나……."

"눈을 감으니 그 광경이 눈앞에 어른거려. 마치 뛰어난 소설을 읽는 것 같아.”

타카미야는 압도당했고, 마이하마도 이야기에 빠져들었다.

아직 작가 지망생이라지만, 프로 편집자에게 거둬져서 지도를 받는 준프로답게, 마시로의 표현력은 탁월했다.

뭐, 자기 연애를 자랑하는 용도로 쓸 스킬은 아니지만 말이다.

“마시로들의 앞에 차례차례 나온 코스 요리는 하나같이 아름답게 플레이팅되어 있었고, 맛 또한 3성급에 걸맞게 굉장했어. 벼락치기로 익힌 테이블 매너 탓에 칼질 하나 제대로 못 하는 자기 모습이 아키의 눈동자에 비치자, 마시로는 볼을 붉히며 고개를 숙였어—.”

“세련돼! 압도적일 정도로 세련된 느낌이야! 한류 멜로 드라마도 경악할 정도의 로맨틱!”

“오오보시라는 성과 레스토랑의 3성, 벼락치기와 칼질[#1] 등, 곳곳에 은유가 센스 있게 쓰였어. 그리고 자기 자신의 모습을 묘사하는데 오오보시의 눈동자를 이용해, 좋아하는 사람의 눈에 시선이 빨려 들어가는 마음의 움직임도 표현했구나. ……사랑에 빠진 츠키노모리 양의 모습이, 눈가에 어른거리는 것만 같아.”

이 타이밍에 마이하마도 괴상한 독해력으로 자신의 캐릭

#1 오오보시라는 성과 레스토랑의 3성, 벼락치기와 칼질 일본어 표기에서 비슷한 발음, 그리고 칼날이라는 의미가 공통적으로 쓰임.

터성을 강화했다. 너는 오즈를 좋아한다는 것만으로도 기억에 남기 충분하니까, 무리해가면서 캐릭터성을 더욱 강화 안 해도 돼.

야생 타입 파티피플녀 타카미야 아스카에 이어서 궁극 독해 문학 여자 마이하마 쿄코까지 탄생하자, 클래스메이트 전원이 위험한 녀석이 아닌지 의심하게 될 지경이지만—.

"그리고 아키는 진지한 표정으로, 마시로의 눈을 응시했어."

"아……."

이제까지 유창하게 말하던 마시로의 입이, 갑자기 멈췄다.

—당연했다.

거기서부터 이어지는 장면은 관계자 이외에는 열람 금지다.

왜냐하면 그것은, 마시로의 온 힘을 다한 고백을 내가 잔인하게 거부하는 순간이니 말이다.

하지만 다시 들어보니, 나란 녀석은 그런 악랄한 짓을 참 아무렇지도 않게 한다는 생각이 들었다.

첫 데이트에서, 차인다.

그런 지옥 같은 경험을 극복하며, 마시로는 아직도 나에게 계속 대시하고 있다.

연애나 청춘 같은 것에서 눈을 돌리며 도망쳐온 나는 상상조차 할 수 없지만…….

아마 그건 믿기지 않을 만큼 힘든 일일 거야.

다음 장면을 날조하기 위해 마시로가 어떤 묘사를 쓰든,

나에게는 불평을 늘어놓을 자격이 없다.

갑자기 접시가 폭발해서 머리가 박살나더라도, 창문을 깨부수며 튀어 들어온 상어에게 머리를 뜯어 먹히더라도, 감수할 뿐이다.

"『이 호텔의 방을 예약해뒀어. 오늘 밤에는 안 재울 거니까 각오해, 마시로』 그렇게 말하며, 아키는 내 어깨를 상냥히 끌어안—."

"—지 않았거든?!"

"부우. ……뭐야. 부정하는 거야? 흐음. 내가 뭐라고 하든 불평 안 하는 거 아니었어?"

"아니, 그렇게 말하긴 했지만…… 아니, 말 안 했거든? 생각했을 뿐이야. 남의 마음을 읽지 마."

"생각한 시점에서 계약 성립. 아키에겐 반론할 권리 없어."

"사상의 자유는 어디 간 거야?!"

"아키한테는 그런 건 없거든? 마시로의 표현의 자유는 그 무엇보다도 우선돼."

법 해석이 너무 실력행사 그 자체였다.

아니, 하지만 말이야. 아무리 차인 걸 그대로 설명할 수 없더라도, 고등학생에게 크로스테일은 안 되잖아. 그건 결혼을 전제로 한 남녀에게만 허락된 금단의 기술(브라이들 아츠)이라고. 너무 직접적인 단어 사용을 피하기 위해 의미를 알 수 없는 조어를 연발할 정도로 위험한 녀석이다.

참고로 크로스테일의 의미를 모르겠다면, 교차라는 의미의 크로스와 꼬리라는 의미의 테일을 한자로 바꿔보면…… 아, 그런 건 아무래도 상관없다.

타카미야와 마이하마에게 이상한 오해를 산다면 같은 반 여자애들 사이에서 말도 안 되는 소문이 퍼질지도 모른다.

뭐, 리얼충은 경험이 풍부할 테니 이런 황당무계한 첫 체험담을 믿지는 않겠지만 말이다.

"휘유~! 오오보시는 꽤 하네! 우와, 동정 아니었구나~. 쿄코찡, 젤리 한 개 줄게."

"아, 응. 고마워."

"남의 첫 체험으로 내기하지 마."

이 애들, 덜컥 믿어버렸어.

그리고 마이하마. 얌전하게 생겨서 『했다』는 쪽에 건 거냐. 여자애는 정말 무서워.

"크으~, 사고 쳤네. 전부 열 명이 맞췄잖아~. 젤리를 열 개나 헌납하게 생겼어~."

"의외로 대규모 내기였던 거야?!"

"우리 반 여자애 중에 3분의 2 정도가 참가했어. 칫, 오오보시한테서 동정 스멜이 풀풀 나서 틀림없다고 생각했는데~."

"여러 면에서 되게 너무하네……."

뭐, 동정인 건 엄연한 사실이지만 말이다. 그건 그렇고 타카미야가 지닌 야생의 감은 너무 엄청난걸.

그건 그렇고 대부분이 나와 마시로가 첫 체험을 마쳤다는 쪽에 건 거냐. 우리가 얼마나 문란하다고 여기는 거냐고.

……아니, 여름 방학 이후로 페로몬을 풀풀 풍기는 마시로를 보면, 오해하는 것도 무리는 아닌가.

그러고 보니 나는 마시로와 가짜 커플이 된 후로도 계속 공기 취급이라고 생각했는데……. 다들 나를 인식하고 있잖아.

"자, 잠깐만. 왜 『했다』고 생각하는 거야. 그 후의 전개는 아직 이야기 안 했잖아. 어디까지나 정신적 유대뿐일 가능성도 부정할 수는 없다고 봐. ……응."

"어~. 젊은 남녀가 단둘이서 같은 방에 숙박했는데, 아무 일도 없을 리가 없잖아~?"

"그, 그렇지는…… 어라……?"

마시로는 앞 머리카락에 가려지기 마련인 눈을 치켜뜨더니, 무시무시한 빛을 뿜으며 나를 노려봤다.

『어젯밤, 이로하 양과 단둘이서 같은 방에 숙박했지?』

『아니, 그 이야기를 꺼내는 거야?!』

그리고 남들에게 듣지 못 하게 하기 위해서라고는 해도, 대뜸 입만 움직여서 나에게 메시지를 전하지 말아줬으면 한다. 요즘 들어서 몰래 이야기를 나누는 횟수가 너무 잦아서, 즉시 상대방의 입술을 읽고 내용을 파악하는 나도 문제지만 말이다.

『잠깐만 있어 봐. 그렇게 치자면 마시로도 내 방에서 묵은 적이 있지 않아?』

『…………그건, 그래.』

『그렇지? 논리적으로 생각해보면, 답은 하나뿐이야. 그래. 그건 바로—.』

『—바로 그날, 마시로는 자기도 모르는 사이에 아키와 선을 넘었다……?』

『아냐. 그게 아니라고.』

우선 전제조건을 의심하는 법부터 익혀줬으면 한다.

매번 국어 시험에서 만점을 받는 데다 소설도 쓸 정도니 일본어는 완벽하게 마스터했을 텐데, 왜 이런 오류를 범하는 걸까.

"어이어이어이어이어이. 저 두 사람, 눈으로 이야기를 나누고 있어. 이게 커플이라는 걸까. 우리는 완전 안중에도 없나 봐, 쿄코찡."

"마, 맞아, 아스카. 너무 러브러브해서 보는 내가 다 부끄러울 정도야."

"젠장, 청춘 그 자체네. 나도 여친을 소중히 여겨야지."

……아차, 역효과가 났다.

나와 마시로만의 비밀 통신이라 대화 내용은 숨겼지만, 마음이 통하고 있다 사실 자체를 숨기지 못한다면 그저 꽁냥꽁냥거리는 것일 뿐이다.

사정없는 야유를 받자, 마시로의 얼굴이 새빨갛게 물들었다.

"……윽. 아, 아니…… 아닌, 건 아닌데…… 저기, 너무 놀리지 마……."

"우호~! 역시 츠키노모리 양은 귀엽네~! 에잇에잇에잇!"

"하~지~마~. ……정말, 바보 같네."

이번에는 새빨개진 마시로의 볼이 타카미야에게 연타 당했다.

놀림을 받는 것 같지만, 마시로의 목소리와 표정을 보면 딱히 싫어하는 것 같지 않았다.

마시로의 말끝에는 여전히 험담이 미세하게나마 섞여 있었다.

하지만 그것은 닫혀 있던 마음의 조개가 입을 벌리면서, 눈부시게 빛나는 진주가 드러나려 하는 징조라고 나는 생각했다.

*

『자기가 얼마나 특수한 인간이며 남의 부러움을 사고 있는지, 이제 자각했어?』

『이제까지 NO 리얼충을 자처해와서 송구하기 그지없사옵니다. ……이제 됐어? 오즈.』

『조건부 집행유예.』

『용서해주는 건 아니구나…….』

나와 초 슈퍼 큐트 이로하 양의 방(2)

이로하
선~배♪

이로하
선배!!!!!

이로하
선배~(눈물)

이로하
선배~☆

이로하
서 · 언 · 배 · 애(^ε^)−☆Chu!!

AKI
어이.

이로하
아, 이제야 대답했네.

AKI
이 제정신 아닌 듯한 로그는 뭐야?

이로하
너무해요! 희노애락&LOVE의 모든 패턴으로 선배를 불렀을 뿐이라고요!

이로하
『검은 새끼 염소』 유저라면 군침을 삼킬 레어 보이스 모음이란 말이에요!

AKI
이게 무슨 보이스야. 문자일 뿐이잖아.

이로하
선배라면 문장만으로 제 목소리를 머릿속 재생하는 건 껌이잖아요?

실질적으로 보이스나 다름없어요!

이로하

자, 상상해 보세요. 들려오죠? 저의 귀여운 목소리가….

AKI

하아.

이로하

여행 중에는 제 목소리를 못 들어 쓸쓸하지 않을까 싶어서요.

AKI

그렇구나.

이로하

선배를 아끼는 후배로서 해줄 수 있는 게 없나 싶어, 생각하고 또 생각했어요.

AKI

흠.

이로하

그리고 도달한 결론이 바로! 원거리 LIME 치근덕!

이로하

떨어진 곳에서도, 선배를 외톨이로 만들지 않을 거예요~!

AKI

RMFO.

이로하

방금 대충 문자 친 거죠?! 화면도 안 보고 친 거 맞죠?!

이로하

이 오타로 볼 때, 선배의 스마트폰으로 『그래』 하고 치려다 실수로 영어 입력한 거 아니에요?!

AKI

rmfo.

이로하

왜 일부러 소문자로 설정을 변경해서 『그래』하고 입력한 건데요?!

AKI

대단한걸. 전부 꿰뚫어 봤잖아. 명탐정 같아.

AKI

진실은 언제나 하나!

이로하

애니 소재를 대충 써먹는 데서도 두뇌 회전 안 시키는 느낌이 팍팍 든다고요오오오오!

AKI

아, 슬슬 이동하는 것 같네.

AKI

배터리도 얼마 안 남았으니까, 오늘은 너를 신경 써주지 못할 것 같아.

이로하

네에에에에? 저는 선배가 신경 써주길 바라는 게 아니거든요?!

이로하

저는 그저 선배를 생각해서 이러는 거라고요!

AKI

나중에 봐~.

이로하

ㅇㅇㅇㅇㅇㅇㅇ! 아직 이야기 안 끝났는데에에에에에엣!

이로하

ㅇㅇㅇㅇ, 바보 바보~!

이로하

선배는 바보~!

interlude 막 간 ..... 사사라와 이로하

오늘은 평소와 다른 하루다.

아무런 근거도 없이 그렇게 느껴지는 날이, 한 달에 한 번 정도 있다고 나— 토모사카 사사라는 생각한다.

서버 트러블 탓에, 매일 보는 SNS에 로그인할 수 없다.

아침 뉴스 프로그램의 운세 코너에서 불길한 결과가 나왔다.

화장이 잘 먹지 않는다.

—기타 등등.

계기는 그런 사소한 일상의 위화감이다.

보통 그 위화감은 기분 탓이며, 딱히 평소와 다름없는 일상의 연장선에 지나지 않는다.

존경하는 편집자인 호시노 씨의 말에 따르면, 그럴 때는 주위 환경이 이상한 것이 아니라 그저 자신에게 변화가 발생했을 뿐이라고 한다.

왠지 불길한 기운이 감돈다거나, 시대의 흐름이 나쁘다 같은 오컬트와 상관없다. 그러니 자기 자신을 항상 좋은 상태로 유지하기만 하면 자연스럽게 신경 쓰이지 않게 된다고 한다.

역시 찬란히 빛나는 사람은, 하는 말도 달라! 레알 리스펙트~.

……저는 그렇게 믿어왔지만요, 호시노 씨. 으음, 아마 오늘은 확신을 가지고 말할 수 있을 것 같아요.

오늘은 평소와 다른 하루다, 하고요.

왜냐하면 사소—하다는 레벨을 넘어선 절대적인 위화감을, 교실에 발을 들인 사람이라면 누구라도 바로 느낄 수 있으니 말이다.

"으으~ 으그극……."

아침 루틴을 마치고 여유롭게 등교한 내가 본 것은, 자기 자리에서 얼굴을 웅크린 채 거무튀튀한 아우라를 뿜고 있는 코히나타 이로하의 모습이었다.

낮은 으르렁거림이 흘리고 있는데, 배가 아파서 그런다기보다 마음속에서 넘쳐 나오는 분한 마음을 주체 못 하는 느낌에 가까웠다. 피지컬보다 멘탈에 대미지를 입은 것이다. 어느 쪽이든 간에 걱정되는 상태라는 건 틀림없다.

이로하가 걱정되는 건 나만이 아닌지, 다른 클래스메이트도 그녀를 힐끔힐끔 쳐다보며 뭐라고 말을 걸면 좋을지 고민하는 눈치였다.

우등생, 코히나타 이로하. 언제 어느 때나 밝고 청초하며, 미소를 잃지 않는 인기인.

그런 애가 저렇게 우울해하고 있으면, 누구라도 걱정될 것이다. 나라도 걱정한다.

일단 무슨 일인가 정보 수집을 해봐야겠다 싶어서, 나는 근처에 있던 애들에게 말을 걸었다.

“좋은 아침~. ……저기, 이로하가 왜 저래?”

“모토, 좋은 아침~. 그게~, 우리도 모르겠지. 무지무지푸딩~.”

“이로하가 저렇게 다운된 것 자체가 흔치 않은 일이잖아. 이유를 몰라서 당황스럽달까, 솔직히 걱정돼~.”

“동감~. 대박 걱정 대폭발 중~.”

“사사라는 요즘 코히나타 양과 자주 어울리지? 좀 신경 좀 써주지 않을래?”

“오케오케. 뭐, 분위기 살피며 풀어줘 볼게.”

“토모, 굿잡~! 믿음직 그 자체~.”

“나만 믿어~.”

상대가 내민 주먹에 주먹을 맞대며 펀칭 건배를 했다.

대화와 행동에 딱히 깊은 의미는 없다. 그때그때의 분위기다.

독특한 비속어도 마찬가지다.

다들 비슷한 시기에 비슷한 말을 쓰게 되면서 자연스럽게 나도 거기에 휘말리게 됐지만, 아직도 정확하게 이야기하고 있지는 않다. 솔직히 말해 그게 대체 뭐야? 싶을 지경인 경우도 많다.

미디어에서 소개되는 여고생 단어라는 것과도 일부는 겹치지만, 전혀 다른 것도 있다. 뭐, 우리에게는 우리의 문화권이 있는 것이다. 세세한 건 아무래도 상관없다.

그것보다 지금 중요한 건 이로하다.

다른 애들한테 부탁도 받았으니, 절친으로서 팔 좀 걷어붙이도록 할까요.

일단 점심때, 런치를 투게더해볼까.

드디어 찾아온 점심시간, 우리는 학교 옥상으로 향했습니다~.

요즘은 옥상이 봉쇄된 학교도 많다지만, 코자이 고등학교는 학구 안에서 굴지의 진학고라서 지성 및 학생 수준이 높아서 선생님들에게 신뢰받고 있거든. 뭐, 내가 평균점을 왕창 올려준 덕분이라는 설도 있지만, 그런 내가 옥상을 이용하니 문제없지 않을까?

아무튼 옥상의 철망 아래에 손수건을 깔고 자리에 앉은 나와 이로하는 도시락통의 뚜껑을 열었다.

이로하는 여전히 기운이 없었던 탓에, 교실에서 여기까지 끌고 오면서 고생했다니깐. 하아, 진짜 성가시네.

"자, 무슨 일인지 말 해봐. 여기라면 다른 애도 없으니까, 본성을 드러내도 되잖아?"

"하지만 남친 없는 세월=나이인 사사라한테 섬세한 사랑

이야기를 해주는 것도 좀 안 되잖아."

"시비 거는 거야?! 그리고 연애를 못 하는 게 아니거든?! 나한테 걸맞은 하이레벨의 남자가 없을 뿐이거든?!"

적어도 키 180cm, 학업 성적 전국 2% 이내, TOEIC 800점, 운동신경 발군, 그리고 이야기를 나누는 게 즐거운 정도의 토크력을 지녔으면 한다. 얼굴은 미남이면 좋지만, 눈이 크고 윤곽이 또렷하며 헤어 스타일과 패션이 세련된데다 항상 청결한 사람이면 평범남이라도 타협할 수 있다.

주위에 이 허들을 넘을 수 있는 사람이 없어서 연애를 하지 않는 것뿐, 타협 좀 한다면 남친 한두 명 정도는 언제든지 만들 수 있어.

—어? 잠깐만. 잠깐만 있어 봐.

"사랑 이야기? 뭐야, 이로하. 너, 사랑 고민 중인 거야?"

"응. 꽤 심각해."

"맙소사~. 오오보시 선배가 사고라도 친 거야?"

"귀여운 후배를 내버려 두고 딴 여자와 여행 데이트 중이야."

이로하는 삐친 것처럼 볼을 부풀리더니, 토라진 어조로 그렇게 말했다.

여행, 이라는 단어를 듣고 바로 감이 왔다.

그러고 보니 지금, 2학년은 수학여행을 가서 학교에 없다.

"그럼 오오보시 선배를 못 만나서 쓸쓸한 거야? 뭐야, 사랑에 빠진 소녀야?"

"맞아. 사사라는 만날 수 없어서 안타까움에 흐느끼는 사랑을 해본 적 없지? 잘 알지도 못하는 화제 꺼내서 미안해."

"크으……. 아까부터 카운터가 되게 날카롭네……. 나한테 화풀이하는 거지?"

"응. 시원시원한 반응 보여줘서 땡큐, 샌드백."

"인정하지 말아줄래?!"

풀이 죽었으면서 인정사정없이 놀려대기는. 『이로하다움』을 잃지 않은 건 다행이지만, 친구한테 배려 좀 해줘도 좋지 않아?

"그것보다 이로하는 오오보시 선배를 못 만나는 시기엔 항상 이래? 오오보시 선배 부족으로 일일이 풀이 죽었다간 한도 끝도 없잖아."

"나도 딱히 24시간 선배가 곁에 없으면 죽는 토끼 같은 건 아니거든?"

"그럼 왜 이렇게 가라앉은 거야?"

"그건…… 뭐랄까, 이런 학교 행사 관련으로 특별히 느끼는 바가 있달까……."

"뭐? 영문을 모르겠네."

이로하가 입술을 삐죽 내민 채 우물쭈물하며 그런 알쏭달쏭한 말을 하자, 어른스러운 대처로는 정평이 나 있는 나도 짜증이 났다.

괜히 숨기지 말고, 빨리 털어놓으란 말이야.

이로하는 머릿속으로 무슨 생각을 하는 건지, 한동안 양 손가락으로 깍지를 꼈다가 풀기를 무의미하게 되풀이했다.

그리고 십여 초 후—.

“이럴 때면 실감하게 돼~.”

졌다는 듯이 그렇게 말한 이로하는 체념 어린 표정을 지으며 하늘을 올려다봤다.

나도 덩달아 하늘을 쳐다봤다. 점심시간의 가을 하늘은 구름 한 점 없고, 참 높게 느껴졌다.

“결국 선배는 나보다 한 학년 위야. 아무리 다가가더라도, 결국 이렇게 멀어지고 만다 싶어~.”

“연상이니까 당연하지 않아?”

“차라리 유급하면 좋겠어. 그러면 선배와 같은 교실에서 나란히 앉아 수업을 들을 수 있잖아.”

“……너무한 거 아냐?”

“순 억지라는 건 자각하고 있다고요~. 뭐, 괜찮잖아. 그냥 말해보는 것뿐인걸.”

말은 저러지만, 무지 진심 같았다.

황당무계한 소원이라는 것은 이성이 이해하고 있지만, 마법이 존재한다면 진짜로 이뤄졌으면 좋겠다고 눈이 말하고 있다.

……오오보시 선배를 참 좋아하나 보네.

하늘을 올려다보는 이로하의 얼굴을 힐끔 쳐다봤다. 그

얼굴을 쳐다보자, 문뜩 입학식 때의 광경이 눈앞에 어른거렸다.

흩날리는 벚꽃. 감싸여 있을 뿐인데도 졸음에 빠져들 것 같은 훈훈한 공기 속에서, 심심한 듯한 표정으로 스마트폰을 만지작거리고 있는 미소녀.

학년 수석으로 합격했으면서도 그런 건 아무래도 상관없다는 듯이 기쁨이나 자랑스러움을 전혀 풍기지 않으며 그저 시간을 죽이고 있는 그녀의 표정이 순식간에 바뀐 건, 평범한 발소리가 들려왔을 때였다.

오오보시 아키테루. 당시의 나는 얼굴조차 기억하지 못할 만큼 평범한 연상의 남자다.

꼬리를 흔드는 강아지처럼 그 녀석을 따르며 즐거운 듯이 웃는 이로하의 얼굴은 지금도 뇌리에서 선명하게 재생되고 있다.

좋아하는 선배와 같은 학교에 다니게 된 것이 그렇게 기쁜 일이야? 그런 의문이 들었다. 하지만 일주일도 안 되는 수학여행 동안의 이별만으로 이렇게 우울해하는 모습을 두 눈으로 보자, 1년간의 중학교 3학년 시절에 그녀가 얼마나 쓸쓸했을지 쉬이 상상할 수 있었다.

……맙소사, 겨우 1년 동안 다른 학교를 다니는 것도 견디지 못하는 거야? 연인으로 삼았다간 무지막지하게 귀찮은 타입이네. 사람에 따라서는 이렇게 사랑받는 걸 기뻐할지도

모르지만, 나는 무리야.

이야~ 친구 사이 정도라서 정말 다행이네~.

"뭐, 좋게 생각해. 만나지 못하는 시간이 남녀를 더욱 달아오르게 만든다고 하잖아? 그렇게 생각하며, 혼자 지내는 시간을 유효하게 활용하는 거야."

오? 나, 방금 괜찮은 말을 했네. 오늘 핀스타에 올릴 문장은 이걸로 결정!

멋진 사진과, 명언. 이 조합이 정말 끝내준다니깐~.

그야말로 『핀스타그래머 SARA의 명언집』으로 출판해도 될 레벨이다. 다음에 호시노 씨에게 기획을 제안해볼까.

야, 이로하. 한 권 천 엔의 금과옥조 같은 명언을 들을 수 있는 걸 행운으로 알아~ 하고 생각한 내가 우쭐대는 표정으로 옆에 있는 이로하를 쳐다보니—.

"지금 바쁘니까 입 좀 다물어."
"왜 스마트폰을 만지작거리고 있는 건데에에에에에에."

—저어어언혀, 듣고 있지 않았다.

이, 이 여자…… 나 같은 건 아무렇게나 취급해도 괜찮다고 여기는 거 아냐?!

"친구와 이야기 중인데, 딴짓이나 해대기는……."

"선배와의 LIME이 최우선이야! 친구라면 좀 헤아려줘."

"오오보시 선배와? 흐음, 상냥하네. 수학여행 중에도 메시지를 보내주는 거야?"

"에헤헤~. 뭐, 선배도 나와 이야기 나누고 싶어 어쩔 줄 모르는 거야."

"그래그래. 러브러브라 좋겠다~. 되게 자신만만하네."

이로하는 좋아죽겠다는 표정으로 스마트폰에 문자를 입력했다. 아까까지는 우울하기 그지없었지만, 오오보시 선배에게 연락이 오자마자 바로 이 모양이다. 희로애락의 변화가 너무 격심해서 따라가지를 못하겠네.

어이없어하다 보니 목이 말랐기에, 나는 들고 있던 물통을 열어서 물(미용과 건강에 좋은 미네랄 워터)를 따라서 마셨다.

"메시지 몇 통 보냈더니, 답장 주네~."

"실은 몇 통 정도가 아니라 연타한 거 아냐?"

"그렇지도 않아. 한 스무 건 보냈나?"

"푸웁!"

옛날 만화의 한 장면처럼 물을 뿜었다.

"우와, 더러워라. 사사라, 행실 좀 신경 써."

"네 탓이거든?!"

"무슨 소리인지 모르겠네. 남 탓하지 말아주시겠어요~?"

"짜증나……. 메시지 스무 건이란 말 듣고 물을 뿜은 거잖아!"

"아, 이모티콘을 포함하면 서른 건이 넘네."

"완전 스토커네! 그 정도면 완벽한 스토커거든?!"

"뭐어어어엇?! 너무해! 사사라한테만은 그런 소리 듣고 싶지 않아!"

"나도 스토커 아니거든~?!"

끈질김과는 완전히 담 쌓은 나한테 스토커 요소가 있을 리가 없잖아. 정말 무례한 애라니깐.

……그건 그렇고…….

이로하가 오오보시 선배를 진심으로 좋아한다는 건 알고 있었지만, 이 정도로 심각한 줄은 몰랐다.

멀리 떨어져 있을 때도 원격으로 치근덕거리는 이 집념은 범상치 않은 수준이다.

어쩌면 오늘, 나를 대하는 태도가 평소보다 약간 짜증스러운 건, 오오보시 선배에게 다이렉트 어택을 못하는 데서 비롯된 욕구불만 탓이 아닐까.

그렇다면 한동안, 이로하의 정신 상태는 안정되지 않을 테고…….

"뭐~, 아무튼 결론은 말이야."

부질없는 말다툼을 중단한 나는 다시 하늘을 올려다보았다.

가을 하늘이 끝도 없이 높아서, 한없는 거리감을 느껴지는 가운데…….

나는 진심을 담아— 지이이이이이인시이이이이이이임을 담아, 이렇게 말했다.

“오오보시 선배가 빨리 돌아오면 좋겠어.”

컴백, 이로하 전용 치근덕 샌드백~.

002 제2화 …… 친구를 좋아하는 사람을 우리가 응원

신칸센으로 교토 역에 도착한 후, 버스를 갈아타고 수십 분 동안 이동한 우리는 고풍스러운 거리에 당당히 존재하는 호텔에 도착했다.

궁전을 연상케 하도록 디자인된 외관. 주위에 존재하는 나무에서 풍겨 나오는 그윽한 향기에는 역사가 어려 있는 것 같지만, 얼룩 하나 없는 하얀 벽을 보면 지어진 지 얼마 안 된 것 같았다.

인터넷으로 검색해보니 몇 년 전에 생긴 호텔 같으며, 아름다운 외관만이 아니라 천연 온천의 뛰어난 질과 충실한 오락 시설 때문에 관광객에게 인기가 좋았다.

코멘트 란의 적힌 글에 따르면 유일한 결점은 「예약을 잡기 어렵다」는 점일 정도이니, 이 호텔의 평가는 쉬이 상상할 수 있었다.

작년까지는 고생고생을 해가면서 이렇게 좋은 조건의 호텔을 수학여행 숙박지로 잡지 않았다.

그 사실만 봐도, 수학여행 실행위원회를 이끈 스미레가 조정 및 교섭에 얼마나 분투했는지를 쉬이 알 수 있었다.

장거리 여행이라고 하기에는 짧은 시간이지만, 그래도 굳은 몸을 풀기 위해 기지개를 켜며 버스에서 내렸다.

"하암……."

이동하는 동안 타카미야가 계속 치근덕댄 탓에 낮잠을 못 잔 마시로가 하품을 했다.

조원들을 둘러보니 멀쩡한 것은 야생녀인 타카미야 정도였으며, 오즈와 스즈키한테도 나른한 기색이 감돌았다.

……거기까지 관찰한 나는 예외가 한 명 더 있다는 사실을 눈치챘다.

"오, 오오보시. ……잠깐, 나 좀 봐."

"응? 아, 그래……."

버스에서 내리고 체크인 준비를 하려던 내 등을 손가락으로 톡톡 두드리면서, 작게 말을 걸어온 여자애가 있다.

마이하마다.

호텔 부지를 꾸미는 단풍처럼 볼이 발그레해진 마이하마의 손짓에 따라, 나는 버스 뒤편으로 그녀와 함께 이동했다.

수학여행, 발그레해진 볼, 다른 학생의 시선이 닿지 않는 장소…….

이 정도 조건이 갖춰지면, 아무리 둔감한 녀석이라도 무슨 일이 벌어지려는 건지 감이 올 테지?

"저기, 실은, 오오보시에게 부탁이 있어. 해, 해도 돼?"

"내용에 달렸어."

"실은, 오오보시에게 쭉 비밀로 해온 게 있어. 의외일지도 모르지만, 놀라지 말고 들어줘."

"아마 놀라지 않을 거라고 생각하지만, 그래도 충고 고마워. 그럼 말해봐."

"저, 저기, 실은……."

새빨개진 얼굴을 숙인 채…….

마이하마는 용기를 쥐어 짜내서 이렇게 말했다.

"나, 코히나타를 좋아해."

"알아."

"뭐엇?!"

"오히려 왜 모를 거라고 생각한 건데? 다른 애들에게 등 떠밀려서, 툭하면 오즈 곁으로 왔었잖아."

"오오보시는 그런 쪽으로 무지막지하게 어두워 보여서……."

"아하~. 뭐, 그 점은 부정하지 못하겠네."

"오오보시는 자기 연애사조차 눈치 못 챌 레벨로 둔감해 보이거든……."

"아~, 응. 요즘 들어 그렇지 않나 하는 느낌이 들긴 해."

"인생에 단 한 번뿐인 이성에게 인기 있는 시기를 고2병 발병으로 놓쳐버린 탓에 30대 후반까지도 여친이 안 생겨서 평생 혼기를 놓치고 말 듯 한 분위기가 있으니까……."

"그만 좀 하는 게 어때? 순진한 애인 척하며 마구 시비 걸어대는 것 말이야."

"어엇, 그렇지 않거든?!"

마이하마는 손을 내저으며 부정했다.

거짓말을 하는 것 같지 않기에, 더 문제다.

“미, 미안해, 오오보시. 혹시 기분 상했어?”

“아~, 괜찮아. 마이하마보다 100배는 무례한 녀석들과 항상 투닥거리거든. 이 정도로는 대미지 안 입어.”

나는 면역이 있거든. 오히려 면역이 너무 강해서 급성 알레르기 쇼크가 오지 않을까 무서울 지경이라고.

“그런데, 오즈를 좋아하는 마이하마가 나한테 뭘 부탁하려는 건데?”

“아, 맞다. 으음, 방에 짐을 두고 나면 바로 관광 루트를 돌기로 되어 있잖아?”

“그래.”

“그때, 코히나타와 단둘이 있을 수 있도록…… 자연스럽게 유도해줬으면 해.”

“……고백하려는 거야?”

“지, 직설적이네. ……응. 용기가 날지는 모르겠지만, 할 수만, 있다면, 하고 싶어.”

“그렇구나.”

수학여행은 청춘이 소용돌이치는 일대 이벤트다.

당연히, 마이하마처럼 사랑에 빠진 소녀에게 있어서도 승부에 임하는 날이다.

오즈를 노리는 여학생은 많은 것 같지만, 같은 조가 됐을 뿐 아니라 표적의 친구인 나를 이용하면서까지 목표를 달성하려 하는 열의를 지녔다. 마이하마는 확실히 적당한 포지션이다.

—마음에 들었다.

목적을 이루려 하는 집념, 탐욕적인 실행력은 나도 싫어하지 않는다.

애초에 오즈가 교실에 녹아들 수 있도록 열심히 프로듀스해온 나로선, 그 집대성 삼아 그에게 연인이 생겼으면 했다.

관계가 발전할 것인가, 단절될 것인가. 그것은 어디까지나 본인들의 문제이며, 결과까지는 내가 알 바 아니다.

그저, 청춘을 마음껏 누리기를.

유일무이한 절친이 그럴 수 있기를, 나는 진심으로 바랐다.

"오케이. 어떻게든 상황을 만들어볼게."

"정말?! 고마워, 오오보시!"

"대신 이 이야기는 오즈 이외의 애들— 예를 들어 마시로와 스즈키에게 말해도 돼? 나 혼자 움직이는 것보다, 여럿이 호흡을 맞추는 편이 상황을 만들기 수월할 것 같거든."

"으, 음…… 츠키노모리 양은 괜찮지만……."

"스즈키는 안 돼?"

"스즈키는, 입이 가벼운 것 같으니까……. 코히나타에게, 내가 약아빠진 짓을 했다는 걸 들키고 싶지 않달까……."

"아~."

이해한다.

근육의 총애를 받는 자, 스즈키. 절대 나쁜 녀석은 아니지만, 악의 없이 말실수를 저지를 것 같다.

"타카미야는 어때? 걔도 입이 가벼운 것 같은데 말이야."

"스즈키보다는 믿을 수 있어. 절친이거든. 게다가 아스카는 저래 봬도, 의외로 치명적인 짓은 안 해, 직감적으로 지뢰를 회피하는 타입이야."

"아~. 그럴 것 같아."

내 생각 대로다. 역시 야생 타입 여자애라는 인상은 틀리지 않았다.

"오케이. 마시로와 타카미야와 협력해 움직이겠어. ……잘 풀릴지는 모르겠지만, 할 수 있는 데까지 해볼게."

"……고마워! 그럼, 나중에 봐!"

양손을 맞대며 감사를 표한 마이하마는 그대로 쪼르르 뛰어갔다.

하지만 곧 멈춰서더니, 나를 돌아봤다.

"츠키노모리 양과 같이 있고 싶을 텐데, 이런 일에 끌어들여서 미안해. 소등 시간 후에 단둘이 사랑을 나누고 싶으면 말해. 순찰 도는 선생님을 다른 데로 유인해줄게."

"엉큼한 짓을 할 거라는 전제로 말하지 좀 말아주겠어?"

"괜찮아. 나는 아무것도 모르고, 아무것도 못 들었어."

"『그래, 연인끼리의 비밀이구나. 나는 이해해』란 표정으로 고개 끄덕이지 좀 마."

마이하마는 내 딴죽을 듣지도 않고 가버렸다.

정말……. 나와 마시로가 선을 넘길 얼마나 바라는 건지…….

"저런 저질스러운 이야기, 남자인 나는 몰라도 마시로가 들으면 어쩌려는 건지……."

"마시로가 들으면 곤란한 거야?"

"그야 상식적으로 생각해봐. 거북할 거라고."

"흐음, 거북하구나. 마시로가 들으면 거북할 이야기인 거네. 흐음~."

"왜 또 기분이 나빠진 건데? 나는 그저 배려했을 뿐이라고, 마……시……?"

"왜 그래? 물 흐르듯 거침없던 대사가 갑자기 끊겼네. 양심의 가책 같은 게 상류에서 막고 있는 거야?"

"—마시로?!"

대체 언제 어디서 튀어나온 건지, 마시로가 도끼눈을 뜨며 이 자리에 있었다.

어찌 된 건지 오늘은 정말 타이밍 운이 더럽게 없다.

마시로와 나를 어떻게든 수라장에 빠뜨리려 하는, 묘한 인과율이 느껴진다.

"마이하마 양과 몰래 이야기 나눴지? ……바람피우는 거야?"

"아, 아냐. 결단코 아냐."

"수학여행, 발그레해진 볼, 다른 학생의 시선이 닿지 않는 장소."

"확실히 그 조건만 보면 고백 시추에이션이긴 해! ……하지만 그게 아니라, 고백을 도와달란 말을 들었어."

"고백 연습을 위장한 진심 고백. 러브코미디의 정석이야."

"예행 연습 같은 게 아냐. 상대는 오즈인 것 같아. 오즈의 친구인 나에게, 단둘이 있을 수 있는 시추에이션을 세팅해 달라고 부탁하더라니깐."

"타깃은 주인공의 친구지만, 이러쿵저러쿵한 끝에 주인공의 하렘에 참가하게 되는 러브코미디도 꽤 흔해."

"『가능성』을 전부 따지려 든다면, 좋든 싫든 러브코미디에서 헤어날 수 없다고!"

"순순히 죄를 받아들여."

"누명을 받아들일 순 없거든?! ……이래서야 이야기가 제자리걸음만 하겠네. 대체 어떻게 해야 내 말을 믿어줄 거야?"

곤란에 빠진 나는 결국 약한 소리를 했다.

그러자 마시로는 잠시 생각에 잠긴 듯한 시늉을 하더니…….

"으음……. 그럼 연인 행세를 해줘. 남들도 한눈에 알 수 있도록, 태도로 보여줬으면 해."

가늘지만 부러지지 않는, 그런 튼튼한 바늘 같은 목소리였다.

마시로는 젖은 눈동자를 조용히 감더니, 먹이를 조르는 병아리처럼 입술을 살며시 내밀었다.

"…………윽!"

두근, 하며 심장이 뛰었다.

몸과 몸의 거리는, 겨우 수십 센티미터. 살랑거리는 머리카락과, 립글로스를 발라 요염하게 반짝이는 입술. 희미하게 감도는 달콤한 향기 또한, 녹아내릴 것만 같을 정도로 매혹적이다.

하지만 그런 물리적으로 남자의 본능을 자극하는 요소는 이 상황에선 아무래도 상관없다.

밀착한 거나 다름없는 거리에서 무방비한 모습을 보인다고 하는 이 전폭적인 신뢰가, 정신적으로 남자의 본능을 자극했다.

키스를 기다리는 입술이, 눈에 새겨져서 떨어지지 않았다.

진짜 연인이라면 누구나 일상적으로 하는 행위다. 츠키노모리 사장과의 약속을 이행하기 위해서라면, 다른 누군가가 보고 있더라도 태연한 표정으로 해내야만 한다고 생각한다.

—하지만, 정말 괜찮은 것일까?

나 자신은 아직 자신의 감정을 파악하지 못했다. 지금 마시로를 보면서 가슴이 두근거리고 있지만, 이것은 연애 감정이라 단정을 짓지 못하는 이유도 있다.

그야 그렇잖아? 만약 이 두근거림이 연애 감정이라면, 나는 예전에 이로하를 보고도 같은 감정을 느낀 게 된다.

이것은 어디까지나 성욕이다. 연애 감정과는 다르다.

목숨이 위기에 처해서 느낀 두근거림을 연애감정으로 착각하는 흔들다리 효과에 휘둘리는 건, 이성을 지닌 생물로서 부끄럽다. 누군가를 좋아하게 되거나 사랑하게 된다는 감정은 그런 짐승 같은 충동이 아니라, 좀 더 인간적인 무언가일 것이다.

그러니, 이 자리에서 키스는 할 수 없다.

하지만, 마시로를 거절할 수도 없다.

애정을 드러내는 범위 안에서, 그리고 가짜 연인으로서의 사명을 다할 수 있는 범위 안에서…….

"으응……."

목덜미를, 상냥히 쓰다듬었다.

"뭐, 뭐하는 거야? ……간지럽, 거든?"

"연인다운 스킨십이야."

"뭐?……어, 잠깐…… 그만, 쓰다듬어……."

"입술에 키스, 볼에 키스, 머리 쓰다듬기. 여러 선택지를 생각해봤지만, 전부 마시로에게 폐가 될 가능성이 있었거든."

"……무슨 소리야?"

"입술에 키스하면 모처럼 바른 립글로스가 지워져. 얼굴에 하면 화장이 번질 거야. 머리를 쓰다듬으면 신경 써서 세팅한 머리카락이 흐트러지겠지. 곧 있으면 조별 행동을 할 건데, 화장을 고치게 할 수는 없잖아. 비슷한 짓을 해서 너를 화내게 한 적도 있고 말이지."

반성하고, 개선해서, 항상 성장해나가는 남자는 과연 누구일까요? 그래요, 저입니다.

같은 실수를 반복하진 않아. 후후후.

이번에야말로 퍼펙트 커뮤니케이션이 틀림없다는 확고한 자신감에 사로잡히며, 나는 미소를 흘렸다.

"……부우."

……어, 어라. 마시로?

시뮬레이션 게임이라면 호감도가 상승할 선택지를 골랐는데, 마시로가 하락했을 때의 반응을 보이는 듯한 느낌이 든 건 기분 탓일까?

"어차피 땀 흘리면, 번진단 말이야."

"땀……?"

"가슴이 뛰면, 땀, 나잖아……. 말 안 해도 눈치 좀 채. 죽어. 바보."

톡, 하고 약하디약한 정권 찌르기를 내 복부에 꽂으며…….

"……하지만, 성의는 느껴졌어. 용서해줄게."

용서해줬다.

"그래. 마이하마 양이 OZ(오즈)에게 고백하려는 건가……."

"어라? 마시로는 오즈를 평소에 그렇게 불렀어?"

"아…… 으음, 아키가 그렇게 부르는 걸 듣다 보니 옮았어. 코히나타지, 코히나타. ……큰일 날 뻔했어. 나마코가 튀어나왔네."

"뭘 그렇게 중얼거리는 거야?"

"시, 시끄러워. 아무튼 마이하마 양과 코히나타를 단둘이 있을 수 있도록 도우면 되는 거지?"

"그래. 적절한 연계 플레이로 성공시키고 싶어. 좋은 아이디어가 떠오르면 좋겠네."

"간단해. 마시로한테 그 정도는 식은 죽 먹기야."

마시로는 흐흥 하고 웃으며 가슴을 폈다.

"오오, 믿음직하잖아. 그런데, 구체적으로 어떤 계획인데?"

"그건…… 비밀이야."

"그건 또 무슨 소리야?"

내가 약간 김샌 듯한 반응을 보이자…….

마시로는 어울리지도 않는 소악마 같은 미소를 빙긋 머금으며, 이렇게 말했다.

"때가 되면, 가르쳐줄게."

*

"—또 이로하구나."

택시의 딱딱한 싸구려 좌석에 앉아서 밖을 멍하니 쳐다보고 있을 때, 호주머니 안에 넣어둔 스마트폰이 몇 번이나 진동했다.

사람이 느긋하게 옛 수도의 경치를 감상하며 향수에 젖어 있는데 말이다. 정말 정취라고는 눈곱만큼도 없는 애다.

지금은 관광 장소로 이동 중이다.

조별로 루트를 자유롭게 짤 수 있기에, 자유로운 이동이 가능한 택시 이용이 학생에게 추천됐다. 학교(정확하게는 스미레) 측에서 수배한 택시 회사가 모든 조에게 배정됐다고 하니 정말 고마울 따름이다.

수학여행답지 않게 호화롭다는 생각이 들었지만, 이것은 평소 툭하면 교내 괴롭힘을 자행해온 여교사 나름의, 1년에 한 번뿐인 애정 표현인 걸로 여길까.

참고로 조별 택시 이동이라고는 해도 남녀가 뒤섞여 밀실 공간에 틀어박히지는 않았다.

애초에 여섯 명이 한 번에 승용차에 탈 수는 없다……. 요즘은 많은 인원을 태울 수 있는 왜건 택시도 있지만 말이다. 뭐, 그런 특수한 차량은 몇 대 안 될 테니, 필요한 숫자를 확보할 수 없을 것이다.

수학여행을 와서도 회사의 리소스 같은 걸 생각하는 자기 자신에 어이없어하면서, 나는 하아 하고 한숨을 내쉬었다. 그리고 분명 이로하가 괜히 치근덕대려고 보냈을 LIME 메시지를 확인했다.

《이로하》 이야~. 교토는 참 좋은 곳이네요~, 선배♪

……뭐?

나는 무심코 메시지를 다시 확인했다.

별 내용 아니라면 답장도 안 할 생각이었는데…… 젠장, 신경 쓰이잖아.

《AKI》 괜히 의미심장한 소리 하지 마. 애초에 아직 방과 후도 안 됐잖아. 여기에 오는 건 무리야, 무리.

《이로하》 정말 무리일 것 같아요? 저는 선배가 보이는데요?

《AKI》 헛소리 마, 바보야.

《이로하》 옆에는 오빠가 있네요. 운전석에는 운전사분이 있고요. 다른 한 사람은 모르겠는데, 클래스메이트예요?

《AKI》 윽?!

나는 스마트폰에서 눈을 떼며 차 안을 확인했다.

"우오오오, 도로가 끝내주네~! 일직선이잖아! 자로 그은 거냐고!"

"교토의 도로는 바둑판 눈금 같다고 표현되잖아. 그래도 절이나 국가에서 소유한 토지 탓에 직선이 아닌 곳도 많아서, 완전한 바둑판이라고는 할 수 없나 봐."

조수석에서는 근육별 사람인 스즈키가 시끌벅적하게 떠들어댔고, 뒷좌석이자 내 옆자리에서는 오즈피디아가 정상 가동 중이었다.

—완벽하게 맞췄잖아.

아니, 잠깐만. 진정하라고, 나. 이로하의 글을 잘 읽어봐. 이건 트릭이야.

《AKI》 안 속아. 택시 이동 중이라는 것과 우리 조의 인원수만 알면 원숭이라도 이 정도 예상할 수 있어. 오즈가 내 옆자리에 앉은 것도 얼마든지 예상이 가능하다고!

《이로하》 창밖을 보면 알 수 있어요. 저 지금 옆에서 나란히 달리고 있거든요. 야호~ 야호~☆

《AKI》 그렇게 부추겨봤자 안 봐. 거짓말일 게 뻔한걸.

그렇게 입력한 후, 창밖을 힐끔 쳐다봤다. ……혹시나 해서 말이야.

택시 한 대가 우리를 추월하는 모습이 눈에 들어왔다. 창 너머로 고령의 여성과 눈이 마주쳤다. 온화한 인상인 그녀는 기품 어린 미소를 머금으며 고개를 가볍게 숙였다.

후후후. 그거 보라고, 거짓말이 맞잖아. 내가 승리의 미소를 머금으며 스마트폰을 쳐다보니…….

《이로하》 아하, 방금 창밖을 쳐다봤네요~☆

《AKI》 나를 낚은 거냐?!

《이로하》 이로하 님의 귀여운 얼굴을 두 눈에 담을 기회라 생각했죠?

《이로하》 므흐흐흐. 유감이겠네요! 저는 우리 동네에 있어요~! 괜히 기대하게 해서 쏘리~예요☆

《AKI》 학교생활에 집중하기나 해, 바보야. 스마트폰 배터리도 걱정되니까, 이제 대답 안 할 거야!

그런 메시지를 보낸 나는 앱의 설정을 변경해서, LIME 착신 시의 진동을 껐다.

하아, 하고 한숨을 내쉰 후—.

나는 인쇄된 수학여행 스케줄표를 봤다.

수학여행에 관해서나 생각하자. 수학여행에 와서까지 이로하의 원격 치근덕에 휘둘리는 건 사양하고 싶다.

“킨카쿠지, 료안지, 후시미이나리 신사 순서……구나. 오늘은 오후에만 돌아볼 예정인데, 너무 비효율적인 루트야.”

이동 시간이 너무 길다. 이래서야 각각의 장소에서 보낼 수 있는 시간이 너무 짧아지는데…….

옆에서 낮은 웃음소리가 들려왔다.

“이 플랜에 오케이하다니, 아키답지 않네.”

“예전 같으면 한 소리 했을 거야. 귀중한 시간을 낭비하지 말라고 말이지.”

“하지만, 안 했잖아.”

“여자애들이 엄청 밀어붙여 댔거든. 그렇게 가고 싶은 거라면 괜한 소리 말자고 생각했어."

"놀라운걸. 아키에게 그런 인간적인 면이 있는 줄 몰랐네."

"나를 사이보그 같은 거라고 생각했어?……뭐, 이런 건 생각하기 나름이야. 실제로 오늘 가볼 세 곳은 전부 관광 명소로 매력이 대단하고, 사진을 찍어두고 싶은 장소이기도 해. 효율을 중시해 근처만 돌아보려 한 결과, 사진빨이 별로인 장소도 후보에 넣을 바에야 가장 가보고 싶은 곳을 전부 가보는 게 나아."

"흐음~. 역시 아키는 이 반년 동안 꽤 변했어."

"……여행에서도 효율, 효율하고 떠들다간 제대로 된 휴식을 못 취하거든."

"아하하. 그건 그래."

심플한 맞장구다. 하지만 그 짤막한 말에는 두 사람이 쌓아온 세월만큼의 무게가 실려 있다.

우리 둘 다 예전에는 상당한 문제아였다고 생각한다. 하지만 《5층 동맹》에서의 활동, 마시로를 비롯한 여러 사람과의 교류를 통해 꽤 진보했다. ……했다고 생각한다. 아마도 말이다.

그러니 자신에게도 아직 변할 여지가 있다고 믿을 수 있다.

사랑이나 청춘 같은 사적인 부분과 마주하면서 결과적으로 또 뭔가가 변할 수 있으리라 생각했기에, 이 여행을 소중히 여기고 싶다는 생각을 했다.

"……아."

문뜩, 창밖의 옆 차선을 달리고 있는 택시 한 대가 보였다. 아까까지 뒤편에서 달리고 있었지만, 따라잡힌 것 같다.

조수석에 앉아서, 멍하니 창밖을 쳐다보고 있는 여학생—마시로와 시선이 마주쳤다.

마시로는 한순간 옆에 있는 마이하마와 타카미야를 신경 쓴 후, 몰래 나를 향해 손을 흔들었다.

익숙하지 않은 클래스메이트와 좁은 차량을 이용한 이동. 낯가림이 심한 마시로가 그런 시간을 견딜 수 있을지 걱정됐지만, 기우였던 것 같다. 꽤 여유로워 보였다.

배시시 웃으면서 커뮤니케이션을 나누는 마시로를 보고 훈훈한 감정을 느끼면서, 나 또한 그녀를 향해 손을 흔들어줬다.

물론, 오즈와 스즈키에게 들키지 않도록 말이다.

들키면 여러모로 성가실 게 뻔하거든.

*

그리고 처음에 도착한 곳은 킨카쿠지다.

택시에서 내려서 마시로를 비롯한 여자애들과 합류한 우리는 녹음이 우거져 풍취 있는 길을 나아가며 정문을 통과했다.

잘 정비된 길은 관광객으로 가득 차 있었지만, 동선이 잘 계산되어 있어서 사람에 경관이 가려지는 일 없이 왼편의 종루와 개가시나무의 아름다움을 자연스럽게 한눈에 즐길 수 있었다.

……어이쿠. 이러면 안 되지. 무심코 관광객의 시선 유도 같은 것을 신경 쓰고 말았다.

하지만 이것만은 직업병이라고 해야 할까. 어쩔 수 없다는 생각이 드네.

게임을 만든 적이 없는 사람이라면 이해하기 어렵겠지만, 게임은 플레이어가 전제되는 지식을 가지지 않았더라도 자연스럽게 빠져들 수 있도록 세세하게 주의를 기울이고 있다. 당연한 듯이 존재하는 시작 화면에도 어디를 터치하면 뭐가 가능한지 직감적으로 이해할 수 있도록 배려해서 만들고, 스트레스를 느끼지 않고 자연스럽게 랜덤 박스를 돌리고 싶어지도록 신경 쓰는 등—. 그리고 게임 안의 맵 또한 유저의 가슴이 뛸 정도로 미아로 만들면서, 결코 게임을 포기하지 않도록 적절히 힌트를 준다. 이런 섬세한 컨트롤은 의외로 테마파크나 관광명소의 노하우와 일맥상통하는 것이다.

솔직히 말해 『검은 염소』는 아직 발전 단계다. 오랫동안 운영되어온 역사와 전통 있는 관광지와 테마파크의 일류 기술에서 배울 점이 꽤 많다.

뭐, 이런 생각을 하는 것도 나에게 있어서는 사적인 시간이리라.

"아~! 킨카쿠지 도착~! 오오보시, 카메라맨!"

길을 따라 나아간 끝에 도착한, 메인 스팟.

킨카쿠지에서 가장 맛깔나는 대뱃살— 사리전 킨카쿠.

순금으로 도금된 눈부신 건물은 연못 너머에서도 그 위용을 확연하게 느낄 수 있었다.

다른 관광객이 촬영을 마쳐서 빈 장소를, 야생의 관찰력으로 재빨리 눈치챈 타카미야가 마시로와 마이하마를 데리고 확보했다.

게다가 자기 스마트폰을 나한테 맡기면서 말이다. 자기 스마트폰으로 기념사진을 찍으라는 것 같았다.

오른손에 마시로, 왼손에 마이하마를 잡은 타카야마가 가로 방향으로 더블 피스 자세를 취했다. 빨리 찍으라는 요청에 따라, 나는 스마트폰을 들었고…… 잠시 망설였다.

—어떻게 쓰는 건지 모르겠다.

게임 디버그를 위해 나는 여러 기종을 다뤄봤지만, 카메라 기능까지 다뤄보지는 않았다.

내가 난처해하자, 눈치 빠른 절친이 옆에서 슬쩍 다가왔다.

"이 메이커의 카메라는 보통 이 아이콘을 터치한 후, 이런 식으로 핀트를 맞추면 돼."

"오. 그렇네."

"그리고 설정을 하는데…… 아, 이 설정 그대로 찍으면 되겠네. 이제 옆에 있는 셔터 버튼을 누르기만 하면 돼. 자동으로 손떨림을 보정해줘서, 깨끗한 사진을 찍을 수 있어."

"그렇구나. —좋아, 찍을게~."

"오케이~! 예에에에에에에에에에이!!"

"예, 예이~."

타카미야의 텐션 높은 목소리와 마시로의 쭈뼛쭈뼛하는 목소리가 합쳐진 순간, 사진을 찰칵 찍었다.

오오, 한 번에 깨끗한 사진이 찍혔어. 요즘 스마트폰은 엄청나네.

게임 제작에서는 스마트폰을 최대한 활용하지만, 이럴 때는 자신이 게임 제작과 관련 없는 능력이 참 별로라는 사실을 실감하게 된다.

하지만 사진 기능 같은 건 그다지 쓰지 않는다는 건 오즈도 마찬가지일 텐데도, 이렇게 잘 안다는 것이야말로 오즈가 **오즈에몽**이라 불리는 이유 아닐까 싶었다.

《5층 동맹》의 게임 제작에 있어서는 프로그래밍과 게임 디자인을 주로 담당하기 때문에, 세간(이라고 해봤자 『검은 염소』 유저, 라는 좁은 세상에서의 이야기지만)에서는 프로그래머로 알려졌지만, 사실 그 인식은 틀렸다.

넓은 의미에서 보자면, 엔지니어.

굳이 따지자면 발명가의 영역에 한 발을 걸치고 있는 이가 바로 코히나타 오즈마란 남자다.

호기심에 따라 흥미와 관심이 가는 지식을 적극적으로 학습하기 때문에, 디바이스 관련 지식도 꽤 풍부했다.

"자, 이 정도면 됐어?"

"어디어디~? ……응, 완벽해! 꽤 하잖아, 오오보시~. 쿄코찡과 마시로찡한테도 보내줄게!"

타카미야가 만족한 것 같아 다행이다.

어느새 마시로를 『츠키노모리 양』에서 『마시로찡』이라 부르게 됐는데, 마시로가 별 말하지 않는 것을 보면 별명 사용 양해 의식은 이미 마친 것 같다. 택시 안에서 한층 더 친해진 것 같네.

느긋하게 그런 생각을 하고 있을 때—.

"그럼 다음은 마시로찡과 오오보시의 투샷FOO~!"

바로 나까지 휘말리고 말았다.

너무 친해진 거 아냐?! 몇 단계나 건너뛰며 친해진 거 아니냐고!

"어, 어이, 뭐 하는 거야. 이렇게 보는 눈 많은 데서 밀지 마."

"마, 맞아. 이건 수치 플레이. 남들 앞에서 꽁냥거리는 건, 조신하지 못한 행동이야."

"도, 동감이야. ……저기, 마시로 양. 저쪽의 운동량 벡터가 이쪽을 향하고 있는 느낌이 드는 건, 기분 탓일까요?"

"덩치가 작고 힘이 약한 마시로는 저항할 수가 없었어. 유감이야."

"누가 봐도 무저항 항복한 것 같거든?! 심해에서 살랑거리는 해파리도 좀 더 움직이려고 노력할 거라고."

"해파리에 비유하다니, 저질이야. 초등학생 때, 『메롱~, 네 엄마는 해파리[#2]』 하고 놀림 받았던 트라우마가……."

"되게 어려운 한자도 읽을 줄 아는 초등학생이네! 그리고 이제까지 가깝게 지내면서도 너한테 그런 트라우마가 있단 소리는 처음 듣거든?!"

타카미야와 마이하마에게 좌우에서 샌드위치당하듯 밀린 나는 마시로와 완전 밀착했다.

나와 마시로의 필사적인 저항 — 이라 부를 수 있을지 논의의 여지가 있지만 — 이 부질없게도, 우리는 카메라 안에 담겼다.

"왜 여자애들은 사진 하나 가지고 이렇게 들뜰 수 있는 건데?"

나는 어이없다는 듯이 한숨을 내쉬었다.

그러자 마이하마가 우리한테서 떨어지며 소박한 어조로 말했다.

"모처럼 연인과 함께 수학여행을 온 거잖아? 멋진 추억이

#2 네 엄마는 해파리 마시로의 어머니 미즈키의 이름에 쓰인 海月이 해파리를 가리키는 점을 이용한 언어유희.

담긴 사진 한 장 정도는 남기는 편이 좋을 거야."

"그런 거야?"

"그~래~! 자, 그럼 찍을게~!"

내가 마이하마에게 던진 질문에 불쑥 끼어들며 대답한 이는, 어느새 카메라맨 위치까지 이동한 마이하마…… 어, 이동속도가 무지 빠르네. 그리고 그 거리에서 우리 말이 들리다니, 귀도 되게 좋잖아. 진짜로 야생동물인 거 아냐?

우리가 여전히 밀착한 상황에서 여자애 두 명만 카메라 밖으로 나가자— 완벽한 커플 상태가 됐다.

눈높이보다 아주 약간 아래편에 있는 마시로가 얼굴을 약간 숙이고 있자, 나는 거북한 나머지 입을 열었지만…….

"마시로. 뭐랄까, 미안—."

—말을 끝까지 잇지 못했다.

내가 하려던 것은 사과의 말이었다. 나 따위와 몸을 밀착하게 되어서 미안해. 여자애들에게 놀림 받으며 사진 찍게 되어서 미안해.

하지만 거꾸로 보자면, 내가 마시로와의 투샷을 거부하는 것처럼 들리지 않을까?

나 자신은 여행 사진에 전혀 가치를 느끼지 못했고, 나 따위와 사진을 찍는 건 벌칙 게임 같은 거라고 생각한다.

하지만 나를 좋아하는 마시로에게 있어선, 여자애들이 말한 것처럼 멋진 추억이 담긴 사진일지도 모른다.

그래서 나는 미안하다는 말 대신, 다른 말을 쥐어 짜냈다.

"—이런 걸 찍는 게, 즐거워?"

"……응."

멋쩍은 듯이 고개를 숙이고 있지만, 그 대답에서는 한 치의 망설임도 느껴지지 않았다.

"그렇구나. 그럼 다행이야. ……포즈는 이러면 돼?"

"촌스러워."

"내 빈약한 사진 경험에는 V사인밖에 없거든."

"그래도, 좋아. ……브이."

그럼 처음부터 순순히 그렇게 말하라고.

마음속으로 불평을 하면서도, 의기양양하게 V사인을 날리는 마시로에 이어서 나도 포즈를 취했다.

어머나, 귀여워~. 커플? 외모 수준이 너무 차이나네~. 같은 지나가던 관광객들의 놀리는 목소리로 시선이 신경쓰였지만…….

마시로에게 있어 즐거운 수학여행의 한순간이 된다면, 이 정도 수치는 아무것도 아니려나.

"자~! 베스트 샷 획득~! 나중에 LIME으로 보내줄게~!"

연사 기능까지 구사하는 여고생류 스마트폰 촬영 테크닉을 타카미야가 선보인 후, 이 수치스러운 시간은 끝났다.

그냥 사진을 찍을 뿐인데 묘하게 긴장됐다……. 아직도 진땀이 나네.

밀착 상태에서 해방된 후, 희미하게 흘린 땀을 손부채질로 말리던 마시로는—.

문뜩 나를 힐끔 쳐다보더니, 귓속말로 속삭였다.

"저기, 아키."

"왜 그래?"

"지금, 기회야."

"아…… 그렇구나."

마시로의 한마디를 듣고 전부 눈치챘다.

킨카쿠를 배경으로 사진을 찍는다, 고 하는 맛있는 시추에이션이다. 게다가 나와 마시로가 커플 투샷을 선보인 것이다.

매우 자연스러운 형태로, 오즈와 마이하마의 투샷도 실현 가능할 것이다.

하지만 마이하마의 희망은 어디까지나 『자연스럽게』다.

감이 좋은 오즈에게 의도를 들키지 않는 건 매우 어렵다. 조금이라도 부자연스러운 부분이 존재한다면, 바로 들키고 만다.

하지만 지금은 천재일우의 기회다. 지금이라면 『자연스럽게』를 실현할 수 있다!

"오, 거기 두 분. 혹시 쿄코찡 안건의 작전회의 중이신지요?"

나와 마시로의 밀담 내용을 야생의 후각으로 눈치챈 타카미야가 다가왔다.

……나, 대체 몇 번이나 『야생』이란 표현을 쓴 거지? 너무 무례했을지도 모른다. 미안해, 타카미야.

"저 두 사람한테도 투샷을 찍게 하고 싶거든."

"호오~."

"오즈에게 들키지 않도록 자연스럽게 이야기를 꺼내고 싶은데, 지금이 절호의 기회 같아."

"맞아~! 나도 같은 생각을 하고 있었어. 좋아, 나만 믿어~!"

"어."

"어이~, 코히나타~!"

엄청난 순발력이다. 내 뇌리에 불길한 예감이 생겨나기도 전에, 타카미야가 행동에 나섰다.

마이하마의 등을 스모 선수처럼 밀면서, 조금 떨어진 곳에서 킨카쿠의 풍경만 스마트폰 카메라로 찍고 있던 오즈를 향해 억지로 끌고 가더니—.

"너희들도 투샷 찍으라고, 짜샤아앗!"
"대체 어디가 자연스러운 건데?"

먼 옛날에는 산적, 20세기 후반에는 양아치, 21세기 초에는 무개념이라 불린 인종의 전형적인 대사다.

자연스러운 건 고사하고 『억지』의 대명사라고 해도 과언이 아니다.

"무슨 소리를 하는 거야. 자연스러움 그 자체잖아. 자연계에선 괜히 빙빙 돌리는 짓거리 안 해. 이럴 때는 기세를 올려서 교미까지 확 가버려야 해!"

"네 평가를 수정해야겠다고 생각한 나의 노력을 짓밟지 말아주겠어?"

자연계, 같은 파워풀한 표현을 써댄다면 그냥 야생 타입으로 확정 지을 수밖에 없잖아…….

"어?"

옆에서 우리가 시끌벅적하게 떠들고 있다는 걸 눈치챈 오즈가 고개를 돌렸다.

대화 내용이 들렸겠지만, 오즈는 왕자님 같은 미소를 머금으며 이렇게 말했다.

"마이하마 양, 혹시 투샷을 찍어줄 거야?"

"……아! 으, 응!"

마이하마의 표정이 환해졌다.

뜻밖에도 오즈가 바로 오케이를 해준 것이다.

계략을 꾸미려고 한 것이 바보같이 느껴질 만큼 시원시원한 전개였기에, 나는 김이 새고 말았다.

역시 인간의 얄팍한 지혜는 대자연의 규율 앞에서 무력한 것일까. 타카미야의 야생이야말로 정의일까.

그런 무력감에 사로잡혀 있을 때, 누군가가 내 어깨를 확 끌어안았다.

“어…… 오즈?! 너, 뭐 하는 거야?!”

“어, 뭐하냐니? 절친끼리의 추억이 담긴 투샷을 마이하마 양이 찍어준다고 하거든.”

“뭐어?!”

어이어이, 왜 이렇게 된 거야.

아, 그러고 보니 오즈는 『투샷을 찍어줄 거야?』라고만 말하기는 했다.

하지만 상황을 보면 오즈와 마이하마의 투샷 이야기잖아?!

저기 좀 보라고. 마이하마가 난처하기 그지없는 표정을 짓고 있잖아. 대화에 에러가 발생했을 때의 반응이야.

분위기 좀 살펴. 상황을 파악해서 적절한 커뮤니케이션을 판단해. ……같은 것을 오즈에게 바라는 게 얼마나 잔혹한 짓인지는 나도 알고 있지만…….

“어라, 안 찍어주는 거야? 마이하마 양.”

“앗…… 아…… 찌, 찍을게…….”

문장 음성 변환 소프트웨어 같은 목소리로 그렇게 말한 마이하마가 스마트폰을 들었다.

그녀의 눈은 시체 같았다.

오즈는 나와 어깨동무를 한 채, 피스 사인을 했다.

이렇게 되면 하지 않는 게 부자연스러울 것이기에, 나도 카메라를 향해 딱딱한 미소를 지으면서 피스 사인을 날렸다.

“자, 치즈.”

동공이 확장된 눈, 그리고 교과서 읽는 듯한 말투. 감정을 관장하는 뇌 일부가 제거된 가련한 꼭두각시 같아진 마이하마가 셔터를 눌렀다.

찰칵.

"응, 잘 찍혔네. 고마워, 마이하마 양."

"별것 아냐."

마이하마에게서 건네받은 스마트폰의 화면으로 사진을 확인한 오즈는 만족한 것처럼 고개를 끄덕였다.

기계적으로 대답한 마이하마는 다음 장소로 가자며 걸음을 옮기는 오즈의 등을 쳐다보더니, 이어서 녹슨 시곗바늘처럼 고개를 돌려서 나와 마시로, 타카미야를 쳐다봤다.

"어째서, 이렇게 된 거야?"

……정말 미안해, 마이하마.

*

다음 장소는 료안지.

단풍으로 꾸며진 경내를 나아가자, 안내를 맡은 스님이 불전에서 우리를 맞이했다.

눈부시게 화려해서 사진 찍을 맛이 나던 킨카쿠지와는 또 다른 분위기가 감도는 곳이었다.

이 사원이 참선을 중시하기 때문일까. 불가사의한 압박감이랄까, 몸이 옥죄어드는 듯한 느낌이 들었다.

옆을 쳐다 보니, 다른 조원도 마찬가지인 것 같았고…….

마시로는 양손 양발이 함께 앞으로 나간다고 하는, 긴장했다는 것을 한눈에 알 수 있는 행동을 취하고 있었다.

야생의 타카미야조차도 떠드는 것을 참고…… 아니, 지나치게 참는 탓에 땀을 폭포수처럼 흘리고 있었다.

스즈키도 근육이 위축되어 있었다.

마이하마는…… 뭐, 그녀만은 여전히 오즈를 의식하고 있을 뿐이었다.

참선의 마음도 연애로 가득 찬 머릿속 앞에서는 무력했다.

안내에 따라 마루로 된 툇마루를 걸어간 우리를 맞이한 건, 세계 문화유산 『석정(石庭)』이다.

흰 모래 위에 크고 작은 돌이 놓여 있는 이 공간은 툇마루에서 바라보면 한 폭의 그림 같아 보이는 불가사의한 정취를 지녔다.

료안지의 석정은 물을 쓰지 않고 지형만으로 산수를 표현한 정원 중에서 최고의 지명도와 인기를 자랑하며, 인기를 모으게 된 계기는 영국 여왕 폐하의 절찬이었다고 들었다.

역시 영향력 있는 인물의 소개는 프로모션 효과가 절대적이다. 그리고 그것은 돈으로 살 수 있는 공허한 찬사와는 의미가 다르다. 진심에서 우러난 진정한 절찬이어야만 한다. 그러기 위해서는 그 예술 자체가 사람을 매료시키는 압도적인 매력을 지녀야만 한다.

저력을 지닌 좋은 작품이, 영향력 있는 인물의 소개를 통해 더욱 뛰어난 인기를 획득한다—.

관광지도 게임도, 그런 점은 마찬가지다. 역시 사사라를 『검은 염소』의 매력이란 이름의 수렁에 완전히 빠뜨린 후, 그녀를 이용해 여성층에 홍보를…….

……또 저질렀다. 왜 툭하면 생각이 그런 방향으로 나가는 걸까.

고개를 저으면서 의식을 관광 쪽으로 돌렸다.

그리고 앞을 쳐다본 나는— 앞에서 걷는 인물의 얼굴을 보고, 어라 하며 눈을 깜빡였다.

코자이 고등학교의 여자 교복을 입은 사람이었다. 참선의 마음을 중시하는 이 공간의 분위기를 개의치 않으며, 교복을 대충 걸친 채 걷고 있는 붉은 머리 여학생이었다.

"오토이 씨?"

"오~ 아키구나~. 여어~."

오토이 씨는 손을 흔들며 나에게 다가왔다.

"수고 많아요. 오토이 씨의 조도 료안지를 루트에 넣었나 보네요."

"순서는 다른 것 같지만 말이야~. 우리는 견학을 마치고, 다음 장소로 이동하려던 참이야~."

"아하. 하긴, 완전히 겹치는 일은 거의 없겠죠…… 아, 뭐

하는 거예요."

"응~?"

"그거. 입. 매너 위반이라고요."

"아~, 이거 말이구나~."

내 지적을 들은 오토이 씨가 물고 있던 **막대**를 입만 놀려서 까딱거렸다.

오토이 씨가 애용하는 사탕. 츄파드롭의 막대 부분이다.

아무리 마이페이스한 오토이 씨라도, 이런 장소에서 사탕을 먹는 건 문제가 된다. 친구로서 그냥 두고 볼 수는 없다.

"뭔가 착각했나 본데, 이건 사탕이 아냐~."

"네?"

"봐."

그렇게 말한 오토이 씨는 막대를 손가락으로 쥔 후, 입에서 쏙 뺐다.

침에 살짝 젖은 그 끝부분에는 사탕이 없었고, 사탕가루 또한 붙어있지 않았다.

막대 사탕이 아니라, 그냥 막대였다.

"다 먹고 세척까지 끝낸 막대거든~. 입장 전에 스님에게 문의도 했는데, 액세서리 같은 걸로 여기며 허락해줬어~."

"아, 아하……."

뭐, 그것은 오토이 씨가 지닌 정체불명의 압력과 세척까지 한 막대를 일부러 챙겨온 기행을 고려한 예외적 조치일 것이다. 솔직히 다른 사람이 흉내낼 것 같지는 않다. 오토이 씨는 픽션 속의 인물 같은 존재니까, 상식적인 착한 애라면 현실과 픽션을 혼동해서 흉내 내지는 않겠지. 좋아, 오케이. 응, 이 표현에는 아무런 문제도 없어.

"그런데, 사탕이 달리지 않은 막대를 왜 물고 있는 거예요……?"

"으음~. 그냥~? 입이 심심하거든~."

"골초 같은 소리 하지 마세요."

조금은 자기 나이를 고려해줬으면 한다. 고등학생답지 않다는 의미로 본다면 나도 남 말 할 자격은 없지만 말이다.

"나눠줄까~?"

"됐어요."

"에이~ 사양하지 마~."

오토이 씨는 그렇게 말하면서 물고 있던 막대를 내 입 쪽으로 내밀었다.

섬세한 감성을 지니지 못한 오토이 씨는 표정 하나 바꾸지 않으며, 간접 키스를 시키려 했다.

"지, 진심이에요? 클래스메이트 앞에서……?!"

확실히 오토이 씨와 나는 가까운 사이이다.

중학생 때부터 알고 지낸 데다, 자신의 성별에 크게 의미를 두지 않는 편인 그녀는 툭하면 이런 노가드 전법 같은 커뮤니케이션을 취했다.

하지만 그것은 레코딩 현장이나, 단둘이 있을 때만 겨우 겨우 허용되는 행위다.

남들 앞에서 이랬다간, 괜한 오해를 사는 게 자연의 섭리다.

침에 젖어 번들거리는 막대가, 서서히 다가오고 있다.

그런 막대 앞에서, 어떻게 이 상황을 모면할지 허둥지둥 고민하고 있을 때—.

우뚝.

막대가 움직임을 멈췄다.

내 입에 닿기 직전, 옆에서 뻗어온 가늘고 하얀 손가락이, 막대의 침공을 저지한 것이다.

"오토이 양. 같은 조 사람들이 기다리고 있어. 이동을 서두르는 편이 좋지 않을까?"

마시로였다.

차분하게 지적하는 것 같지만, 그 눈빛과 목소리에는 명백한 **분노**가 어려 있었다.

"오~ 츠키노모리~. 안녕~."

"안녕~, 이 아냐. 조별 행동이나 해. 지금 바로, 되도록 서둘러."

"오~. 나답지 않게 성가신 지뢰를 밟은 것 같은걸~? 잘은 모르겠지만~."

"되게 여유 넘치네. 자기가 본처라는 거야?"

"어이어이. 너무 신경 곤두세우지 마~. 나와 아키가 사귀는 건 이젠 불가능하거든. 질투 안 해도 돼~."

"……**이젠**?"

"자아자아자아자아, 스톱! 다른 손님들에게 폐가 되니까, 멈춰서서 이야기 나누지 마! 응?!"

이야기가 이상한 방향으로 흐르려고 했기에, 바로 개입한 오토이 씨의 등을 억지로 밀어서 마시로의 공격 범위 밖으로 대피시키려 했다. 저기 오토이 씨, 남에게 지뢰 워드를 그렇게 지적하면서, 자기는 아무렇지 않게 지뢰를 밟아대는 건 좀 그렇다고 생각하거든?

이야기를 돌리려 한다는 걸 어렴풋이 눈치챈 건지, 마시로의 불만 함유율 80%의 시선이 내 등에 인정사정없이 꽂혔다.

그런 부정적인 감정을 눈치챈 건지, 오토이 씨는 나한테 등을 떠밀리면서도 고개를 돌려 마시로를 쳐다봤다.

"분위기 망친 걸 사과할 겸~. 좋은 걸 하나 가르쳐줄게~."

"……좋은 거?"

"정취. 운치. 여기는 그런 걸로 유명한 사원이야~."

오토이 씨의 얼굴은 무표정했다.

하지만 입가에는 심술궂은 미소가 어려 있었다.

"모처럼의 기회니까, 츠키노모리도 배우는 게 어때~? 그러면 그 불안정한 질투 체질도, 조금은 나아질지도 몰라~."

"……윽!"

마시로의 얼굴이 새빨개졌다.

당연히, 내 얼굴은 새파래졌다.

"왜 이 상황에서 도발하는 거냐고요! 자, 이제 그만 자기 조로 돌아가요!"

"오케이~."

오토이 씨는 의욕 없는 목소리로 대답하며 자기 조로 돌아갔다.

느닷없이 나타나서, 상황을 마구 휘저어놓고 사라지기는…….

저 사람은 대체 뭐가 하고 싶은 걸까.

"아키……. 혹시 옛날에 오토이 양과 무슨 일 있었어?"

"과거를 돌이켜 보지 마. 지금은 눈앞의 관광에 집중해야 한다고 생각해."

"얼버무리는 거구나?"

"지금은 눈앞의 관광에 집중해야 한다고 생각해."

"NPC처럼 같은 말만 반복해봤자 소용없어. 마시로는 미도리 부장과 달라. 억지로 밀어붙이는 게 통할 거라고 생각하지 마."

"큭……. 만만치 않네. 뭐, 마시로가 의심할 만한 관계는 아니었지만……."

"아키의 주관은 필요 없어. 객관적인 근거를 내놔."

"—그럼 내가 설명해줄까?"

마시로의 공세에 허둥대는 나를 보다 못한 건지, 오즈가 도움의 손길을 내밀었다.

아름다운 세계 문화유산, 정취 있는 풍경과 과거의 추억을 겹쳐보듯 눈을 가늘게 뜬 오즈가 과거를 떠올렸다.

"중학생 시절. 아키와 오토이 씨는 두 사람 다 교실 안에서 붕 뜬 존재였어."

"잠깐만, 오즈. 진짜로 이야기할 거야?"

그것은 그다지 떠올리고 싶지 않은 과거다. 그것은 나와 오토이 씨에게만이 아니라, 오즈에게도 마찬가지이리라.

마시로만이 아니라 마이하마, 타카미야, 스즈키…… 같은 조 멤버가 보내는 호기심 어린 시선을 한 몸에 받으면서, 오즈는 비밀을 이야기하듯 검지를 세운 채 심술궂은 미소를 머금었다.

"어떤 일로 거칠어져 있던 아키와, 오토이 씨. 두 사람의 대립 탓에, 교실 안에는 항상 험악한 분위기가 흘렀지."

"아키가…… 거칠었어……?"

마시로는 뜻밖이라는 듯이 나를 쳐다봤다.

그런 반응을 보이는 것도 무리는 아니다.

중학생 시절은 마시로와 교류가 전혀 없던 공백 기간이다. 그 시절의 내가 어떤 환경에서 뭘 했는지 전혀 알 리 없다.

게다가 『거칠었다』라니, 현재의 공기 오브 공기인 나만 보면 전혀 상상도 안 되는 말이다.

"그래서? 두 사람은 어떻게 됐는데?"

"그리고 이런저런 일을 겪은 후, 아키는—."

자신이 모르는 내 과거에 매우 흥미를 느낀 건지, 마시로는 몸을 쑥 내밀며 이야기에 몰입했다.

이야기를 하는 오즈가 도시 괴담 나레이터처럼 엄청나게 뜸을 들이며 주목을 마구 모아댄 후, 끝내주는 표정을 지으며 이렇게 말했다.

"—나와 『특별한 관계』가 되었답니다~. 해피 엔딩☆"

"중간 과정을 다 빼먹은 걸로 모자라 쓸데없이 의미심장한 결말을 덧붙이지 마."

나는 오즈의 머리를 손날로 때렸다.

"하지만 거짓말은 안 했거든?"

"거짓말을 안 하고 사람을 속여도, 사기는 사기야."

"너무하네. 우리는 이렇게~ 사이가 좋은데…… 말이지♪"

내 어깨에 팔을 두른 오즈가 얼굴을 내밀었다. 너무 갑작스러운 행동이었기에, 주위에 있던 여자애들이 술렁거렸다.

"오오—?! 맙소사! 오오보시와 코히나타, 진짜로 그런 사이야?!"

"그, 그럼…… 나한테는 이미, 기회가 없다는, 거야……?"

"아, 아키…… 요, 용서 못 해. 마, 마시로라는 어엿한 여친이 있으면서…… 오, OZ와……!"

타카미야가 흥분했고—.

마이하마가 절망했으며—.

마시로가 좌절에 빠졌다—.

세 사람은 제각각 다른 의미의 혼란에 빠진 가운데, 복잡한 감정이 담긴 눈길로 나와 오즈를 응시했다.

“아, 아냐. 이건 그런 의미가 아니라…….”

“아냐~. 괜찮아, 오오보시. 자연계에서도 그런 애정은 성립하는걸. 나는 응원할게!”

“충격이에요……. 하지만, 코히나타가 행복하다면, 오케이예요…….”

“어이, 오즈. 어떻게 책임질 거야? 이래선 수습이 안 된다고!”

나는 오즈의 귓가에 입을 가져가서, 작은 목소리로 항의했다.

그러자 오즈는 쾌락주의자 같은 미소를 머금으며 윙크했다.

“아하하. 하지만 이걸로 흐지부지됐잖아? ……츠키노모리 양에게 알려지고 싶지 않은 부분 말이지.”

“그건 그렇지만……. 아, 네.”

내가 더 항의하려던 순간, 갑자기 누군가가 어깨를 두드린 탓에 뒤돌아봤다.

그 누군가는 바로 싱글벙글 웃고 있는 스님이었다.

수직으로 세운 엄지를 수평으로 들더니, 사원 출구를 손가락으로 가리켰다.

그리고 천천히 입을 놀리면서, 단순 명쾌한 메시지를 전달했다.

시, 끄, 러, 우, 니, 나, 가, 주, 십, 시, 오.

"……정말 죄송합니다."

반론할 여지가 없을 정도로 맞는 말이었다.

그렇게 쫓겨난 후에 다음 장소로 이동하는 동안, 나는 여자애들의 오해를 어찌어찌 푸는 데 성공했다. 기본적으로 타인이 나를 어떻게 생각하든 개의치 않지만, 이번에는 마이하마가 있으므로 문제를 그냥 방치할 수 없었다.

진심으로 오즈를 좋아하고, 고심 끝에 나와 상의한 여자애. 그 진심 어린 마음을, 마시로가 내 과거에 관심을 가지지 못 하게 한다는 이유만으로 망쳐버릴 수는 없다.

단둘만의 시추에이션은 아직 만들어주지 못했지만, 다음 목적지— 후시미 이나리 신사에서는 꼭 실현해주고 싶다.

이때의 나는 그렇게 생각했다.

그렇게 생각한 것이다.

설령 뜻대로 되지 않았을지라도, 생각했다는 것만큼은 엄연한 사실이다.

………….

미리 사과해두자.

미안해, 마이하마.

설마 그런 심각한 사태가 벌어질 줄은, 꿈에도 몰랐어……. 진짜야.

*

『남의 연애를 응원해주자고 생각하고 있었는데, 어느새 자기 연애 이벤트가 진행된 것에 대해서.』

『잠깐만, 아키. 무슨 일이 벌어진 건지 이야기하기 전에, 결말부터 이야기하는 건 좀 그렇지 않을까?』

『하지만 그러는 오즈도 슬슬 뭔가 이벤트가 터질 거라고 어렴풋이 생각하긴 했잖아?』

『YES인지 NO인지 묻는다면, 솔직히 YES야.』

003 제3화 …… 친구(?) 여동생이 나한테만 짜증나게 군다

점심과 저녁 사이. 빠져들 것만 같을 정도로 푸른 하늘에 스파이스 느낌으로 노을이 드리워진 시간대.

우리가 후시미 이나리 신사에 도착한 것은 이 세상과 저 세상의 경계 같은 느낌의 시간대였다.

무슨 일이 일어나도 이상하지 않은 기묘한 분위기를 느끼며 택시에서 내리자, 마침 그 타이밍에 근처 택시에서 다른 조의 학생들이 내렸다.

눈에 익은 교복 차림의 학생이 우르르 내릴 뿐……이라면, 딱히 신경 쓰지는 않았을 것이다.

하지만 그사이에 눈에 익은 얼굴이 있다면 이야기가 달라진다.

"어라. 이런 데서 다 보네."

"어. 오, 오오보시?!"

머리카락을 모아 묶은 리본이 흠칫한 것처럼 흔들렸다.

새된 목소리로 그렇게 말하며 나를 돌아본 사람은 오늘 자주 마주치고 있는 우등생, 미도리였다.

역시 여기서도 타고 난 학급 반장 리더 기질을 발휘하고 있는지, 다섯 명의 조원들을 이끌듯 당당히 선두에서 걷고 있었다.

하지만 내가 갑자기 말을 건 바람에 동요하고 만 건지, 얼굴을 새빨갛게 붉히며 허둥댔다.

……내가 저 애의 위엄을 박살 내버린 걸지도 모르겠어.

"으음. 내가 괜히 말을 걸었나 보네."

"그, 그그, 그래. 직장에 연인이 느닷없이 찾아오면 곤란하잖아? 그것과 마찬가지야!"

"그 비유는 잘 이해가 안 되지만…… 아무튼 미안해. 내가 잘못했어."

"하아, 정말. 조원들도 걸음을 재촉하고 있단 말이야. 다들, 그렇지?!"

"아, 신경 쓰지 마~."

"실컷 이야기 나눠~."

"반장, 파이팅~."

"뭐엇?!"

미도리는 동의를 구하며 뒤돌아봤지만, 의외로 조원들은 마음이 넓었다.

오히려 더 노닥거려도 된다는 분위기마저 감돌았다.

연극부 때도 느꼈던, 절묘하게 얕보이는 느낌이 지금도 감돌았다. 존경과 동시에 마스코트 같은 존재로 사랑받고 있는 것 같았다.

특별진학반 학생답지 않은, 편안한 분위기였다.

어떤 커뮤니티라도 미도리가 앞에 나서서 이끌면, 이런 느낌이 되어버리는 게 아닐까 싶을 정도다.

어쩌면 그녀 같은 리더가 이끄는 나라라면 평화로울지도 모른다.

"그건 그렇고, 이 시간대의 후시미 이나리를 선택했구나. 미도리 부장도 뭘 좀 아네."

"앗…… 역시 오오보시도 일부러 이 시간에 온 거야?"

"아, 정확하게는 내가 아니라—."

"—마시로의 제안이야."

마시로가 작은 목소리로 그렇게 말하며 끼어들었다.

눈앞에 느닷없이 나타난 마시로를 보고 움찔한 미도리는 양손을 내저으며 허둥지둥 변명했다.

"츠키노모리 양?! 아, 아냐. 딱히 오오보시를 빼앗으려는 게 아니라……."

"알아. 미도리 부장은 마시로 편이잖아. ……그렇지?"

"무, 물론이야. 아하. 아하하하!"

메마른 웃음을 흘리는 미도리를 지그시 쳐다보던 마시로는 뭐, 됐어, 하고 중얼거리면서 경내로 이어지는 커다란 기둥문을 올려다보았다.

그리고 양손을 좌우로 벌리더니, 황홀한 표정으로 말했다.

"황혼 녘의 후시미 이나리는 독특한 정취가 있어. 붉게 타오르는 하늘과, 무한히 이어진 듯한 센본 도리이 기둥문의 조합은 일본풍 중2 마음을 자극한다고 들었어. 절경이, 기대돼…….”

“아, 맞아! 나도 그게 보고 싶어서 이 시간대에 온 거야.”

“소설에서 쓴 적은 있지만, 아직 와본 적이 없었어. 두 눈으로 보는 순간이 고대된다니깐.”

“맞아. 나도 마키가이 나마코 선생님의 『백설 공주의 복수 교실 지옥의 수학여행 편』에서 나온, 붉게 물든 센본 도리이가 참 인상적이었어. 그래서 이 시간대에 와보자고 결심했다니깐. ……어, 츠키노모리 양도 소설에서 다뤘어?”

“모모모, 모티프가 겹치는 건 흔한 일이야. 멋진 경치라면 더 그래.”

“아, 맞아. 깜짝 놀랐네. 대화의 흐름 탓에 츠키노모리 양이 마키가이 나마코 선생님인 줄 알았지 뭐야.”

“그, 그렇지 않아. 이, 이렇게 가까운 곳에 대히트 작가가 있을 리, 없는걸.”

“맞아~, 아하하. 이상한 소리를 해서 미안해.”

“아, 아냐. 마시로야말로, 미안해.”

마시로와 미도리, 이 수학여행 플랜을 희망한 두 사람은 의기투합하는 것 같았다.

대화 내용은 잘 모르겠지만, 일단 두 사람이 낭만을 느끼는 풍경인 건 틀림없어 보였다.

……나는 그런 식으로 냉정한 척하고 있지만, 예전에 읽었

던 마키가이 나마코 선생님의 작품에서 비슷한 경치가 등장했던 것을 기억하고 있다. 그래서 실은 꽤 흥분한 상태다.

"어쨌든 미도리 부장은 센스가 꽤 좋은 것 같아."

"에헤헤. 츠키노모리 양에게 칭찬을 받으니 왠지 멋쩍네."

"신상필벌(信賞必罰)이 마시로의 신조야. 좋은 일을 한 사람은 순순히 칭찬해. ……이 시간대의 이 경치를 보러 오는 건 꽤 어렵거든."

"시간 조율이 어려워서, 조금만 늦어도 어두워지는 탓에 기둥문이 잘 안 보이는 점은 아쉬워. 하지만 시간표를 완벽하게 관리할 수 있다면, 이 시간대를 정확하게 노릴 수 있어!"

"맞아. 역시 미도리 부장이야."

굿잡, 이라는 듯이 마시로는 엄지를 치켜들었다.

마시로가 이런 식의 편안한 태도를 취하는 건 드문 일이란 생각이 들었다. 요즘 들어서도 이로하나 스미레 상대로만 저러는데, 아무래도 내가 모르는 사이에 미도리와 친해진 것 같았다.

그러고 보니 연극 때에 미도리는 마키가이 나마코 선생님의 각본에 완전히 빠졌지. 같은 작가의 소설을 애독하는 사람끼리, 통하는 바가 있는 걸지도 몰라.

"응, 마음이 맞네. 그럼—."

미도리도 텐션이 상승한 건지, 마시로의 손을 잡고 위아래로 흔들며 말했다.

"—이참에 우리 조와 츠키노모리 양의 조가 같이 돌아보는 건 어떨까?!"

"응, 오케이. 재미있겠네."

"뭐? 어, 어이, 마시로. 정말 괜찮겠어?"

흥이 나서 바로 승낙한 마시로를 허둥지둥 말렸다.

우리는 마이하마와 오즈가 단둘이 있게 해줄 생각이다.

다른 네 사람이 자연스럽게 페이드아웃할 방법을 생각하는 것도 힘든데, 두 조가 합동으로 움직인다면 그것은 거의 실현 불가능이다.

"아."

마시로도 거기까지 생각이 미친 건지, 아차 하는 표정을 지었다.

눈앞에 있는 미도리를, 마음이 맞는 이와 함께 이곳을 돌아보는 기대감에 눈이 반짝거리고 있었다.

이제 와서 안 된다고 말하면 얼마나 낙담할지, 남의 마음에 민감한 마시로라면 충분히 상상할 수 있을 것이다.

그리고 마시로는 새파랗게 질린 얼굴로, 머뭇머뭇 마이하마를 돌아봤다.

"미, 미안해. 마이하마 양……."

"괘, 괜찮아! 정말 괜찮아! 애초에 무리한 부탁이었는데, 그렇게 미안해하면 내가 다 가슴이 아파!"

사랑에 스트롱 스타일이라고는 해도, 원래는 성실하고 상식적인 문학소녀인 마이하마는 그대로 물러났다.

"어, 어머? 혹시 같이 돌아다니면 안 되는 상황인 거야?"

"그, 그렇지 않아. 타, 타카미야 양도, 마이하마 양도……아키도, 괜찮지?"

묘한 분위기를 느낀 미도리가 자신 없는 표정을 짓자, 마시로는 허둥지둥 고개를 저었다.

마시로가 동의를 구하자, 우리 조원들은—.

"오케이~! 특별진학반 애들과는 그다지 접점이 없었는데, 이참에 친해져야지~."

"잘 부탁해요. 아, 마이하마라고 불러주세요."

"나는 스즈키야! 즐겁게 놀자고!"

"아~, 갑자기 대인원이 되어버려서 미안하네. 저기, 잘 부탁해."

—당연히, 흔쾌히 받아 들였다.

미도리의 조원들도 다들 호의적이어서, 무사히 합류가 이뤄졌다.

하지만, 신경 쓰이는 점이 없는 건 아니다.

"…………."

하나는 오즈가 싱글벙글 웃기만 하며, 아무 말도 하지 않는 점이다.

그리고 또 하나는…….

"마시로는 바보. 마시로는 바보. 마시로는 바보. 모처럼 단둘이 있게 해줄 기회가 생겼는데, 그걸 아무 생각도 없이 망쳐버리다니…… 으으~.”

남몰래 머리를 감싸 쥔 마시로가 자기 자신을 저주하고 있었다.

HP게이지가 서서히 줄어드는 타입의 자해 대미지를 입은 것처럼 보이는데, 괜찮을까?

*

아무튼, 우리와 미도리의 조는 함께 행동하기 시작했다.

가장 먼저 향한 곳은 최초이자 최강의 스팟— 센본 도리이.

붉은 기둥문이 무한히 이어지는 듯한 착각을 자아내는, 몽환의 경치.

붉은 저녁노을이 더해지면서, 눈앞에 존재하는 외길이 저 세상으로 이어져 있는 게 아닐까 하는 착각을 자아냈다.

이 광경을 누구보다 보고 싶어 했을 마시로와 미도리는 역시나, 매우 즐거워했다.

“환상적이야……. 영감이, 샘솟아……!”

“이 아름다운 붉은빛은 생명, 대지, 생산— 우카노미타마노카미의 힘을 표현하는 거래.”

“여우를 신의 모티프로 설정한 센스는 참 괜찮아. 옛날 사람들, 센스 있네."

"겉모습이 매끄러우면서 아름다운 점도 신으로 숭배된 이유 중 하나일지도 몰라. 뱀이나 학도 그렇지만, 여성의 뛰어난 몸매를 연상하게 해서 그런지, 그런 동물이 여성으로 변화하는 전설이 여러 지역에 존재하잖아. 몬스터 아가씨라고 하는 인간이 아닌 여자애에게만 흥분하는 남성이 늘어나는 추세란 말이 나온 것도 꽤 됐는데, 실은 돌연변이적으로 생겨난 성적 취향이 아니라 인간의 유전자에 새겨진 본능일지도—."

"미도리 부장."

"—게다가 그건 남성만이 지닌 취향이 아니라, 늑대인간 같은 전설로 알 수 있다시피 인간이 아닌 존재의 특징을 지닌 남성의 존재도 망상되어 왔고—."

"미도리 부장. 스톱."

"—요즘 들어 늑대인간이란 캐릭터가 괜찮다고 느낀 것도 자연스러운 걸지도…… 어. 츠키노모리 양, 왜 그래?"

"그런 지식은 딱히 필요 없어. 그리고 아까부터 성적 취향의 폭로가 이어지고 있거든?"

"뭐엇?! 아, 아니, 그러니까 이건 성적 취향이 아니라 유전자에 새겨진 성질……."

……쟤들, 괜찮을까?

신성한 장소에서 음란한 대화를 나누는 건 좀 그럴 것 같은데 말이다.

어이없어하며 어깨를 으쓱한 나는 눈앞에 있는 센본도리이를 쳐다봤다.

성적 취향에 대한 이야기는 제쳐두더라도, 종교적인 의미를 진하게 지닌 모티프는 『검은 염소』와도 궁합이 좋다.

『검은 염소』의 기본적인 무대는 서양식 저택이지만, 거기에 이런 일본풍 테이스트가 더한다면 독특한 콘셉트 아트를 만들 수 있을지도 모른다.

일본 고유의 분위기를 내세운 콘솔 게임이 세계 시장에서 대히트를 기록한 예도 있는 만큼, 매우 괜찮다는 생각이 들었다.

자료 GET.

그렇게 생각하면서, 사진을 찍으려고 스마트폰을 꺼냈지만—.

"앗."

깜빡했다. 배터리가 바닥났네.

안 그래도 배터리가 많지 않았는데 이동 중에 이로하의 LIME 원격 치근덕 공세를 받은 탓에, 내 스마트폰은 목숨이 간당간당한 상태였다.

충전기도 집에 두고 왔으니, 촬영 도중에 골로 가버릴지도 모른다.

"저기, 오즈. 부탁이 있는데 말이야."

"응?"

“오즈의 스마트폰으로 사진을 찍어주지 않겠어? 콘솔판 『검은 염소』의 자료용으로 몇 장 찍어두고 싶어.”

“그건 괜찮은데, 아키도 찍지 않았어?”

“실은 충전기를 집에 두고 왔거든. 오늘 아침에 이런저런 일로 허둥대다 깜빡했어.”

“아, 그랬구나. 이로하와 츠키노모리 양의 수라장, 말이지?”

이런저런 일이란 말로 둘러댔지만, 오즈는 순식간에 사태를 정확하게 파악했다.

“그렇게 된 거야. ……그래서 말이지? 선택지는 많은 편이 좋잖아.”

“아무리 그래도 하렘 상태에서 그런 발언을 하는 건 너무 쓰레기 같지 않아?”

“그런 이야기가 아냐. 자료로 쓸 사진 이야기라고. 각도와 위치를 여러 패턴 확보해두고 싶네.”

“아, 그런 말이구나. 오케이, 오케이.”

오즈는 내 말에 따라 스마트폰을 손에 쥐더니, 다양한 각도에서 센본도리이를 촬영하기 시작했다.

아직 콘솔판을 어떤 게임성으로 만들지 정하지 않았지만, 만약 3D 게임으로 만든다면 맵도 3D로 만들어야 한다. 그러니 자료는 많을수록 좋다.

오즈는 익숙한 손놀림으로 순조롭게 촬영을 이어갔다. 하지만 기둥문을 지나서 조금 나아갔을 때…….

오즈는 셔터를 누르던 손놀림을 멈추며, 우뚝 멈춰섰다.

"왜 그래?"

"저쪽에 사람이 엄청나게 모여 있어. 유명인이라도 온 걸까?"

오즈가 가리킨 방향을 봤다.

센본도리이를 지나면 도착하는 장소— 오쿠샤 배례소.

많은 사람이 몰려 있는 그곳은 기묘한 소란에 휩싸여 있었다.

인기 관광명소라서 그런 것 같지는 않았다.

수학여행 중인 학생이나 외국에서 온 관광객만이 아니라, 커다란 카메라를 든 미디어 기자 같은 사람도 몰려 있었다.

그런 인파 사이로 어렴풋이 보이는 것은 특수한 촬영 기자재들과 시대착오적인 중세시대 패퇴 무사 같은 복장을 외국인 남성 몇 명, 교토풍 화장을 한 아름다운 기모노 여성, 그리고 메가폰을 손에 쥔 선글라스+스커프 차림의 THE 감독 같은 느낌의 노인이었다.

무슨 촬영 하나? 하고 생각했을 때, 인파 쪽에서 근육에 홀린 사나이, 스즈키가 뛰어왔다.

"어이, 오오보시! 코히나타! 대박이야!"

"꼴사나우니까 너무 큰 소리 내지 마."

"작은 목소리로 말할 내용이 아니라고! 엄청난 일이란 말이야!"

"하아~. 알았다, 알았어. 들어줄 테니까 좀 진정해."

거친 콧김을 뿜을 정도로 흥분하며 다가온 스즈키의 근육을 양손으로 밀어낸 나는 그를 어찌어찌 진정시키려 했다.

스즈키는 스읍~ 하아~ 하며 호흡을 가다듬더니, 멀쩡한 음량으로 말했다.

"듣고 깜짝 놀라라고, 오오보시! 지금 여기에서…… 할리우드 영화 촬영을 하고 있어!"

"흐음~."

"반응이 되게 밋밋하네!!"

"아니, 그게……."

이곳은 일본의 관광지 중에서도 손꼽히는 인기를 자랑하는 장소다. 그런 작품의 무대가 되는 일도 충분히 있을 수 있다.

할리우드 영화의 촬영 현장을 우연히 보게 되는 건 드문 일이겠지만…… 나는 어머니의 직업 때문에 딱히 특별하게 느껴지진 않았다.

"아, 무슨 소동인가 했더니 할리우드 촬영 중인 거구나."

"맞아! 그런 것 같아, 카게이시 양! 세계 각국의 다양한 예술과 문화를 잔뜩 집어넣고 할리우드의 기술과 화약으로 완성하는 초대작을 찍나 봐. 그래서 교토에 촬영하러 온 거야! 엄청나지 않아?! 진짜 엄청난 건데, 오오보시 자식은 반응이 밋밋하다고."

어느새 다가온 미도리가 우리의 대화에 끼어들었다.

내 반응에 불만을 느낀 듯한 스즈키는 동의를 구하듯 미도리에게 그렇게 말했다.

그러자 미도리는 어리둥절한 표정으로 눈을 깜빡였다.

"어. 하지만 오오보시가 놀랄 리가 없지 않아?"

"뭐? 어이어이어이어이, 카게이시 양까지 무슨 소리를 하는 거야. 할리우드라고, 할리우드!"

"아니, 그게—."

미도리는 의아하다는 듯이 고개를 갸웃거렸다.

그리고 당연한 소리를 하는 듯한 어조로 이렇게 말했다.

"오오보시는 할리우드의 프로듀서인걸."
"아아아아아아아아아아아아아아아아."

나는 몇십 초 전에 스즈키에게 주의를 주며 한 말을 깔끔하게 무시하는 절규를 토하며 미도리의 입을 막은 후, 유괴하듯 그녀의 몸을 잡아끌며 이 자리를 벗어났다.

망연자실한 조원들을 내버려 둔 채, 버둥거리는 미도리를 잡아끌며 여우 조각상 뒤편으로 향했다.

"으읍~! 으읍~?!"

"얌전히 있어. 일을 성가시게 만들지 마. ……알았지? 큰 소리 내지 말라고."

"(끄덕. 끄덕.)"

"좋아, 착한 애구나."

울먹거리며 고개를 미도리를 본 후, 나는 그녀의 입에서 손을 뗐다. 그러고 보니 전에도 미도리한테 이런 짓을 한 적이 있지 않나? ……뭐, 됐어.

"마시로는 안 보이네."

"츠키노모리 양이라면 아직 센본도리이에서 석양을 느끼고 있어."

"그 동사의 의미는 모르겠지만, 아무튼 잘 됐어. 여자애와 이런 식으로 이야기를 나누는 모습을 걔가 봤다간, 또 일이 성가셔질 게 뻔하거든."

안 그래도 복잡한 상황이다. 가능한 한 심플하게, 스무스하게 일을 처리하고 싶다.

"오, 오오보시? 왜 갑자기 이런 데로 나를 끌고 온 거야?"

"응, 대체 왜 그런 걸까?"

"뭐어?!"

"아니, 진짜로 미안해. 하지만, 네가 당치도 않은 소리를 하려고 해서 이런 거야."

"당치도 않은 소리……?"

"할리우드의 프로듀서 어쩌고 말이야."

"어. 하지만 오오보시는 할리우드의 프로듀서 맞잖아? 언니가 너를 데려오면서 그렇게 말했는데……."

그래. 그랬지.

머나먼 고대의 일이라 나도 거의 기억이 안 나지만, 사실 미도리는 나를 할리우드에서 유명 작품을 프로듀스하는 거물 프로듀서로 알고 있다.

왜 그렇게 됐다면, 바로 시키부 탓이다.

자기가 일러스트레이터 무라사키 시키부 선생님이란 사실을 여동생에게도 숨기고 있는 스미레가, 나를 연극부에 소개하면서 그런 거짓말을 한 것이다.

어째서 내가 연극부를 개선할 수 있는 존재인가?

그 질문에 『검은 염소』나 《5층 동맹》을 숨기면서, 답변에 설득력을 더하기 위해 한 거짓말.

그것이 바로, 오오보시 아키테루는 할리우드의 프로듀서……라고 하는, 바보도 믿지 않을 법한 거짓말이다.

바보가 아닌 미도리가 왜 그것은 믿은 건지는, 영원히 풀리지 않을 수수께끼다.

이제까지는 딱히 필요가 없어서 오해를 풀지 않았지만, 설마 진짜 할리우드 촬영 현장과 마주칠 줄이야. 진짜가 이 거짓말을 듣는다면, 부끄럽고 넘어갈 정도의 일이 아니다. 좋은 기회이니, 이참에 어긋난 인식을 풀어야겠다.

……하지만, 어떻게 설명하면 좋을까.

무라사키 시키부 선생님의 진실은 덮어둬야겠지.

이로하의 정체도…… 뭐, 알려지는 건 피하고 싶어.

그나마 말할 수 있는 건 《5층 동맹》과 『검은 염소』 정도인가.

"사실 내가 할리우드 프로듀서라는 건…… 거짓말이야."

"뭐?"

"진짜 정체를 밝힐 수가 없어서, 스미레 선생님에게 거짓말을 해달라고 했어."

물론 이것도 거짓말이다. 하지만 이 거짓말은 거듭 써먹는다고 해서 부풀어 오르는 일은 없을 테니, 아마 괜찮을 것이다.

"실은, 내가 만드는 건 영화가 아니라…… 게임이야."

"게……임……?"

나는 하나하나 세세하게 설명했다.

스마트폰 게임을 만들고 있다.

마키가이 나마코 선생님도 참여하고 있다.

오토이 씨도 협력자 중 한 명이다.

뒤풀이 자리에 있던 그 정체불명의 칠칠치 못한 어른—무라사키 시키부 선생님도 멤버 중 한 명이다.

동료들과 함께, 어떤 목표를 이루기 위해 최선을 다하고 있다.

나는 설명을 마친 후, 미도리를 향해 고개를 깊이 숙였다.

"사정이 있어서 진실을 밝히지 못했지만, 속인 건 사실이야. 이제까지 거짓말을 해서, 정말 미안해."

"거짓말……? 오오보시는, 할리우드의 프로듀서가, 아니었어……."

내 말을 망연자실한 목소리로 중얼거리는 미도리의 모습을 보자, 죄책감이란 이름의 바늘이 내 가슴을 찔러댔다.

충격, 이겠지.

처음에는 험악한 사이였지만, 이 반년 동안 우리는 가까워졌다.

사적으로 만나서 같이 놀지는 않았지만, 그래도 친구에 가까운 관계로 여겨줬다.

나에게 있어서도 미도리는 아무리 멀리 떨어져 있더라도, 친구인 무라사키 시키부 선생님의 여동생— 친구 여동생이다.

그러니 내가 거짓말을 했다는 것을 알고, 배신당한 기분이 들어도 이상하지 않다.

『사람을 속이다니, 정말 최악이야!』

……하며 화내며 인연을 끊더라도, 불평을 할 수는 없다.

그렇게 각오한 나는 미도리의 다음 말을 기다렸다.

그리고 얼마 후, 드디어 그녀는 입을 열었다.

"저기, 오오보시. 그것 말고도 거짓말하는 게, 더 있지? 이게 전부가 아니지?"

"…………."

있다. 그래서 나는 아무 말도 못 했다.

"전에도 언니의 약혼자라는 거짓말을 했었잖아. 이것 말고도 비밀이 더 있지 않아?"

"…………."

있다. 그래서 나는 아무 말도 못 했다.

“사과하면서 묵비권이야?”

“……미안해.”

“뭐, 됐어요. 전부 실토해야 한다는 룰 같은 건 없잖아요. ……룰을 지키는 이상, 제가 단속할 일은 아니에요.”

“존댓말로 말하니 가슴이 더 후벼 파이는 것 같아…….”

“미안하게 생각한다면, 딱 하나만 진실을 가르쳐줘.”

“내용에 달렸어.”

“츠키노모리 양에 관한 거야.”

느닷없이 정곡을 찔렀다.

여우 신님의 발아래, 붉은 노을에 물든 조각상이 자아낸 그림자가, 평소와 다르게 진지한 미도리의 얼굴에 드리워졌다.

그런데도 그녀의 눈빛은 그늘지지 않았으며, 일류 경찰관처럼 날카로웠다.

“혹시 츠키노모리 양과 사귄다는 것도…… 거짓말, 인, 거야……?”

정확하게, 나의— 우리의…….

거짓말을 죽였다.

“왜 그렇게 생각하는 거야?”

“근거는 없어. 하지만 진짜로 사귀는 것치고는 츠키노모리 양은 왠지 자신이 없어 보였는걸. 그리고—.”

근거 없이, 그저 직감만으로 거짓말을 간파했다.

그리고…….

사정없이, 흙발로 진실에 발을 들였다.

"그리고— 그것도 거짓말이라면, 알아두고 싶어."

"미도리 부장…… 그 말은……."

"…………."

고개를 숙인 채, 더는 아무 말도 하지 않았다.

나는 생각했다.

미도리가 한 말의 의미를 생각했다.

알아두고 싶다. 어째서? 미도리는 무엇에 집착하고 있지? 떠올려봐.

그래. 나는 아까 봤다.

미도리와 마시로가 어느새 친해진 모습을 말이다.

……그런 건가. 그렇겠지.

친구라면 숨기는 게 없었으면 할 거야.

마시로와의 가짜 연인 관계는, 원래 그녀의 새로운 생활을 지키기 위해서다.

마시로가 진심으로 마음을 나누는 인간관계를 쌓는 데 있어서, 방해되어선 안 된다.

원래라면 미도리에게 가르쳐줄지 말지는 마시로의 양해를 구한 후에 결정하고 싶지만—.

"마시로의 양해를 구한 후에, 알려줘도 될까?"

"…………."

아무 말 없이 내 팔을 잡았다. 그리고 내 얼굴을 똑바로 바라봤다.

하긴, 그래.

대답을 미뤘다가, 가슴속에 응어리만 남긴 채 어영부영 넘어가는 건 싫겠지.

아무래도 도망칠 수 없을 것 같다.

어쩔 수 없다. 미도리가 이제까지 말도 안 되는 거짓말을 믿어줬기에, 설명하지 않았다. 그 대가를 치를 순간이 온 것이다.

"알았어. 마시로와의 관계에 관해서도, 진실을 가르쳐줄게."

"……아! 그럼, 역시……!"

"그래. 우리는 연인 사이가 아냐. 가짜 커플이야."

"그, 그랬, 구나. 하지만, 왜 그런 거짓말을 한 거야?"

"그 점에 관해서는 그럴 만한 사정이 있는데…… 마시로의 개인적인 사정도 얽혀 있으니 가르쳐줄 수 없어. —이쯤에서 납득해주면 좋겠네."

전학 전의 마시로에 관한 사정. 집단 괴롭힘을 당한 사실.

그것은 나 혼자만의 판단으로 남에게 알려줘선 안 되는 위험한 정보다.

아무리 미도리의 오해를 풀기 위해서라고 해도, 마시로의 허가 없이 가르쳐줄 수는 없다.

"딱 하나, 이것만은 믿어줬으면 해."

믿어줘, 란 말을 이제까지 거짓말을 해온 내가 해봤자 신빙성이 없을 것이다.

하지만 그런 사기꾼의 눈을, 미도리는 똑바로 응시하며 내가 다음 말을 하길 기다리고 있다.

"친구……라 부를 수 있을 만큼 가까운 사이인지는 솔직히 모르겠지만 말이야. 적어도 나는 미도리 부장을 소중한 동료 중 한 명이라고 생각해. 비밀로 해온 것은 공공연하게 알려지지 않았으면 해서지, 일부러 미도리 부장을 따돌린 건 아냐."

"응. 그런 건 나도 알아. ……하지만, 가르쳐줄 수 없는 이유는 뭐야?"

"자세한 건 말해줄 수 없지만, 아까 말한 《5층 동맹》의 미래와도 관련되어 있거든. 널리 알려져도 될 일은 아냐. 자칫 잘못하면 우리가 이제까지 해온 일이 전부 물거품이 될지도 모르거든. 그래서 이제까지 말해주지 않은 거야."

"그럼, 왜 이제 와서 나한테는 가르쳐주는 건데?"

"신용할 수 있다고 판단했거든. 미도리 부장이라면 괜찮을 거라고, 그렇게 생각했어."

"…………그래. 츠키노모리 양과는 연인 사이가…… 아니구나……."

그림자 탓인지, 고개를 숙인 미도리의 표정은 전혀 보이지 않았다.

입에서 흘러나오는 조그마한 목소리만으로는, 그 안에 담긴 감정조차 느껴지지 않았다.

미도리는 아무 말 없이 돌아섰다.

"미도리 부장……?"

"걱정하지 마. 아무한테도 말 안 할게."

뒤돌아선 채, 돌아보지 않으며…….

"오오보시의 신용을 배신하는 짓은 절대 안 할 거야. 그 점만은, 안심해도 돼."

그렇게 말한 후, 미도리는 빠른 걸음으로 조원들이 있는 곳으로 돌아갔다.

명백하게 분위기가 이상한데…… 혹시, 판단을 잘못한 것일까.

큰 문제로 발전하지 않으면 좋겠는데…… 하고, 나는 일말의 불안을 떨쳐내지 못하며 생각했다.

*

『아키……. 너는 왜 툭하면 플래그를 세우는 거야?』

『아냐. 나는 언제 어느 때나 성의를 다했을 뿐…….』

『그래봤자, 결국은 결과가 전부잖아?』

『정말 죄송합니다.』

interlude 막 간 ····· 사사라와 이로하 2

"아~마~●이이이~, 고오오~에에~!"

"YEAH! YEAH! FOOOOOOO!!"

방과 후에 노래방에서 애틋하면서도 그리운 멜로디와, 자포자기한 듯한 이로하의 스크래치한 비브라토가 기분 좋게 어우러진 노랫소리가 울려 퍼졌다.

참고로 그 후의 목소리는 분위기 띄우기 담당인 바로 나— 토모사카 사사라가 낸 것이다. 에헴.

엔카를 잘 아냐고? 아니, 실은 전혀 알지 못해.

하지만 모르는 곡이라도 친구와 노래방에 오면 기분과 텐션을 끌어올리는 건 식은 죽 먹기거든.

뭐, 지금 이로하가 부른 노래 자체는 어릴 적에 할머니가 부르는 걸 들은 것 같아서 약간 귀에 익지만 말이야.

노래를 마치고, 숨을 고른 이로하는 곡이 멈춘 것을 확인한 후—.

"하아~."

공기 빠진 풍선이 푹 쪼그라들 듯이, 소파에 무너지듯 주저앉았다.

기운 좀 내라는 의미를 담아서, 나는 고개를 숙인 이로하

앞에서 손에 쥔 탬버린을 흔들었다.

"뭐야~. 아직도 울먹울먹 상태인 거야~?"

"시~끄~러~워~."

탬버린을 밀쳐낸 이로하는 드링크바에서 가져온 토마토 주스를 힘차게 들이켰다.

요즘 들어서 같이 노는 일이 늘면서 알게 된 건데, 이 애는 항상 토마토 주스만 마신다니깐. 대체 얼마나 좋아하는 거야.

"그런데 웬 엔카야? 이런 소리는 좀 그렇지만, 너무 고리타분하지 않아?"

"고함 질러서 기분 풀고 싶은데, 리얼충이 즐겁게 노닥거리는 노래를 부르긴 싫었거든."

"우와, 중증이네~."

하긴, 교실에서의 수재 모드도 유지 못 할 레벨이니 말이야.

이렇게 짜증나는 본성을 나 이외의 클래스메이트에게 들키지 않고 숨겨왔던 이로하가, 이렇게 맛이 갔잖아. 중증인 게 당연해.

하지만 말이지.

연애 관련으로 구질구질하게 고민하는 친구를 필사적으로 달래주는 건—.

되게 귀찮은 짓거리네…….

아니, 뭐. 일전에 내 SNS에 난리가 났을 때는 도움을 받았으니까, 가능한 한 도움이 되어주고 싶단 마음이 있긴 하거든?

그래도, 귀찮은 건 귀찮다고.

아무리 위로해줘도 회복할 기색이 없고, 화풀이하듯 나한테 되게 치근덕대잖아. 뭐, 스트레스 내성 최강인 어른스러운 나는 이로하의 고민 한두 개 정도는 여유롭게 받아줄 수 있거든?

2학년이 수학여행에서 돌아올 때까지, 계속 이 상태인 건 버거운데~.

바로 그때였다. 테이블 위에 놓인 이로하의 스마트폰이 부르르~ 진동했다.

어째서 호주머니 안이 아니라 저런 장소에 둔 거냐면…… 물론 돌격 대기 중이라서다. ……뭐? 돌격 대기 중이란 말은 스트리머 말고는 안 써? 뭐, 괜찮잖아. 분위기로 이해할 수 있으면 오케이~ 오케이~.

그리고 돌격 대상은 물론…….

"아~. 오오보시 선배 아냐?"

"…………윽!"

벌떡! 일어선 이로하는 카드 뒤집기 게임을 다루는 모 순정만화의 주인공처럼 스마트폰을 향해 쏜살같이 손을 뻗었다.

"하아, 선배는 못 말린다니깐! 이로하 님과 좀 떨어져 지낸다고, 쓸쓸해서 바로 연락하다니 말이야~. 참을성이 너무 없네!"

"이중인격이냐!"

"참 못 말리는 선배라니까요~☆ 안 그래~? 사사라. 안 그래~?"

"괜히 끌어들이지 마~! 망가질 거면 혼자 망가져 주지 않을래?!"

"으흐, 흐흐흥~. 자, 선배가 어떤 SOS를 보냈으려나~."

아까까지의 우천 흐림 텐션은 어디 간 것일까. 이로하는 나한테서 빼앗은 탬버린을 흔들어대며 스마트폰을 쳐다봤다.

"……………………………………………………어?"

"왜 그래? 딱딱하게 굳어버렸네~?"

"으음~?"

턱 밑에 손을 댄 이로하가 이모티콘으로 흔히 보는 표정을 지었다.

"왜 이상한 표정을 짓는 거야?"

"아니, 교토에 있는 사람한테서 연락이 왔는데……."

"오오보시 선배잖아?"

"나도 그런 줄 알았는데, 완전 다른 사람이야……."

그렇게 말한 이로하가 스마트폰 화면을 나에게 보여줬다.

LIME의 메시지 란.

상대방의 이름은— 미즈키 씨, 라고 되어 있었다.

《미즈키 씨》 쿄토에서 촬영 NOW

그 짤막한 한 마디 밑에는 엄청난 미인의 셀카가 첨부되어 있었다.

자기가 가장 아름다워 보이는 각도를 숙지한 여성만이 찍을 수 있는, 철저하게 계산된 사진이다.

은색 머리카락. 그리고 눈이 가려질 만큼 긴 앞 머리카락. 왠지 이로하의 연적— 마시로 선배를 닮은 듯한 느낌이 들었다.

"사사라는 이걸 보고 어떻게 생각해?"

"『NOW』가 좀 고리타분한 느낌이 들어."

"아, 그런 뜻에서 물은 게 아니거든?"

어떻게 생각해? 라는 질문을 받고 감상을 말했을 뿐인데, 지적당했다.

그럼 묻지 말란 말이야.

"그런데 이 언니는 누구야? 왠지 마시로 선배를 닮은 것 같아."

"츠키노모리 마시로 씨. 마시로 선배의 엄마야."

"흐음~."

그런 사람과 LIME 교환을 했구나. 친구의 어머니와 바로 연락을 나누다니, 나로서는 상상도 못 할 일이야~.

"그리고, 브로드웨이의 여배우야."

"흐음…… 뭐엇?!"

무심코 비명을 질렀다.

"으음, 내가 잘못 들은 거지? 엄청 유명한 뮤지컬 쪽 단어가 들린 것 같은데, 설마 브로드웨이란 말을 한 건 아닐 거 아냐."

"그 브로드웨이 맞아."

"거짓말?!"

그런 사람과 LIME 교환을 한 거야?! 친구 엄마와 연락을 나누는 것조차도 영문을 모르겠는데, 상상을 초월할 정도로 엄청난 프로필을 들으니 정신이 나가 버리겠네!

"이런저런 일이 있다 보니 제자가 되지 않겠냐는 제안을 받았어."

"우와, 인맥 쩌네."

"뭐, 이런저런 일이 있다 보니 그렇게 됐어."

이로하는 이러쿵저러쿵이라 말하며 넘어가려 했다.

그 이런저런 일이 뭔지 이야기할 생각은 없어 보였다.

"그래도 대단하네. 브로드웨이 여배우의 제자가 되는 거잖아. 당연히 오케이할 거지?"

이로하의 장래 꿈은 연기자라고 들은 적이 있다.

뭘 하고 있는지는 가르쳐주지 않았지만, 지금도 연기자가 되기 위해 여러 가지 활동을 하는 것 같았다.

일류 여배우에게 이런 제안을 받는다면, 보통은 바로 오케이하며 제자가 될 것이다.

하지만 이로하는 복잡한 표정을 짓더니…….

"으음…… 고민 중이야."

"왜?"

"뭐, 이런저런 일이 있거든."

"이런저런 일이 너무 많은 거 아냐?"

대체 얼마나 복잡한 사정을 안고 있는 건데?

"뭐~, 아무래도 상관없어. ……그건 그렇고, 이로하는 얼굴이 참 넓네. 인간관계가 너무 대박인 거 아냐?"

"사사라도 남 말 할 자격은 없지 않아? 유명 핀스타그래머잖아."

"아, 그래도 나는 고독한 편이거든? 콜라보 말고는 다른 인플루언서와 얽히지 않아. 사무소 소속 연예인은 감시를 심하게 받기 때문에 사적으로 만나서 밥도 못 먹는다니깐."

"사사라한테만 연락 안 하는 거 아냐?"

"뭐~? 에이, 그럴 리가 없잖아. ……없, 겠지……?"

불안에 사로잡혔다.

혹시 나만 따돌리고 남들이 모여서 즐겁게 노는 거야?

……말도 안 돼. 나를 안 부르는 게 말이 돼? 아하하.

"나는 됐고 빨리 답장이나 보내지 그래? 괜히 나를 신경 쓸 필요 없어."

"응? 뭐?"

"벌써 보내고 있잖아—! 칫, 애초에 신경 쓸 마음 제로였구나~!"

나와 이야기 중에도 무슨 일 있으면 스마트폰만 쳐다보고 말이야!

이로하는 나를 대충 상대해주면서 스마트폰을 계속 만지작거렸다.

……방치당하는 건 영 마음에 들지 않기에, 말을 걸어봤다.

"그 미즈키 씨가 뭐래?"

"으음~. 할리우드 영화 촬영을 하러 왔나 봐."

"할리우드? 웬 영화? 브로드웨이 여배우는 영화가 아니라 뮤지컬만 하는 거 아니었어?"

"그게, 세계 각국의 다양한 예술과 문화를 잔뜩 집어넣고 할리우드의 기술과 화약으로 완성하는 초대작을 찍고 있는 것 같아."

"뭐 그딴 카오스한 영화가 다 있어?"

"뮤지컬 장면이 많은 작품이기도 하다네. 그래서 브로드웨이에서 활약하는 여배우도 잔뜩 출연하나 봐."

"흐음~. 그런데 이로하, 그 여배우 분이 비밀 정보를 너무 흘리는 거 아냐?"

미공개 작품의 내용을 마구 떠벌리고 있는 것 같은데…….

"물어보지도 않았는데 활동 내용을 늘어놓는 건 위험하지 않아? 완전 관심병 몬스터네."

"그 말, 사사라가 하면 완전 부메랑이거든?"

"뭐어~?!"

너무하네! 내가 언제 관심병 환자처럼 굴었다는 건데?!

"게다가, 아무 이유 없이 보고한 것도 아닌 것 같아."

"……그래?"

이로하가 내 분노를 깔끔하게 무시하며 스마트폰을 내밀자, 나는 퉁명한 목소리로 그렇게 말했다.

나 지금 언짢음 대박 MAX 상태야. 아무리 나라도, 이렇게 무시당하면 발끈하거든? 그 점을 알려주기 위한 태도다. 부우~.

"『지금 촬영 현장을 보러 오지 않겠어요?』라네."

"—진짜야?!"

어는점 이하로 내려가 있던 텐션이 순식간에 급상승했다.

이건 혹시, 천재일우의 찬스인 게 아닐까……!

"완전 러브콜이네! 가! 가야 해! 못 먹어도 GO!"

"가, 갑자기 반응이 뜨겁네. 그리고 마지막 말은 왠지 폭망할 것 같단 소리 같거든?"

"반응이 뜨거울 만도 하잖아. 이로하, 그 제안에는 무조건 오케이해야 해. 안 그러면 후회할 거야! 그리고 사소한 건 신경 쓰지 마!"

"그, 그래?"

내가 진심 어린 목소리로 역설하자, 이로하는 웬일인지 압도당했다. 그러고 보니 나도 마구 밀어붙이고 있네.

내가 왜 이렇게 진심인 거냐고? 왜긴 왜겠어.

우물쭈물대며 성가시게만 구는 이로하를 교토로 보내버린다면, 나도 편해질 거야.

그래! 이건 천재일우의 찬스야!

반드시 이로하를 교토로 추방하고 말겠어! 이름하여 『그래, 교토로 보내자』 작전!!

“내가 존경하는 편집자분이 말했어! 기회가 오면 고민하지 마라! 전광석화! 즉각적으로 움직이는 자만이 성공을 거머쥔다! ……라고 말이지!”

“하지만 이제부터 교토에 갔다간, 당일치기는 무리야.”

“아, 또 메시지가 왔어! 호텔 방을 수배해주고, 돈도 미즈키 씨가 내준대!”

절묘한 타이밍에 문자로 된 지원 물자가 도착했다.

그럼 이용해야지!

“하지만, 학교를 빼먹으면서까지 가는 건 좀…….”

“이 바보!!”

찰싹! 하고 이로하의 볼을 때리……는 것 대신, 탬버린을 때렸다.

“아직 젊으니까 억지 좀 부리면 뭐 어때?! 너는 뭘 위해

학교에 다니는 거야?! 자기 이외에 누군가를 위해서야?!"

"갑자기 무슨 소리를 하는 거야……. 굳이 따지자면 나 자신을 위해서일까?"

"그럼 자신에게 도움이 되는 이벤트와, 학교 수업— 어느 쪽이 중요해?!"

"어. 그야 수업—."

"장래의 꿈을 이루기 위한 첫걸음, 평생 한 번뿐인 절호의 기회, 연 수입 1억엔이 넘는 상류층 생활으로 이어지는 특급 티켓과, 어차피 나중에 교과서 읽으면 어떻게든 되는 수준의 별것도 아닌 학교 수업— 어느 쪽이 소중해?!"

"선택지에서 악의가 느껴지는데—."

"오오보시 선배가 있는 교토와, 없는 학교— 어디에 가고 싶어?!"

"그건……."

"어, 디, 에, 가, 고, 싶, 어, ?"

"으윽……."

나는 고집스럽게 버티는 이로하를 향해 얼굴을 내밀며, 압박을 가했다.

얘는 오오보시 선배를 언급하면 바로 흔들린다니깐. 대체 얼마나 오오보시 선배를 좋아하는 건데?

아무튼, 이제 거의 다 넘어왔다.

지금이야말로 『그것』의 봉인을 풀 때인가…….

호시노 씨에게 배운 어른의 교섭술, 2형. ―압박에 박차를 가한 후에 갑자기 상냥하게 대해주는 데이트 폭력 남친 술법!

"괜찮아. 정말 괜찮아. 이로하는 나쁘지 않아. 나쁜 건 정치와 사회 쪽이야."

상냥한 목소리로, 감싸주듯이…….

"자, 솔직한 마음을 털어놔 봐. ……응?"

빨리 교토에 가버리라고, 라는 악마 같은 본심을…….

서둘러 교토로 가보렴, 이라는 천사 같은 번역으로 바꿔…….

이로하에게 속삭이면서, 나는 우물쭈물하는 이로하의 입가로 마이크를 가져갔다.

그러자―.

"미안해……. 역시, 교토에 가고 싶어요……."

영혼을 쥐어 짜낸 한 마디.

딱딱하기 그지없는 열매 같은 입에서 스며 나온, 영혼에서 우러난 진심이 스피커를 통해 이 방 전체에 울려 퍼졌다.

"말 할 수 있잖아……."

나는 이로하의 어깨를 두드려준 후, 엄지를 치켜들었다.

절친의 용기 있는 결단을 칭송한 것이다.

이것은 이로하의 인생을 크게 호전시키는 일이 틀림없다.

이야~. 나, 또~ 좋은 일 했어~. 큰일이네~. 좋은 일 너무 많이 해서 내가 가게 될 천국의 VIP룸이 방 여섯 개 넘는 스위트룸이 되겠어~. 아하하.

이대로 이로하가 교토에 가면 큰일이 벌어질 것 같은 느낌도 들지만, 그래도 됐어.

굿바이, 구질구질 이로하~.

004 제4화 …… 가짜 연인이 친구에게만 초밥

후시미 이나리 신사 견학을 마치고 호텔에 돌아와 보니, 밖은 어느새 어두워져 있었다.

궁전 같은 외관의 호텔은 내부도 고대의 정취가 어려 있어서, 아주 약간 요사한 분위기가 감돌았다.

하지만 그런 공간의 복도를 걷고 있는 건 전통 복식을 입은 귀족이 아니라, 흔하디흔한 서양식 옷을 입은 고등학생들이었다. 정취 같은 건 안중에도 없는 듯한 표정으로, 잡담을 나누며 종횡무진으로 걷고 있었다.

나 또한, 그런 다수 중 한 명이었다.

행선지는 식당. 이제부터 저녁 식사 시간이다.

옆에서 걷고 있는 우리 조의 근육, 아니, 스즈키가 흥분 탓에 번들거리는 눈빛을 머금으며 말했다.

"사복 차림의 동급생과 밤에 함께 행동하는 일은 흔치 않잖아. 나, 가슴이 뛰어!"

"아, 응. 그렇구나."

"오오보시~ 반응이 너무 밋밋한 거 아냐~?"

"아니, 그게……."

사복 차림인 동료와 한밤중에 같이 행동하는 건 《5층 동맹》에선 일상다반사다. 적어도 일주일에 한 번은 술자리를 가지니 말이다.

"대단한걸. 밤놀이 따위엔 이미 익숙하다는 듯한 어른의 여유가 느껴져. 역시 커플 경력이 긴 베테랑은 다르네……."

"아, 그런 건 아니……지도 않지만, 아무튼 다른 이야기야."

"하아~. 이런 걸 뭐라고 부르더라? 리얼충? 파티 피플? 잘 모르겠지만, 오오보시는 참 충실한 삶을 사는 것 같아~."

"내가 리얼충?! 어이, 무슨 소리를 하는 거야. 스즈키한테 그렇게 불리고 싶지 않다고."

"뭐, 그렇긴 해. 나는 체육관에 다니며 충실한 삶을 살고 있거든!"

스즈키는 순순히 인정하더니, 새하얀 이를 드러내며 시원시원하게 웃었다.

나는 그 모습을 보고 퍼뜩 놀랐다.

스즈키는 교실 안에서도 손꼽히는 인싸이자, 전형적인 리얼충 같은 녀석이었다. 그런 그를, 나는 리얼충이라 인식하고 있었다.

그리고 차분하게 생각해보니, 매주 동료들과 모여 파티를 여는 우리 또한 리얼충이란 존재의 생태에 가까운 행동을 하고 있지 않을까.

어쩌면 자기 자신을 객관적으로 보지 못하고 있는 걸지도 몰라…….

그러는 와중에 식당에 도착했다. 기업 신입 사원 연수에 쓰이는 호텔답게, 2학년 전원이 자리에 앉을 수 있을 만큼 식당이 넓었다.

반별로 구역이 나뉘어 있고, 조별로 자리가 마련되어 있었다. 나, 오즈, 스즈키가 나란히 앉고, 맞은편에는 마시로, 마이하마, 타카미야가 앉았다.

교토 요리가 서빙되자, 주위에 있는 이들이 술렁거렸다.

"우와……. 이런 건 드라마에서 정치가가 뇌물 받는 장면에서나 봤어……."

"상류 계급의 위장에 들어갈 목적으로만 개발된 것 같은 일본식 코스 요리, 카이세키!"

"저칼로리로 보이는 이 교토풍 반찬이 그런 점을 여실하게 드러내고 있어."

학생들은 머리가 좋은 건지 나쁜 건지 판단하기 어려운 대사로 감동을 표현하고 있다.

그런 목소리들이 들려오는 가운데, 이 넓은 식당의 앞쪽에 있는 단상 위에 선 이번 수학여행의 책임자—《맹독의 여왕》 카게이시 스미레는 당당한 미소(내 눈에는 우쭐대는 것처럼 보인다)를 머금으며 큰 목소리로 말했다.

"당연히 요리의 질 또한 신경 썼어. 교토의 유명 여관의 음식을 철저하게 비교 검토한 후, 최상급의 맛을 즐길 수 있는 곳을 골랐지. 감사하는 마음으로 맛보렴."

“““카게이시 선생님……! 감사—합니다!!”””

군대 상관에게 하듯, 다들 힘차게 경례했다.

교사와 학생 사이의 신뢰 관계를 엿볼 수 있는, 매우 아름다운 광경이지만—.

“저렇게 우쭐대고 있지만…… 결국은 오즈의 프로그래밍에 기댔을 뿐인데…….”

“여러 음식점 사이트의 정보를 모은 후, 평가의 신뢰성에 신경 쓰면서 꽝이 없는 최적의 선택지를 도출했어. 뭐, 그렇게 어려운 프로그램도 아니라 금방 짤 수 있었다니깐.”

“뭐가 『철저하게 비교 검토』야…….”

“너무 그러지 마. 나는 학생회장의 부탁으로 수학여행 실행위원들의 일도 도왔잖아. 장기말을 잘 이용해서 높은 퍼포먼스를 발휘하게 하는 것도 리더의 수완이야.”

“그건 그렇지만, 저 인간이 우쭐대는 걸 보니 영 석연치 않아.”

“아하하.”

“……뭐. 학생들이 맛있는 것을 먹을 수 있도록 오즈의 힘을 빌린 것 자체는 괜찮지만 말이야. 엄청 나이스한 판단이라고 생각하긴 해.”

이렇게 생각해보면 스미레는 일러스트레이터로서의 재능이 어마어마하지만, 교사로서도 충분히 뛰어나긴 하네.

“이 생선은 뭐야?! 나, 처음 봐!”

"이건 갯장어. 교토 요리에 쓰이는 생선으로 유명해."

"흐음~ 그렇구나!"

"교토의 중심부는 바다와 거리가 있어서, 원래는 생선 요리가 명물이 될 리 없지만……. 생명력이 강한 갯장어는 먼 현해탄에서 잡아서 교토까지 옮겨와도 신선함이 유지돼. 그래서 먼 옛날부터 교토하면 갯장어, 라 할 만큼 유명했어."

"오오오오! 마시로찡, 생선 박사구나!"

"해산물 is 정의(저스티스). 바다의 먹거리는 마시로의 필드. 우쭐."

분위기 띄우는 데 선수인 타카미야 덕분에, 마시로는 자신의 잡학을 꽤나 유창하게 늘어놨다.

가슴을 펴며 우쭐대는 표정으로 말할 수 있을 정도로, 같은 조 여자애들과 친해진 것 같았다.

듣는 사람에 따라서는 이런 잡학을 듣는 것을 성가시게 여기기도 하지만, 다행히 타카미야는 눈을 반짝이며 순수하게 감동했다.

"대단해~! 마시로찡, 대박! 쿄코찡도 그렇게 생각하지?!"

"으, 응. 츠키노모리 양은 정말 대단해."

"그렇……긴 해. 에헤헤."

"마치 해양생물을 모티프로 한 괴물이 나오는 소설을 쓰는 프로 작가급의 지식량이야. 혹시 아는 게 더 있다면 가르쳐줘."

"마시로는 해산물이 눈곱만큼도 흥미 없어."

"츠키노모리 양, 혹시 이중인격이야?"

마시로가 갑자기 손바닥 뒤집듯 입을 다물자, 마이하마가 당혹스러워했다.

……우쭐대며 말하다 보니 부끄러워진 것일까?

하긴, 그럴 때도 있긴 해.

*

다 같이 저녁 식사를 즐긴 후, 우리는 객실로 돌아갔다.

8층 건물인 호텔의 6층과 7층을 코자이 고교가 독점하고 있다. 6층은 남자가, 7층은 여자가 쓴다.

불순한 일이 벌어지지 않도록 분리해둔다……라는 식으로 설명되지만, 같은 층을 쓰더라도 불순 이성 교제 같은 건 일어나지 않을 거야. 다른 학생들의 눈이 있는데 성욕의 화신이 되어 실수를 범하는 인간이라면, 겨우 다른 층을 쓰는 것만으로 말릴 수 있을 것 같지도 않거든.

"흥! 흥! 흥!"

우리가 묵는 방은 동서양 절충식, 일본풍 모던이라고 할 수 있는 구조였다.

문명의 이기도 당연히 있다. 텔레비전 모니터, 전기 포트는 물론이고 전기 콘센트도 다수 존재한다.

콘센트에 연결된 세 개의 충전기, 그리고 그 코드 끝에 존재하는 스마트폰…….

그 중 하나가 내 스마트폰이다.

오즈가 모든 기종의 충전기를 가지고 와준 덕분에 충전을 하고 있다.

"핫! 핫! 핫!"

커다란 1인용 침대 세 개. 벽에는 거장이라 불리는 화가의 복제화(레플리카)가 장식되어 있다.

한편 발밑은 다다미로 되어 있어서, 풀냄새가 희미하게 감돌았다.

"이얍! 이얍! 우랍! 하앗!"

장지문 너머의 툇마루에는 담소용 의자와 테이블, 마사지 체어가 있었다. 야경을 즐길 수 있는 커다란 창문도 있어서, 우아한 여행자 기분조차도 맛볼 수 있는 욕심꾸러기 세트 같은 광경—.

"흥! 흥! 흥! 이야앗~!"

"크아아아아, 시끄러워!! 좀 조용히 근력 운동을 할 순 없어?!"

아까부터 다다미 위에서 격렬하게 상하운동(스쿼트)을 하고 있는 탱크톱 차림 사내자식에게, 나는 참다못해 고함을 질렀다.

방에 감도는 동양적인 분위기를 가슴 가득 들이마시고 싶은데, 이래서는 땀 냄새만 들이마시게 된다.

정취 따위 완전히 박살나고 있잖아.

엉거주춤한 자세로 움직임을 멈춘 스즈키가 이상하다는 듯이 고개를 갸웃거렸다.

"무슨 소리하는 거야, 오오보시. 운동과 복식 호흡은 세트잖아."

"아니, 근력 운동을 할 때, 복식 호흡을 하는 건 상식이지만…… 애초에 왜 지금 운동을 하는 건데?"

"식후 운동은 상식이라고. 좀 있으면 입욕 시간이니까, 땀 흘릴 거면 지금이 딱이야."

확실히 그의 말대로, 한 시간 후면 입욕 시간이다.

대형 목욕탕에 한 번에 들어갈 수 있는 인원이 한정되어 있기에, 반별로 입욕 시간이 설정되어 있다. 그래서 지금은 대기 시간이었다.

"저기, 아키. 잠깐 나 좀 봐."

"응. 무슨 일이야?"

"수학여행용 샘플을 모으고 있는데, 이건 참고가 될 거라고 생각해?"

침대에 걸터앉아서 스마트폰을 들여다보던 오즈가 나에게 손짓을 했다.

뭔가 싶어서 다가가 본 나는 화면을 쳐다봤다.

주간 만화잡지에서 연재되는, 요즘 화제인 러브코미디 만화였다.

“『유령장의 48분할된 새색시는 고백하고 싶다』구나. 그러고 보니 이 만화의 수학여행 편은 평판이 좋았어.”

“응. 특히 주인공의 대화 선택이 정평이야. 즉…….”

“그래. 일반적으로 호의를 얻기 쉬운 커뮤니케이션을 취하는 거라고 생각해도 문제없겠지.”

“맞아. ……응, 문제없을 거야. 그렇게 생각하긴 하는데…….”

어딘가 이해가 안 되는 눈치였다.

“마음에 걸리는 점이라도 있어?”

“수학여행 중에 특정 여성과 단둘이 있는 시추에이션이 많거든. 연애와 밀접하게 연관된 장면뿐이야. 연애 관계로 발전할 생각이 없는 다수의 여성과 대화를 나눌 경우나 남들이 보고 있을 경우, 같은 조 남성과의 대화 바리에이션으로 응용이 가능한지 판단을 내리기 어려워.”

“아~. 그건 좀 판단하기 어렵네.”

“……어이, 오오보시. 코히나타. 너희들, 무슨 소리를 하는 거야?”

나와 오즈는 지극히 당연하고 평범한 일상적인 대화를 나누고 있었다.

하지만 스즈키만은 이해가 안 되는지, 스쿼트를 중단한 직후의 엉거주춤한 자세를 유지한 채로 의아한 표정을 지었다.

"그게 말이야. 어떻게 설명하면 좋을지 모르겠는데……."

"커뮤니케이션 능력을 육성하는 거야."

내가 말끝을 흐리며 적당히 둘러댈 말을 생각하고 있을 때, 오즈가 바로 대답했다.

뭐. 이건 오즈 자신의 일이니, 본인이 말해줘도 오케이라고 판단했다면 나도 숨길 이유가 없다.

"만화 이야기만 했잖아? 어느 부분이 커뮤니케이션 능력과 관련 있는 건데?"

"만화에는 의도가 명쾌한 대화 데이터가 많거든. 인풋에 딱 좋아."

"인풋이라니…… 그래도 현실 대화와 만화의 대화는 다르지 않아?"

"방금까지 수학여행을 와서 근력 운동을 해대는 위험한 자식이었으면서, 이제 와서 상식인 행세하지 마. 마치 우리가 이상한 놈 같잖아."

……응. 나도 이게 평범한 커뮤니케이션 능력 육성법이라고는 눈곱만큼도 생각하지 않는다.

진짜로 커뮤니케이션 능력을 기르고 싶다면, 현실의 인간과 대화를 나누는 편이 백 배는 효율적일 것이다.

하지만 사생활은 게임과 다르기에 디버그 작업을 할 수 없다. 베타판을 발표해서 유저의 의견을 모은 후, 완성판에 참고한다…… 같은 쿠션이 존재하지 않는 것이다. 어떤 식의 행동을 취한 결과 가 즉시 인간관계를 결정짓고 만다.

단판승부, 실패할 수도 돌이킬 수도 없는 패키지 판매. 그것이 현실의 인간관계다.

운영 타입 게임처럼 조금씩 수정하는 건 허용되지 않는다.

평범한 인간이라면 치명적인 문제를 일으키지 않으며 체험을 쌓아갈 수 있겠지만, 코히나마 오즈마란 인간에게는 그것이 어렵다.

—인간이면서도 기계적인 학습을 해낼 수 있는 건 오즈의 뛰어난 두뇌 덕분이니, 상충 관계라고도 할 수 있을 테지만 말이다.

"작품은 정보를 취사선택할 수 있어서 러닝에 딱 좋아. 현실 대화에는 도움이 안 되는 노이즈가 너무 많거든."

"으, 응. 코히나타가 그렇게 생각한다면, 그걸로 됐다 싶긴 해."

"실제로 스즈키가 직접 증명하고 있잖아. 아까 전의 『흥! 흥! 흥!』 같은 고함은 정보량이 제로인 무가치한 대사야. 픽션에서 그런 무의미한 장면을 넣었다간 유저가 화내겠지."

"어이, 코히나타. 커뮤니케이션 운운 이전에 마음을 도려내는 듯한 인정사정없는 발언부터 고치는 게 어때?"

"사실 그게 과제이기도 해."

상처 입은 스즈키를 본 나는 하아 하고 한숨을 내쉬며 머리를 긁적였다.

“어느 선을 넘으면 상대방이 마음에 상처를 입는지, 그걸 파악하는 게 가장 어렵거든. 그래서 현실의 대화를 참고하기 어려운 거야.”

현실의 대화는 의외로 복잡하며, 같은 대사일지라도 당사자 간의 관계와 때, 장소, 상황에 따라서 농담, 친분 표현, 진심 어린 독설 등, 여러 가지 뉘앙스로 변화한다.

같은 『너를 좋아해~』도, 아름다운 야경을 바라보며 진지한 표정으로 말하면 사랑 고백이 되지만, 친구끼리 서로의 어깨를 토닥거리면서 말하며 우정의 재인식이 되고, 사기꾼이 돈다발을 한 손으로 만지작거리면서 말한다면 표적으로 삼은 봉에게의 비웃음이 된다.

그런 미세한 차이를 자연스럽게 이해할 수 있는 인간이라면, 아무 문제도 없겠지만…….

“너희는 뭐랄까…….”

스즈키가 뭔가 할 말이 있는 듯한 반응을 보이자, 나는 한순간 움찔했다.

……큰일 났다. 거리감을 잘못 쟀나?

같은 조의 멤버로서 친해진 지금이라면, 조금은 손에 쥔 패를 보여줘도 괜찮을 거라고 판단했는데…… 물러터진 생각이었을까.

한순간, 중학생 때의 기억이 내 뇌리를 스쳤다.

나와 오즈를 향한 『평범하지 않은 녀석들』을 보는 눈길.

교실이라는 좁은 공간 안에서, 이질적이라는 카테고리로 분류되고 만 경험.

고등학교에서 그것을 재현할 수는 없다!

"아, 아냐! 방금 그건 농담이랄까, 개그랄까—."

나는 몸을 쑥 내밀면서 허둥지둥 아까 한 말을 정정하려 했다.

이미 늦었을지도 모르지만, 편견에 찬 눈길이 오즈에게 향하기 전에 그 싹을 제거해야만 한다!

"진짜 이상한 녀석들이구나!"

…………뭐?

복식 호흡 덕분에 쩌렁쩌렁한 스즈키의 목소리가, 내가 이어서 뱉으려던 말을 끊었다.

발언 자체만 본다면, 경멸로 받아들일 수 있는 말이다.

하지만 스즈키의 구김 없는 미소와 시원시원한 말투를 보면, 악의의 함유량은 0%인 게 명백했다.

"이야, 진짜 재미있어! 커뮤니케이션 능력 육성이랬지? 혹시 내가 도울 일이 있으면 언제든 말해!"

"하. 하하하."

내 입에서 메마른 웃음이 흘러나왔다.

아아, 사적인 부분도 신경을 쓸 마음이 든 후에 수학여행을 오게 되어서, 정말 다행이다.

스즈키를 그저 성가신 리얼충이라고만 여겼던 것을 반성

해야만 한다. 나는 객관적으로 매사를 전체적으로 관찰하고 있다는 착각에 빠져 있었을 뿐, 실은 내 필터를 통해 보이는 편견의 세상을 살고 있었다.

어쩌면 내가 생각하는 것보다 더, 이 교실은…… 아니, 어쩌면 이 사회는 오즈에게 살기 쉬운 환경일지도 모른다.

물론 샘플수 1로 단언하는 건 위험하다. 그래도 조금은 신용해봐도 괜찮지 않을까.

그런 생각이 들었다.

"……뭐, 의지할 일 있으면 의지할게."

"그래!"

*

『잠깐만, 아키. 대화 도중에 은근슬쩍 입욕 시간, 이란 단어가 나왔잖아.』

『그래.』

『그런데 입욕 장면을 그리지 않고 이야기를 끝내면, 우리 이야기를 지켜보는 하늘의 신들께서 용서치 않을 거라고 생각해.』

『그래서……?』

『다음 파트에서 입욕 장면을 화끈하게 보여주잔 이야기야. 수요에는 제대로 부응해야 하잖아. 안 그래?』

interlude 막간 …… 마시로와 미도리

맙소사.

수학여행, 이라는 네 글자를 본 순간부터 이 최악의 사태를 예상했어야 했다.

목욕탕의 탈의실.

갈아입을 옷을 옆구리에 끼고 안으로 들어간 순간, 눈에 들어온 광경은 마시로를 후회에 빠져들게 했다.

세 반의 여학생, 오십 명이 넘는 집단이 수다스럽게 떠들며 옷을 벗고 있었다. 생각해보니 중학생 때는 거의 은둔형 외톨이 상태여서 수학여행도 빠졌다. 그래서 이렇게 많은 타인과 함께 알몸으로 교류한 경험이 전혀 없었다.

수영 수업은 어떻게 했냐고? 당연히 농땡이쳤거든?

헤엄 속도는 타고난 체격과 DNA로 결과가 결정되는 불합리한 경기야. 왜 그런 불평등한 경쟁에 어울려줘야만 하는데? ……헤엄을 못 쳐서 시샘하는 게 아니냐고 지적하는 NG야.

"마시로찡, 왜 입구에서 얼어붙어 있는 거야?"

멈춰서서 꼼짝도 하지 않는 마시로의 등을, 타카미야 양이 거침없이 밀었다.

비전의 기술에 떠밀린 바위처럼, 질질질……하면서 탈의실 안으로 밀려들어갔다. 으으, 타카미야 양은 괴력을 습득했구나. 무시무시해.

“왜 다들 아무렇지 않게 남 앞에서 옷을 벗는 거야? 믿기지 않아.”

“남 앞이긴 하지만, 여기는 목욕탕이잖아. 보통 다들 신경 안 써.”

“교실에서 벗으면 변태 취급을 당하는데, 욕실에서는 벗어도 된다는 감성이 이해 안 돼. ……알몸은 알몸이야.”

“어~, 그래~? 때와 장소, 상황 같은 거랄까? 욕실에서는 세이프일걸?”

“으음…… 마, 마이하마 양은 어때? 성실한 문학소녀 타입이잖아. 마시로와 마찬가지로, 정상적인 감성을 지녔, 지?”

야생의 총애를 받는 자인 타카미야 양에게 수치심이 있을 거라 여긴 게 실수다.

그러니 내성적 집단에 속할 마이하마 양에게 희망을 품으며, 마이하마가 뒤돌아보니—.

“어? 무슨 말 했어?”

이미 홀라당 다 벗었다.

“아…… 주저하지 않는구나……. 흐음~. 그래. 이해했어.”

“어. 어. 나, 이상한 짓 했어?”

"아냐. 전혀 이상하지 않아. 마이하마 양은 있는 그대로의 마이하마 양이어도 괜찮다고 생각해."

수수하고 성실하게 생겼지만 본성은 음란녀 같은 캐릭터는 음란서적에서 흔히 나오잖아. 그래그래, 이해했어.

동지라고 생각한 마시로가 어리석었어. ……흥.

"마시로는 저쪽에서 옷 벗을래."

"어~. 마시로찡, 너무 매정한 거 아냐~?!"

"매정한 게 당연하잖아. 마시로는 마시로의 자존심을…… 지킬 거야……!"

매달리는 타카미야 양을 뿌리친 마시로는 재빨리 탈의실 구석으로 이동했다.

남들의 시선이 느껴지지 않는, 눅눅하고 어둑어둑한 탈의실 구석은 역시 안도감이 엄청났다.

이곳이야말로 마시로의 고향. 돌아가야 할 장소.

애초에 교실에서 항상 마주치는 사람들과 알몸으로 커뮤니케이션을 나누는 건, 고문이나 다름없다. 단호하게 거절하고 싶은 전개다.

타카미야 양과 마이하마 양은 마시로와 노닥거리고 싶어 했지만, 목욕할 때만은 혼자서 자유로운 시간을 보내고 싶어. 응.

거기서 몰래 옷을 벗은 후, 속살을 보여주지 않기 위해 목욕수건을 몸에 둘렀다. ……좋아, 이걸로 오케이.

같은 방을 쓰는 두 사람은 이미 탈의실에 없었다.

다행이다. 마시로를 기다리지 않고 먼저 욕실로 향한 거라면, 차라리 잘됐다.

마시로도 혼자 몰래 들어가서, 서둘러 몸을 씻고, 바로 욕조물에 몸을 담근 후, 순식간에 퇴각하자. 응, 그게 좋겠어.

그 생각을 바로 실행에 옮겼다. 아무도 안 쳐다봐, 아무도 안 쳐다봐, 아무도 안 쳐다봐, 하고 염불을 외우면서 몸을 씻은 후에 닌자처럼 재빠르게 사람이 거의 없는 욕조 구석쪽으로 향했다.

"어~?"

하지만 유감스럽게도 그곳에는 먼저 와있는 손님이 있었다.

그것도, 아는 얼굴이었다.

"앗. ……아, 안녕. 오, 오토이 양."

"오~ 츠키노모리~. 안녕~."

나른한 어조로 그렇게 말한 이는 붉은 머리카락을 머리 위로 올려묶고, 그 위에 접은 수건을 올려둔 오토이 양이었다.

좋은 의미에서도 나쁜 의미에서도 항상 푹 가라앉아 있는 사람이다. 인사를 하고 마시로에게서 흥미를 잃은 건지, 물속에 얼굴을 반쯤 담그며 거품을 부글부글 냈다.

이 자리에 있는 이가 오토이 양이라서 다행이다. 솔직히 이렇게 무관심한 편이 지금은 여러모로 좋았다.

마시로는 오토이 양의 옆, 사람 셋이 들어갈 수 있을 만큼 떨어져서 욕조 안의 물에 몸을 담갔다.
아아…… 따뜻해.
몸 깊숙한 곳에 영적(아우라) 소자가 스며드는 듯한 느낌이다. 지금이라면 아마 숨겨진 재능이 꽃피어서 필살기를 습득할 수 있을 것이다.
클래스메이트 앞에서 알몸이 되는 건 싫지만, 온천은 참 기분 좋았다. 좋은 온천을 골라준 스미레 선생님에게 감사해야지.
"츠키노모리와는 평소에 그다지 이야기를 나눈 적 없네~."
"응……?"
온천의 열기에 뇌가 흐물거릴 즈음, 축~ 늘어져 있던 오토이 씨가 갑자기 말을 걸어왔다.
"요즘 어때~?"
"그 대충대충인 질문은 뭐야……."
"아~. 그러니까 『검은 염소』의 갱신을 멈췄잖아~. 그 후로 《5층 동맹》의 어떤 상태인지 궁금해서 말이야~."
"……아키한테서 못 들었어?"
"대략적으로만 들었거든~."
흐음~. 의외네.
오토이 양은 《5층 동맹》과 거리를 두고 있지만, 아키와는 잘 통하는 느낌인데 말이다.
그러니 뭐든 다 알고 있을 거라 여겼다.

"딱히 달라진 건 없어. 갱신 정지 기간도 그렇게 길지 않거든. 다음 목표도 명확하니까, 각자가 할 일은 딱히 달라지지 않았어."

"호오~. 그렇구나~."

"하지만 아키의 목표는 콘솔에의 도전…… 더 넓고, 큰 세상에 발을 들이려고 해. 마시로도, 시야를 넓혀야 할 테니까…… 결의를 새롭게 다지고 있어."

"마시로도……? 자기 일처럼 이야기하네~."

"아, 그, 그게 아냐. 마, 마시로도 소설가 지망생이라서, 감화됐을 뿐이야."

"아~, 그런 쪽이구나~. 아하~."

오토이 양이 매사에 대충대충이라 살았다.

의심이 많은 사람이라면, 방금 실수를 이용해 미주알고주알 캐물었을 게 틀림없다.

하지만 오토이 양은 미묘하게 위험인물이다. 마키가이 나마코의 정체를 들켜선 안 되는데, 저 느슨하고 독특한 분위기 탓에 마시로의 입도 가벼워지고 만다.

하면 안 되는 말을 할 것 같아서, 좀 무섭다.

"그러고 보니, 물어볼 게 하나 더 있어~. 츠키노모리는~, 요즘 카게이시와 꽤 친하지~?"

"글쎄. 마시로를 응원해주니까, 같은 편이라고 생각하긴 해. ……하지만 어떻게 해야 친한 사이인지는, 잘 모르겠어."

"나도, 카게이시도 수학여행 실행위원회에 속해 있었거든~. 그래서 좀 교류하긴 했어~."

"그건 들었어."

문화제 때도 그랬다고 들었다.

올곧게 자란 떡갈나무처럼 올바름의 화신 미도리 부장과, 낭창거리는 대나무처럼 대충대충의 화신인 오토이 양. 정반대의 성질을 지닌 두 사람이 함께 다니는 일이 많다는 게 좀 이상했다.

"그런데~, 뭐랄까~. 카게이시가, 좀 이상하단 말이지~."

"이상해……?"

"아까 관광을 마치고 호텔에 돌아와서~. 첫날 프로그램에 문제가 없었는지, 실행위원끼리 모여서 이야기를 나눴거든~. ……자, 저기 좀 봐."

"저기…… 아, 미도리 부장."

오토이 양이 턱짓으로 가리킨 방향을 보니, 우윳빛 온수에 몸을 담근 채 멍하니 있는 미도리 부장의 모습이 눈에 들어왔다.

목욕을 오래 해서 그런지 얼굴이 벌겋고, 눈의 초점도 맞지 않았다.

"호텔에 돌아온 후로 쭉 저 상태야~. 츠키노모리는 뭐 아는 거 없어~?"

"미도리 부장과는 후시미 이나리를 같이 돌아봤는데……

딱히 이상한 구석은 없었던 것, 같아."

"그렇구나~."

"……아, 그러고 보니……."

돌아올 때 보니, 약간 안절부절못하는 것 같기도 했다.

오후 마지막 관광이었으니, 지쳤나 보네~ 하고 생각했는데…….

혹시, 무슨 일이 있었던 걸까?

상담 상대가 되어줄 수 있을 만큼, 마시로는 인생 경험이 풍부하지 않다.

하지만 미도리 부장은 마시로의 사랑을 응원해주는, 따지자면 마시로 파벌 사람이다. 가능하면 힘이 되어주고 싶다.

부끄러움을 참으며 몸을 일으킨 후, 미도리 부장이 있는 욕조로 이동했다.

"미도리 부장, 괜찮아?"

"히익?! 츠츠츠츠, 츠키노모리 양?!"

"잠깐만, 큰소리 내지 마. 그리고 반응이 왜 그래?"

미도리 부장의 입을 허둥지둥 막으며 주위를 확인했다.

웅성웅성…… 시끌시끌…… 꺄아꺄아…… 우후후…….

다행히 다른 학생들의 목소리도 커서, 미도리 부장의 비명도 돋보이지 않았던 것 같다.

"미, 미안해. 츠키노모리 양이 말을 건넨 타이밍이 너무 절묘해서, 깜짝 놀랐어."

"영문을 모르겠네. 마시로를 음란서적의 거시기 담당 취급하지 마."

"뭐어? 아니, 그렇게는 생각 안 했어! 아무리 온천 여관에서 입욕 중에 마사지사를 자칭하는 건장한 남성 종업원에게 유혹을 받는 게 왕도 중의 왕도더라도, 이렇게 수많은 여자 손님이 있는 곳에 돌격하는 사람은 없을 거잖아!"

"음란서적의 거시기 담당이라는 말을 지극히 자연스럽게 이해한 점에 대해서는 지적하지 않을게."

"어. 앗. 아냐. 쉬는 시간에 스마트폰으로 이런 걸 보던 남자애들에게 주의를 주다 보니 알게 됐을 뿐이거든?!"

"아, 그런 건 됐어. 그 변명도 몇 번이나 들었는걸."

"진짜인데~!"

미도리 부장은 울먹거리며 호소했다.

이런 한심한 표정을 지으니, 송구한 발언이지만 음란서적 출연직으로 딱이란 생각이 들었다. 본때를 보여줄 맛이 나는 캐릭터라고나 할까. 고순도 농축 오타쿠가 좋아할 타입이다.

"그런데, 무슨 일이야? 고민 있어? 마시로라도 괜찮다면 들어줄게."

"……윽."

미도리 부장은 숨이 막히는 듯한 표정을 지었다.

그리고 뭔가를 캐내려는 듯이 마시로의 얼굴을 올려다봤다.

……왜, 왜 이러는 걸까. 딱히 켕기는 구석이 있는 것도 아닌데, 형사에게 심문을 당하는 용의자가 된 기분이다.

한동안 미도리 부장은 마시로의 얼굴을 쳐다보다 시선을 돌리길 반복하며, 무슨 말을 할지 말지 고민하는 것 같았다.

하지만 결국, 말을 하기로 한 건지, 천천히 입을 열었다.

"저기, 츠키노모리 양. ……오오보시와, 실은 사귀는 게…… 아니지?"

"……………………뭐?"

그 말에 바로 반응하지 못했다.

어라, 이럴 때, 어떤 반응을 보이는 게 정답이더라?

"여…… 여친, 맞거든?"

겨우 쥐어 짜낸 말은 너무나도 떨렸으며, 시선 또한 피하고 말았다.

그런 꼬락서니라서일까. 미도리 부장이 마시로를 보는 눈빛에는 여전히 진한 의심이 어려 있었다.

"정말, 이야?"

"저, 정말, 이거든?"

"신께 맹세코, 정말이야?"

"마, 마시로는 종교를 안 믿어."

"…………오오보시에게 맹세코, 정말이야?"

"…………."

피할 수 없다.

『아뇨』를 선택해봤자 영원히 똑같은 선택지가 제시되는 RPG 같은 루프 현상이다.

게다가 리트라이를 할 때마다 추궁이 더 극심해지고 있다.

"피치 못할 사정이 있어서 커플인 척하고 있지만, 실은…… 솔로인 거잖아."

"왜, 그렇게 생각해?"

"오오보시한테, 들었어."

"……………………뭐?"

005 제5화…… 남자와 여자가 수학여행에서만 왕게임

“휴우…… 온천을 즐긴 후에 과일 우유를 마신다고 하는 왕도(정석)를 해봤는데, 의외로 나쁘지 않은걸.”

목욕탕에서 나온 후에 향한 휴게 스페이스. 목욕 후의 훈훈함 보정을 온몸에 두른 상태에서 차가운 음료를 위에 흘려 넣자, 육체에 얼음으로 된 심이 들어온 듯한 느낌에 감싸였다. 정신이 맑아지면서, **정갈**해지는 경지에 이르렀다.

여관에서 준비해준 품이 낙낙한 유카타 차림으로 느긋하게 지내자, 이제까지 자신이 얼마나 정신없이 살아왔는지 알 수 있었다.

별생각 없이 주위를 둘러보니, 나와 마찬가지로 유카타 차림인 동급생들이 드문드문 보였다.

오즈와 스즈키는 없다. 그 녀석들은 아직 목욕 중이다.

효율적인 루트로 시간 낭비 없이 관광지를 돈 탓일지도 모른다. 딱히 재촉하지는 않았지만, 몸에 밴 효율충의 감성 덕분에 속도를 중시하면서도 충분히 즐겼다.

하지만 의식하지 않고도 자연스럽게 효율을 중시하는 걸 보면, 나란 녀석은 기본적으로 참 치열하게 살아가는 것 같다.

별것 아닌 일을 이야기하고 있는 다른 학생들이 부럽다.

오른쪽을 봐도, 왼쪽을 봐도, 마음 편히 쉬고 있는 녀석들만 보였다. ……뭐, 자신 이외의 클래스메이트가 전원 리얼충으로 보인다고 하는 남의 떡이 커 보인다 현상일지도 모르지만 말이다.

코안에 남아 있는 과일 우유의 향을 들이마시며 그런 생각을 하고 있을 때, 참 치열하게 사는 듯한 애의 모습이 갑자기 눈가에 비쳤다.

여탕에서 나오자마자 다른 곳을 전혀 쳐다보지 않으며 빠른 걸음으로…….

1밀리미터도 좌우로 흐트러지지 않으며 일직선으로…….

그 애는, 나를 향해 다가오고 있었다.

"아키, 따라와."

마시로였다.

그녀가 엄청난 기세로 다가오자, 나는 무심코 몸을 뒤편으로 젖혔다.

얇은 유카타 차림, 방금 목욕을 마쳐서 달아오른 볼과 샴푸 향기를 풍기는 머리카락. 사춘기라 의식하지 않을 수가 없는 그 모습을 의식할 틈도 주지 않는, 압도적인 압력을 뿜고 있었다.

"가, 갑자기, 왜 그래?"

"잔말 말고, 이쪽으로 오기나 해."

옆을 스쳐 지나가면서 다짜고짜 손을 잡더니, 그대로 걸음을 멈추지 않으며 나아갔다.

아직 반쯤 남아 있던 과일 우유를 쏟지 않으려고 균형을 잡으면서, 나는 마시로에게 그대로 끌려갔다.

마시로가 나를 끌고 간 곳은 이 앞에 있는 커다란 수조의 뒤편이었다.

아쿠아리움이 자아내는 푸르스름한 빛에 비친 마시로의 얼굴은…… 오늘 몇 번이나 봤던 것처럼, 분노에 차 있었다.

"왜 미도리 부장에게, 우리의 진짜 관계를 털어놓은 거야?"

"아…… 그 이야기구나."

나는 가슴을 쓸어내렸다. 또 지뢰를 밟았나 싶어서 걱정했는데, 그 건이라면 안 그래도 마시로에게 이야기할 생각이었다.

미안해, 하고 사과한 나는 경위를 설명했다.

할리우드 프로듀서라는 말도 안 되는 착각을 풀지 않았다간 성가셔질 상황이었다. 그리고 미도리의 내면에서 온갖 착각과 가짜 정보가 소용돌이치고 있는 건 좋지 않다고 판단했다. 그런 점을 차근차근 설명했다.

"……자초지종은 알았어. 거짓말을 한 건 마시로니까, 어쩔 수 없긴 해……."

"그래. 미도리 부장과는 오랫동안 알고 지냈잖아. 마시로도 그녀와는 사적으로도 친하게 지내지?"

"딱히, 그렇진 않아."

"그래? 이로하를 대할 때의 매몰찬 태도와 거의 비슷하길래, 꽤 친해졌다고 생각했어."

"LIME을 교환했고, 때때로 이야기를 나눌 정도야."

"그 정도면 친구 사이잖아."

"……그래? 친구가 되잔 이야기는 안 했는데?"

"마시로…… 친구는 되자고 해서 되는 게 아냐."

"뭐? 거짓말."

"이해해. 그런 반응을 보이는 심정이 이해돼. 하지만 세간에서 친구라는 건 자연스럽게 되는 건가 봐."

"이해가 안 돼……. 친구라는 개념은 너무 복잡하고 기괴해……."

충격을 받은 탐정처럼 한 손으로 입가를 가린 마시로는 낮은 신음을 흘렸다. 그녀의 친구 만들기 경험치가 얼마나 낮은지 여실히 드러나는 것 같아, 왠지 마음이 울적해졌다.

"나 혼자서 진실을 말해주기로 판단한 건 정말 미안해. 하지만 미도리 부장처럼 똑똑한 사람이라면 우리의 비밀을 함부로 퍼뜨리지는 않을 테니까, 걱정하지 않아도 될 거라고 생각해."

"미도리 부장이…… 똑똑해……?"

"그 점에 의문을 품지 마."

저래 봬도 일단은 전과목 100점을 받는 몬스터 우등생이라고.

……심정은 이해하지만 말이다.

“마시로찡, 발견~! 정말, 목욕탕에서 흩어지고 쓸쓸했다고~!”

“히익?! 타, 타카미야 양……?”

등 뒤에서 야생미 넘치는 태클, 아니, 허그를 당한 마시로가 깜짝 놀랐다.

뒤늦게 다가온 마이하마가 내 얼굴을 쳐다보더니 퍼뜩 놀랐다.

“미, 미안해. 지금 엄청 분위기 좋았지? 혹시 방해한 거야……?”

“응? 아~, 오오보시잖아! 어, 뭐야! 밀회 중이었어?!”

“아, 아냐. 그런 게 아니……거든? 목욕 후에 우연히 마주쳐서, 이야기를 나눴을 뿐…….”

“하긴~, 그럴 거야~. 교실에서도 옆자리인데다, 집도 붙어있는 순도 100% 러브러브 커플인걸. 일부러 수학여행을 와서까지 꽁냥거릴 필요는 없겠네!”

……어?

“집도 붙어있…… 내가 이야기했던가?”

“뜨끔.”

내가 의아해하며 그렇게 중얼거리자, 마시로가 흠칫하며 펄쩍 뛰었다. 진짜로 몇 센티미터 정도 점프했다.

마시로는 허둥지둥 타카미야를 향해 의미심장한 눈짓을

보냈다.

하지만 그 눈짓을 눈치채지 못한 그녀는 천연덕스러운 표정으로 이렇게 말했다.

"마시로찡이 자기 연애담을 이야기하면서 가르쳐주던데?"

마시로…… 너란 애는…….

내가 어처구니없다는 듯이 쳐다보자, 마시로는 삐질삐질 땀을 흘리면서 거북한 듯이 몸을 웅크렸다.

가짜 커플이란 진실을 독단으로 미도리에게 털어놓은 나도 문제지만, 주소 같은 매우 사적인 정보를 자기 연애담을 이야기하며 떠벌린 마시로도 문제다.

"허, 허락도 안 받고 말해서, 미안해……. 흥분한 나머지, 그만……."

"뭐, 이걸로 비긴 거야."

"응……."

마시로는 풀이 죽었다.

주소를 발설한 것은 문제지만, 마시로에게 이런 이야기를 나눌 수 있는 친구가 생겼다고 생각하니 너무 꾸짖을 수도 없었다.

풀이 죽은 채로 두는 것도 좀 그런 만큼, 어쩌면 좋을지 생각하고 있을 때였다.

타카미야의 활기찬 한 마디가 이 자리의 분위기를 확 바꿨다.

“저기, 오오보시! 만약 둘이서 꽁냥거릴 생각 없다면, 나중에 우리 조 여자들 전원이 남자 방으로 돌격해도 돼?”

“나중에? 아직 소등 시간이 되려면 아직 좀 멀었지만…….”

“아, 아스카. 그, 그냥 관두자. 괜히 폐가 될지도 몰라.”

“……앗.”

마이하마의 머뭇거리는 반응과 뭔가를 기대하는 것처럼 반짝이는 타카미야의 눈을 보자, 나는 이 제안의 의도를 눈치챘다.

나란 녀석은 정말 둔감한 놈이다. 이 시추에이션에서 남자 방에 쳐들어온다면, 그 목적은 하나뿐이다.

“오케이. 나중에 와.”

“그, 그래도 돼?”

“응. 오즈와 스즈키도 아마 싫어하진 않을 거야.”

“만세~! 승부 속옷으로 기합 팍팍 넣고 가는 거야, 쿄코찡!”

“그런 거 안 입어!”

아하하 하고 활기차면서도 놀림 섞인 웃음을 흘린 타카미야가 도망치자, 얼굴이 새빨개진 마이하마가 화내면서 쫓아갔다.

“아키는 정말 오지랖이 넘친다니깐. 친하지도 않은 클래스메이트의 소원을 왜 이렇게까지 들어주려고 하는 건데?"

마시로는 멍하니 선 채 불쑥 그렇게 중얼거렸다.

……이 애가 뭐라고 하는 거야.

나는 한숨 섞인 어조로 말했다.

"그게 전부일 리가 없잖아. 여자애 중에는 마시로도 포함되어 있다고."

"뭐?"

"나도 수학여행의 추억 삼아 너와 즐겁게 놀고 싶단 마음을 가지고 있어. ……연애 감정인지는 솔직히 모르겠지만, 이건 어엿한 내 본심이야. 그 정도는 신용해줘도 되지 않을까?"

"…………그렇구나."

마시로는 짤막하게 답한 후, 뒤돌아섰다.

그 방향에는 엘리베이터 앞에서 기다리는 타카미야와 마이하마가 있었다.

"연애 감정이 아니면, 불만인 거야?"

난처하게 만드는 질문일지도 모른다.

마시로가 가장 바라는 관계가 그것이라는 점을 이해하면서도, 이런 질문을 던지는 건 쓰레기 같은 짓일지도 모른다.

하지만—.

같은 맨션 5층에 사는 동료.

어릴 적에 많은 시간을 함께 보낸 소꿉친구이자, 사촌.

그런 관계 또한 나에게 있어서는 연인에 버금가거나 그 이상의 관계였다.

거짓말이나 얼버무림이 섞이지 않은, 나의 순수한 마음이다.

"…………일단, 지금은 용서해줄게."

나를 아랫사람처럼 대하는 마시로의 목소리에는 언짢은 기색이 어려 있었다.

하지만, 이번에는 올바른 선택을 했다는 확신을 가질 수 있었다.

아쿠아리움에 반사된 그녀의 얼굴에, 미소가 어려 있었으니까…….

*

"남자 셋, 여자 셋. 장소는 수학여행지의 호텔. 시간은 심야. 이 시추에이션에서 할 것이라면~?"

"초 슈퍼 울트라 로맨스 게임! 신입생 환영회, 오프라인 모임, 합동 미팅, 모든 만남의 자리에서 분위기 띄우기 담당! 그 이름은~?"

""왕게이이이이이이이이이이이이이이이이이이이이이이이이임!!""

""예에에에에에에에에에에에에에에에에에에에에에에에에이!!""

타카미야 아스카와 스즈키 타케시. 야생과 근육의 이중주. 덧셈이 아니라 곱셈이 자아낸 음량으로, 두 바보의 목소리가 남자 방에 울려 퍼졌다.

목욕을 마치고 십여 분 후, 남자 방에는 조원 전원이 모여 있었다.

침대 위에 당당히 선 타카미야와 스즈키가 천장을 향해 주먹을 힘차게 치켜들었다. 그리고 나, 마시로, 오즈, 마이하마는 다다미 위에 방석을 깔고 느긋하게 앉아있었다.

"……짜증나."

"심정은 이해하지만, 그런 소리 하지 마."

분위기를 띄우는 인싸들의 텐션을 접한 마시로가 인상을 쓰며 그렇게 중얼거렸다.

나도 말리긴 했지만, 본심은 마시로와 똑같다.

온종일 관광을 다녔으면서, 대체 이 자식들의 어디에서 이런 에너지가 샘솟아 나오는 걸까.

애초에 왜 트럼프가 아니라 왕게임인 거냐는 딴죽을 날리고 싶어졌지만, 그런 건 아무래도 상관없나.

"자, 제가 공명정대하게 만든 제비가 여기 있습니다!"

"오~."

물론, 공명정대하지는 않다.

오즈와 마이하마에게 맛깔나는 시추에이션을 만들어주기 위해, 전심전력을 다해 부정행위를 해뒀다.

그러기로 미리 짜둔 것이다.

하지만, 일단은 아무것도 모르는 척하며 메마른 박수를

보냈다.

오늘 나는 여자애들의 스파이다.

이건 네가 청춘 이벤트를 즐기게 해주려는 거야. 그러니 너무 나쁘게 생각 말라고, 오즈.

"…….(씨익)"

"…….(꿀꺽)"

"……응."

타카미야, 마시로와 눈짓을 교환하며 고개를 끄덕였다.

우리는 교환해둔 LIME을 통해 몰래 작전을 짜뒀다.

왕게임이란 『왕』이라고 적힌 제비와 인원수만큼의 번호가 적힌 제비를 뽑은 후에 왕을 뽑은 인간이 각 번호의 사람에게 명령을 내리는, 매우 심플하면서도 온 세상의 남녀가 즐기는 왕도적인 게임이다. 누가 어느 번호를 뽑았는지 모르는 상태에서 명령을 내리기 때문에 욕망과 죄책감이 줄어들고, 원래라면 직접 지명해서 시키기엔 주저되는 명령도 내릴 수 있는 것이다. ―뭐, 인터넷에서 검색해보면 한도 끝도 없이 나오는 왕게임의 기본적인 룰 같은 건 아무래도 상관없으니 이쯤에서 끝내겠다.

여기서 중요한 것은 우리의 작전이다.

설명하겠다.

나, 마시로, 타카미야, 마이하마가 하려는 것은 번호와 명령의 내용 조작이다.

원래 랜덤으로 정해지는 결과를 완벽하게 조작해서, 오즈와 마이하마에게 꽁냥 러브 이벤트를 강제하려는 속셈이다.

……멍청한 짓거리란 소리를 하지 마라. 이미 알고 있다.

"아, 타카미야 양. 스마트폰의 배터리가 거의 바닥나지 않았어?"

"오오~? 이 거리에서도 보이는구나. 눈이 참 좋네!"

"이래 봬도 시력은 2.0이거든."

"와우, 완전 독수리 눈이네! 팔콘 오즈마잖아!"

"팔콘은 매이고, 독수리는 이글이야."

나는 그렇게 지적했다. 잘못된 정보를 확산하는 건 좋지 않거든.

"그래도 의외야~. 컴퓨터 오타쿠는 시력이 나쁜 게 기본인 줄 알았어!"

"남들보다 화면을 보는 시간이 길어서 시력 저하의 리스크가 큰 건 알고 있거든. 그래서 일부러 신경을 써."

"와우~, 머리 좋네~!"

"아하하, 그렇지도 않아. ……참, 스마트폰 충전해줄 테니까 줘봐."

"감사하옵니다~!"

타카미야에게서 스마트폰을 건네받은 오즈가 어댑터를 꽂아서 충전시켰다.

한순간, 큰일 났다, 하고 생각했다.

LIME 화면을 보면 어쩌나 싶어 식겁했다.

……하지만, 오즈는 화면을 뚫어지게 쳐다보지 않고—.

"자, 여기 있어."

"땡큐~!"

—바로 스마트폰을 돌려줬다.

나는 남몰래 안도의 한숨을 내쉬었다.

그리고…….

"그럼 본격적으로 시작해볼까!"

각자의 의도가 교차하고 있는 왕게임이, 지금, 시작된다……!

""""왕은 누구!""""

전원이 한목소리로 그렇게 외치면서 일제히 제비를 뽑았다.

"오, 내가 왕이구나. 이런 우연도 다 있네~. 꼼수도 안 썼는데 재수가 참 좋잖아~!"

왕으로 선택된 이는 예정대로 타카미야였다.

우연을 가장하는 연기가 너무 어설퍼서 불안하지만, 풋내기이니 양해해주도록 할까. 만약 속임수를 쓴 게 들통난다면 손가락 몇 개가 날아가는 도박 만화 속 세상이 아니라 다행이다.

자, 내 번호는…… 3인가.

"어떤 명령을 내려볼까~. 요즘 인기 있는 명령이 어떤 건지 검색 좀 해봐야겠네~. 으으으으음."

그렇게 말한 타카미야는 충전 중인 스마트폰을 손에 쥐고 검색……하는 척을 했다.

"빨리 정하라고. 굽든 삶든 마음대로 하란 말이야."

한껏 뜸을 들이는 타카미야 탓에 안달이 난 나는 안절부절못하며 스마트폰을 만지작……거리는 척을 했다.

당연히, 이런 행동은 전부 속임수다.

우리의 작전은 이렇다. 제비를 조작해서 타카미야가 왕을 뽑게 했다. 그리고 나, 마시로, 마이하마, 스즈키는 자기 번호를 LIME으로 타카미야에게 알려준다. 이에 따라 타카미야는 마이하마와 오즈를 꽁냥거리게 하는 것이다.

참고로 스즈키는 방금 동지로 끌어들였다. 입이 가벼운 점이 걱정되지만, 이 작전은 오즈 이외의 전원이 한패여야만 가능하기 때문이다. 이제까지는 능숙하게 잠복하고 있으니 일단 문제는 없어 보였다.

"좋아~, 결정했어! 『1번이 3번에게 정열적인 키――스!』가 어때~?!"

"어, 뭐? 2번과 키스? 나한테는 무리…… 어, 어머?"

"……응?"

"……어."

타카미야가 자신만만하게 내린 명령에서 위화감이 느껴지자, 우리는 허를 찔린 것처럼 눈을 깜빡였다.

뭔가 이상해. 이상하다고. 그런 감정을 확인하기 위해, 나는 마시로와, 마이하마와, 스즈키와, 얼굴을 마주했다. 다들 같은 표정을 짓고 있었다.

실내가 미묘한 공기로 가득 찼다.

"어, 어라? 다들, 왜 그래? 『1번이 3번에게 정열적인 키——스!』야! 지명된 사람은 순순히 손을 들어!"

카타미야만 우리의 반응을 눈치채지 못한 건지, 여전한 텐션으로 그렇게 말했다.

아니, 순순히 손들 상황이 아니라고.

"어라, 이상하네. 1번과 3번이 없는 거야?"

오즈는 순진한 표정으로 그렇게 말했다.

……틀렸다. 이대로 입 다물고 있다간, 이야기가 꼬이고 만다.

나는 순순히 손을 들었다.

"3번은…… 나, 인데……."

"뭐?"

타카미야는 어리둥절한 표정을 지었다.

왕에게 있어서도, 이것은 뜻밖의 사태인 것 같았다.

그리고 내 커밍아웃에 이어, 다른 한 명이 천천히 손을 들었다.

"1번은…… 마시로, 인데요……."

"뭐엇~?! 내가 실수한 거야?! 어라? 어라~?!"

혼란에 빠진 타카미야가 스마트폰을 다시 쳐다봤다.

부정행위의 냄새를 풍기는 짓거리지만, 자기 눈을 의심하고 싶어지는 그 심정은 이해할 수 있었다.

미스를 범할 수가 없는 단순한 트릭인데, 대체 어째서 틀린 것일까.

아니, 설령 틀리지 않았다고 해도 문제다.

"아스카. 그 명령은 좀 너무하단 생각이 들어."

동감이다. 마이하마가 나를 대변해줬다. 마이하마와 오즈에게 강제로 시키려는 이벤트치고는, 너무 딥했다. 나도 이렇게까지 한단 이야기는 못 들었다고.

타카미야는 아하하 하고 웃으면서 볼을 긁적였다.

"선제공격으로 한 방 거하게 먹여줄까 했거든."

"정말, 남 일이라고 멋대로 일을 크게 벌이면 어떻게 해……."

"뭐, 뭐어, 결과적으로 잘됐네! 1번과 3번이 오오보시와 마시로찡이라면 아무 문제 없잖아!"

"그, 그래. 노련미 넘치는 진짜배기 커플인걸."

"으~~~~~!"

얼굴이 새빨개진 마시로가 고개를 푹 숙인 채 부들부들 떨었다.

나도 지금 자신이 어떤 표정을 짓고 있을지, 솔직히 말해 짐작조차 안 됐다.

그것도 그럴게, 노련미 넘치는 커플이란 오해를 받고 있지만, 실제 커플 경력은 0년이다.

키스는 고사하고 포옹조차 해본 적 없는 것이다. 간단히 받아들인다면, 그게 오히려 이상할 것이다.

하지만 이미 주사위는 던져졌다.

이건, 벌일지도 모른다.

생각해보면 오즈에게 청춘 체험을 시켜주고 싶다고는 해도, 친구를 함정에 빠뜨리는 짓에 협력하는 건 정신 나간 짓거리다.

인마, 적당히 해, 하며 신께서 내린 계시일지도 모른다.

신이 존재한다고 믿는 건 아니지만 말이다.

"……마시로. 나는 각오를 다졌어."

명령 내용은, 1번이 3번에게 정열적인 키스를 하는 것—이다.

즉, 나는 받는 처지다. 마시로가 가만히 있으면, 이 명령을 완수할 수 없다.

중대한 책임을 짊어지게 해서 미안하지만…… 용서해줘, 마시로!

"자, 마음대로 해!"

나는 마시로를 향해 몸을 돌린 후, 책상다리하고 앉아서 눈을 감았다.

그리고 스읍~, 하고 숨을 들이마셨다. 지금 나에게 필요한 것은 무념무상의 경지다.

내가 해야 하는 건 좌선이다.

교토의 역사적인 사찰을 돌면서, 가르침을 얻는 것이 수학여행의 진수라면…….

지금의 나만큼 진심으로 수학여행에 임하고 있는 인간은 없지 않을까.

"알았어……. 마시로도, 각오, 다질게."

"으, 응."

눈을 감아서 어둠에 뒤덮인 시야 밖에서, 마시로의 목소리만이 들려왔다.

다른 조원들은 마른침을 삼키며 지켜보고 있는지 아무 말도 하지 않았기에, 마치 이 세상에 나와 마시로뿐인 게 아닌가 하는 착각이 들었다.

기척이, 다가왔다.

마시로의 기척이 틀림없다. 희미한 숨소리와 체취로 알 수 있다.

다가오는 속도와 흐트러진 호흡을 통해, 마시로의 긴장이 느껴졌다.

타카미야의 경솔한 제안에 내가 응한 바람에 네가 이런 벌칙 게임을 하게 됐어. 정말 미안해, 마시로.

……아니, 그렇지 않아.

벌칙 게임, 이 아니다. 이것을 벌칙 게임이라고 표현하는 건 너무나도 무례한 짓이다.

진심으로 나를 좋아해주는 마시로에게, 계기가 어쨌든 간에 이 첫 키스는 소중하기 그지없으리라.
이런 식으로 허비되는 것을, 마시로는 원하지 않을 것이다.
"마시로. 역시 무리하지는—."
"얕보지 마."
"뭐?"
"마시로도, 자기 앞가림 정도는 할 수 있어."
마시로가 당당한 어조로 그렇게 말한 직후…….
나는, 부드러우면서 차가운 입술의 감촉을 느꼈다.
깜짝 놀라서, 눈을 떴다.
마시로의 얼굴이, 눈앞에 있었다.
닿았다. 틀림없다.
이것은 꿈도, 무엇도 아니다. 실은 아이스캔디였어요, 같은 결말도 아니다.
—키스.
틀림없는, 키스.
몇 초 동안 입술의 온도가 느껴진 후, 마시로는 천천히 얼굴을 뗐다. 그리고 망연자실한 눈길로 자신을 응시하는 클래스메이트들에게 말했다.
"**볼**에 한 것도, 엄연한 키스야. 이의는 인정 못 해."
나는 그 말을 듣고 퍼뜩 놀랐다.
볼. 그렇다, 볼이다. 입술이 아니라, 볼에 했다.
마시로의 입술이 나한테 닿았다는 사실에 놀란 나머지,

중요한 주어가 뇌에서 싹 빠져버리고 말았다.

"아키도, 이걸로 됐지?"

"으, 응……."

연애적으로 지나치게 들이대지 않으면서, 아슬아슬한 선을 지켰지? 라는 의도가 담긴 질문이라는 것은 바로 눈치챘다.

무심코 고개를 끄덕였지만, 솔직히 말해 어떤 반응을 보이면 좋을지 알 수가 없었다.

입술에 했든, 볼에 했든, 키스는 엄연한 키스니까 말이다.

심장이 미친 듯이 뛰며 안절부절못하는 이 감각이 입술과 입술의 키스와 대체 어떻게 다른 건지, 나는 잘 모르겠다.

당사자인 나도, 이런 상황인 것이다.

제삼자인 다른 애들이 NO라고 말할 수 있을 리가 없고—.

"우, ……우오오오오오오오! 나이스 키——스!! 정열적인 키스, 작렬——!!"

그뿐만 아니라 심판으로서는 적극적인 YES인 건지, 타카미야는 크게 흥분했다.

"좋은 걸 구경했는걸……."

스즈키는 울먹거리며 엄지를 치켜들었다.

게다가 마이하마도 꿈꾸는 소녀 같은 멍한 표정으로…….

"와, 와아, 멋져……. 예정과 다르긴 하지만, 좋은 걸 봐서, 만족이야……."

클래스메이트들이 묘한 눈길을 보내오자, 뒤늦게 수치심

쪽
© tomari

이 치솟았다.

그것은 마시로도 마찬가지인지, 귀까지 벌게진 그녀는 마치 쥐구멍에라도 들어간 것처럼 고개를 푹 숙였다.

풋풋한 커플이 우연하게 과격한 명령을 받고 말았다— 그런 사실만 따로 떼어놓고 본다면, 왕게임치고는 꽤 평화로운 결말일 것이다.

하지만, 이 전말에는 흑막이 존재했다.

"아키는 말이야. 연애사가 얽히면 IQ가 바닥을 치는 경향이 있다니깐."

이 사태를 일으켰을 흑막— 오즈가 나를 향해 빙그레 미소 지었다.

그리고, 내 스마트폰이 진동했다.

LIME으로 메시지로 온 것이다.

《OZ》 나한테 스마트폰을 이용한 속임수가 통할 리가 없는데 말이지☆

그런 메시지와 함께, 캡처한 LIME 화면이 와있었다.

나, 마시로, 타카미야, 마이하마, 스즈키, 이렇게 다섯 명이 참가한 그룹 채팅방의 타임라인이다.

서, 설마 이 녀석…… 미리 타카미야의 LIME에 가짜 채팅방을 만든 후, 우리가 방을 만든 타이밍에 해킹해서 타카미야의 스마트폰으로는 진짜 방이 보이지 않도록 설정— 그리고 가짜 방에서는 오즈가 자의적으로 선택한 숫자를 표시해서 타카미야를 컨트롤한 건가! 충전을 위해 한순간 스마트폰을 넘겨받았던 것은 오즈의 꼼수를 간파할 찬스를 나한테 줘서, 미리 조작할 틈이 없었다며 안심시키는 것과 동시에 방심을 유도하려는 속셈— 내가 지금 무슨 말을 하는 건지 모르겠다.

세세한 술수까지는 모르겠지만, 아무튼 오즈에게 당한 건 틀림없다.

"그, 그럼 이제 다시 제비를 뽑자~!"

"기, 기다려, 타카미야! 이대로 계속하는 건—."

"아키. 모처럼 분위기가 달아올랐는데 찬물을 끼얹을 속셈이야?"

"—끄응."

차분하면서도 압박감이 있는 오즈의 한 마디에, 나는 입을 다물었다.

부정행위를 들켰다는 사실을 밝히면 왕게임을 중단시킬 수 있겠지만, 대놓고 그런 짓을 했다간 마이하마가 창피를 당하고 만다.

오즈는 이미 우리의 작전을 간파했지만…… 마이하마가 그 사실을 알고 창피함을 느끼게 하는 건 안 됐다 싶었다.

……어쩔 수 없다. 이미 패배는 확정됐으니까, 마음껏 샌

드백이 되어주도록 할까.

결국, 그 후에도 타카미야가 왕을 뽑아서 나와 마시로에게 꽁냥꽁냥대는 명령을 내리는 상황이 무한히 계속……되지는 않았다. 도중에 뭔가 이상하다는 것을 야생의 감으로 눈치챈 타카미야가 명령의 수위를 낮춰준 덕분에, 소프트 꽁냥 수준으로 끝났다.(소프트하더라도 꽁냥꽁냥을 시키지 말라 싶지만, 그녀는 나와 마시로의 그런 장면을 보며 즐기는 것 같았다. 이 자식, 남일이라도 이러기냐.)

"이, 이야기가 달라……. 왜 오오보시와 츠키노모리 양만……. 어라……?"

마이하마는 시종일관 당혹스러워했지만, 끝까지 오즈의 뒷공작을 눈치채지 못했다.

불행 중 다행이다 싶었다.

……뭐, 그 다행을 위해 나와 마시로는 희생되고 말았지만 말이다.

"후, 후후. 왕게임…… 무책임하게 꽁냥거릴 수 있는, 궁극의 면죄부. 나쁘진, 않네."

최종적으로 마시로는 남들만큼 수치심에 익숙해지면서 꽤 즐긴 것 같고…… 이 정도면 잘 된…… 거려나……?

*

『오즈. 함정에 빠뜨리려고 해서 정말 미안해.』

『뭐, 괜찮아. 츠키노모리 양과 너의 키스 장면, 꽤 맛있었거든. 잘 먹었습니다~.』

『으윽……. 하지만 괜찮은 거야?』

『뭐가?』

『나와 마시로가 가까워지는 건, 네가 바라는 바가 아니잖아.』

『뭐, 나는 아키와 이로하가 가까워지길 바라는 파벌이긴 해.』

『그럼 어째서 이런 건데?』

『그야 아키가 여자애에게 휘둘리며 당황하는 모습을 보는 게 즐겁거든.』

『인마…….』

006 제6화…… 친구를 좋아하는 사람에게 나만 너무하다

심야. 불이 꺼진 객실에서는 온라인으로 만화를 보는 내 스마트폰의 불빛과 툇마루의 테이블 위에 놓인 조그마한 스탠드등의 불빛만이 존재했다.

소등 시간이 지났다.

여자애들이 있을 때는 시끌벅적했지만, 건강우량아인 우리는 담임의 순찰 이벤트가 발생하기 전에 해산하고 잠자리에 들 준비를 마쳤다.

만화 속 세상에서는 선생님에게 들킬 뻔한 남녀가 한 이불 안에 숨어서 가슴이 콩닥콩닥 뛰는 가운데 위기를 모면하기도 하지만, 현실에서는 그런 일이 벌어지지 않는다.

마시로의 입술 감촉이 볼에 남아 있는 만큼, 진짜로 현실인지 수상하지만…… 응. 그것에 대해서는 일단 생각하지 말자.

뭐, 파티의 시끌벅적함이 잦아든 이 방에서 들려오는 것이라고는 스즈키가 내는 동굴 속에 숨은 맹수의 으르렁거림 같은 코 고는 소리뿐이다.

조용한 밤이었다.

침대에서 몸을 일으킨 후, 툇마루 쪽을 봤다.

스탠드등을 켜고, 차를 홀짝이며 야경을 응시하고 있는 오즈가 있었다.

그런 그의 뒷모습은 마치 나를 기다리고 있는 것 같았다.

……아까 일을 제대로 설명해둬야겠지.

옆 침대에서 스즈키가 대자로 누워 숙면을 취하는 것을 확인한 후, 나는 몸을 일으켰다.

매점에서 사 온 캔 토마토 주스를 냉장고에서 꺼낸 후, 오즈의 옆에 앉았다.

"오즈, 아까 일은 사과할게. 나쁜 뜻은 없었어."

"나는 나쁜 뜻이 있었지만 말이야. 나야말로 사과할게, 아키."

"순서는 뒤바뀌었지만, 이걸로 비긴 거네."

"응. 그러니 이 일은 그냥 넘어가자."

"좋아."

우리는 찻잔과 음료수 캔을 맞대며 건배했다.

이것은 우리 나름의 다툼과, 화해의 의식이다.

행동에 악의가 없어서 눈치채기 어렵지만, 오즈는 화가 났을 때만 자신의 프로그램 기술을 공격에 이용한다.

하지만, 이해가 안 되는 점이 있다.

내가 오즈에게 친구나 연인을 만들어주려고 오지랖을 부리는 건 일상다반사다. 이제까지는 그런 이유로 화낸 적이 없었다.

왜 이번에만 화를 낸 것인가. 솔직히, 나도 잘 모르겠다.

"참고로, 아키에게 화난 건 아냐."

"……그럼, 뭐야?"

"정확하게는 분노가 아니라 실망이나 초조 같은 것에 가까울까. 나도 완전히 분석하지 못한 감정이거든."

오즈가 어깨를 으쓱한 후에 말을 이었다.

"나와 마이하마 양을 이어주려고 하지 말아줬으면 좋겠네."

"마이하마와 사귈 마음이 없다, 는 거야?"

"응."

오즈는 딱 잘라 말했다.

기계를 연상케 할 만큼 빠른 판단이었다.

"왜 그렇게 딱 잘라 말하는 거야? ……문학소녀는 별로야?"

"아하하, 이과나 문과 같은 걸로 사람을 분류하는 것 같은 비과학적인 생각을 하는 건 아냐. ……오해하지 말아줬으면 하는데, 나는 딱히 마이하마 양이 그 상대라서 무리라고 말하는 게 아니거든."

"그럼 뭔데?"

"누가 상대라도 NG— 결국, 나는 아직 누군가와 깊은 관계가 되어선 안 된다고 생각해."

미소가 어린 얼굴에 피가 흐르지 않는 것처럼 창백해 보이는 건, 창밖에서 쏟아져 들어오는 달빛 탓일까.

그렇게 생각한 자신을 부정하고 싶어서, 나는 고개를 저었다.

“걱정하지 마. 지금의 너라면 한 걸음 더 내디딜 수 있어.”

“옛날에 비하면, 그렇겠지. ……하지만, 나는 아직 인간의 마음을 충분히 알고 있지 않다는 느낌이 들어.”

“100% 아는 사람 따윈 없어. 나도 무리이고, 이로하와 마시로와 스미레 선생님도, 마키가이 나마코 선생님도 마찬가지야. 커뮤니케이션 능력을 0이냐 1이냐로 재는 게 잘못됐어.”

“그건 그래. 하지만 나는 한없이 0에 가까운 것도 사실인걸.”

“확실히 수학여행용 대화 레퍼토리가 적어서 고전하고 있을지도 몰라. 하지만 그래봤자 『컨디션이 좀 안 좋나?』 싶을 정도로 부자연스러울 뿐이야. 그건 네가 교실 안에서 녹아들려고 노력해온 결과잖아.”

“응. 가면을 잘 써온 덕분이야. ……내 정체를 눈치채도, 마이하마 양은 나를 좋아해 줄까?”

“……내가 그걸 어떻게 알아.”

내가 밀쳐내듯 그렇게 말하자, 오즈는 아하하 하고 웃었다.

“아키는 참 너무한 사람이야. 나 말고 다른 사람에게 말이지.”

“……그럴지도 모르겠네.”

“마이하마 양을 **실험대**로 삼으려고 하잖아. 내가 언젠가 진심으로 마음을 열 수 있는 연인을 만들기만 한다면, 그녀와의 관계가 파탄 나더라도 괜찮다고 생각하는 거야.”

“부정하진 않겠어. ……그다지 친하지도 않은 클래스메이트와, 친구인 너. 어느 쪽의 인생을 더 중시하는지는 물어볼 것도 없잖아.”

물론 모두가 행복해질 수 있다면, 그것이 최고다.

하지만 한쪽만 골라야 한다면?

트롤리 딜레마라고 하는 사고 실험이 있다.

브레이크가 고장난 탄광 수레가 두 갈래 갈림길로 향하고 있으며, 노선의 레버로 진행 방향을 바꿀 수 있는 건 당신뿐. 한쪽 선로에는 다섯 명의 사람이, 다른 선로에는 한 명이 있다. 아무 짓도 하지 않아서 다섯 명을 죽일 것인가, 자기 손으로 한 명만 희생시킬 것인가.

나는 그 질문 자체가 어처구니없다고 생각한다.

소중한 사람이라면 무슨 수를 써서라도 구할 것이고, 상관없는 사람이라면 어느 쪽이 죽든 아무래도 상관없다. 그것이 정의이거나 당연하다고는 생각하지 않지만, 적어도 나는 주저 없이 그런 판단을 내리는 인간이다.

그러니 설령 마이하마가 상처 입을 확률이 높을지라도, 오즈의 장기적인 행복을 위해 일시적으로 그녀와 사귀는 것도 괜찮다고 생각했다.

게다가 말이다.

“행복하게 골인할 가능성도 아예 없는 건 아니잖아. 그 후에 잘 풀릴지 아닐지가 반반인 건, 평범한 연인도 마찬가지야. ……미남과 사귀게 되어서 일시적으로 행복해한다면, 그 또한 마이하마에게 있어서도 가치 있는 일이라고 생각해."
"진짜 미남이라면, 말이지. 진짜 나는 그렇지 않아."
"하아……. 옛날 일은 이야기하지 않기로 약속했잖아? 교토의 역사 순례 탓에, 과거를 떠올리게 되기라도 했어?"
"아하하. 그럴지도 모르겠네."
오즈는 농담 투로 웃었다.
……너 자신은, 눈치채지 못했나 보네.
이렇게 과거를 떠올리며 마이하마를 배려하는 시점에서, 너는 한 걸음 더 내디딜 자격을 손에 넣었다는 것을…….
하지만 오즈의 불안도 이해한다.
본인은 물론이고 중학생 시절의 이 녀석을 아는 사람이라면, 누구도 머뭇거리고 말 것이다.
그 정도로, 당시의 코히나타 오즈마는 비정상적이었다.
"감정의 흔들림은 참 무섭네. 옛날이야기가 하고 싶어져."
"내가 어울려줄게."
"……뭐, 오늘 하루 정도는 괜찮으려나."
아름답게 정돈된, 윤기 넘치는 황금색 머리카락. 잡지 모델을 참고한, 그림으로 그린 듯한 미소년의 얼굴에, 그런 것과는 정반대의, 어두운 인상의 소년이 환영(실루엣)처럼 어렸다.
—여어. 오래간만이야, **코히나타**.

*

초등학교에서 중학교로 올라왔을 때의, 세상이 확 바뀐 듯한 감각은 꽤 충격적이었다.

같은 초등학교에 다녔던 남자애가 갑자기 불량배를 자처했고, 수수하던 여자애가 염색을 하고 날라리처럼 됐다. 봄방학 전후의 2주 사이에 참 많이도 변해버렸다.

이제까지 콧물이나 흘리며 즐겁게 축구나 술래잡기를 하던 애들이 마치 예전부터 잘 알고 있었다는 듯한 표정으로 노래방에 가거나 멋을 부리거나 이성과 데이트하는 모습을 보면서, 되게 한심하네~ 하고 생각했다.

친구들의 갑작스러운 변모에 당황하면서도 친구로 계속 지내기 위해 서서히 변모하면서 주위와 같은 인간으로 물든 녀석을 보고, 나는 진심으로 경멸했다. 아니, 경멸과는 다를까. 경멸이라기보다, 쳐다만 봐도 구역질이 나는 생리적 혐오감에 가까웠다.

한 방울의 검은 잉크에 의해 안에 든 물이 전부 검게 변해가고 있는 양동이 같은 교실.

그 안에서 영원히 투명함을 유지하고 있는 부분을 내가 눈치채는 건, 어찌 보면 당연한 일이리라.

―단 한 사람. 주위에 휘둘리지도, 섞이지도 않으며, 자기 자신의 모습으로 이 자리에 있을 뿐인 학생이 있었다.

잡초처럼 대충 기른 머리카락. 인형처럼 무표정한 얼굴. 구겨질 대로 구겨진 교복. 낙서로 범벅이 된 책상을 닦지도 않으며, 등을 고양이처럼 굽힌 채로 항상 뭔가에 열중하고 있다.

어떨 때는 독서. 당시에는 어려운 책이라고만 생각했지만, 나중에 알고 보니 그것은 공학 관련 서적이었다.

어떨 때는 프로그래밍. 노트북 컴퓨터를 가져와서 열심히 기계와 이야기를 나누고 있었다.

어떨 때는 발명. 전자회로와 어디서 파는지 알지 못하는 부품을 조립해서, 조그마한 로봇 같은 것을 만들고 있었다.

"뭐 하는 거야?"

내가 그에게 말을 건 것은 그의 재능을 눈치채서, 같은 거창한 이유가 아니라 그저 호기심을 느껴서였다. 왜 저렇게 특이한 일을 하는 건지, 그저 알고 싶었을 뿐이다.

"효율적으로 사람이 죽는 방법."

그래서 내 상상을 한참 벗어난 대답을 듣고, 즉시 반응하지 못했다.

"뭐?"

"효율적으로 사람이 죽는 방법을 찾고 있어. 방과 후."

그 말은 이해가 될 것 같으면서도, 이해가 되지 않았다.

나에게 그 말만 한 후, 그는 흥미를 잃은 것처럼 다시 작업에 몰두했다.

그 모습을 보고 있던 클래스메이트는 나를 걱정해 복도로 불러내더니, 아까 전의 불가사의한 남자애에 대해 가르쳐줬다.

코히나타 오즈마, 란 이름은 이때 알게 됐다.

그 클래스메이트는 초등학생 때부터 코히나타를 알았던 것 같으며, 그의 과거를 세세하게 알려줬다.

최연소로 수학 올림픽에서 우승한 천재다.

하지만 주위 인간과 교류할 마음이 전혀 없어, 대화가 이뤄지지 않는다.

말을 걸면 아까처럼 위험한 발언을 입에 담는다.

자신이 남에게 어떻게 보이느냐에도 관심이 없는지, 복장과 머리 모양이 꾀죄죄해서 다가가기 어렵다.

방과 후에 과학실 근처에서 보일 때가 많고, 그에 관한 수상한 소문이 돌고 있지만, 진실이 뭔지는 모르는 것 같다.

이런저런 설명을 듣기는 했지만, 결론적으로 그는 따돌림을 당하고 있다는 이야기였다.

"그러니까 너도 쟤한테 말 걸지 마, 오오보시."

다들 그렇게 한다. 너도 그렇게 해라.

코히나타 오즈마에 대한 명확한 악의를 담아 그렇게 말하는 클래스메이트에게, 지금의 나는 오히려 매우 감사하고 있다.

왜냐하면, 어찌 보면 그가 바로 《5층 동맹》을 이 세상에 탄생시켰다고 해도 과언이 아닌 것이다.

……다들 그렇게 하니, 맞추라고? 그딴 건 딱 질색이야.

청개구리 같은 애였던 당시의 나는 죽어도 코히나타 오즈마와 친해지고 말겠다고 마음속으로 결심했다.

그날 방과 후, 나는 과학실로 향했다.

하지만 과학실은 잠겨 있어서, 옆에 있는 과학 준비실을 통해 안으로 들어갔다.

그 문은 잠겨 있지 않았던 것이다.

수업 때 말고는 과학실에 온 적은 없으며, 과학 준비실 정도 되면 그야말로 미지의 영역이다. 그래서 평범한 과학 준비실이라는 개념을 알 리가 없지만, 그래도 나는 문을 열자마자 본 광경이 범상치 않다는 것을 바로 이해했다.

—커다란 상자 안에, 마을이 있었다.

학교, 빌딩, 철도, 주택가, 상업 시설. 실제로 물이 흐르고 있으며, 강까지 재현되어 있다.

그것은 매우 정교하게 만들어진 미니어처 마을이었다.

인간 대신인 걸까. 머리와 손발이 달린 체스 말 같은 인형이 마을 곳곳에 놓여 있었다.

우와. 이게 뭐야.

호기심을 느낀 나는 무의식적으로 손을 뻗었다.

"만지지 마!!"

"……아!"

날카로운 목소리가 들려오자, 나는 허둥지둥 손을 치웠다.

고개를 돌려보니 손에 양동이를 든 코히나타 오즈마가 무시무시한 표정으로 나를 노려보고 있었다.

내던지는 듯한 기세로 양동이를 바닥에 내려놓고 뛰어온 코히나타는 나를 그대로 밀쳤다.

"아얏…… 야, 뭐 하는 거야!"

코히나타는 힘이 센 편이 아니었기에, 나는 쓰러지지는 않고 휘청거리기만 했다.

항의의 의미를 담아 언성을 높이며 노려봤다. ……하지만, 그 분노는 곧 잦아들었다.

—이 녀석, 뭐야……?

고함을 지르며 사람을 밀쳐놓고, 나한테 전혀 관심이 없다는 듯이 상자 안의 마을을, 절박한 표정으로, 왼쪽에서 오른쪽에서, 온갖 각도에서 살펴보고 있었다.

그리고 후우 하고 한숨을 내쉬었다.

"항공사진으로 스캔한 데이터를 베이스로 3D프린터도 써서 정확하게 재현한 거야. 건물 위치와 배치 각도…… 자연적인 결손이라면 몰라도, 사람의 손에 의해 자의적으로 배치를 바꿨다간 잘못된 결론이 도출돼. 조심해야만 한단 말이야."

"그, 그래……."

당시의 나는 그가 무슨 말을 하는 건지 이해하지 못했다.

겨우겨우 이해한 건, 그에게 이 상자 속 마을이 정말 소중하다는 점뿐이다.

"혹시, 네가 만든 거야?"

"이 마을은 150분의 1로 재현한 미니어처야. 이 상자는 선생님의 취미지. 나는 그저 파츠를 멋대로 만들어 넣어서 재현도를 철저하게 끌어올렸을 뿐이야."

"과학 선생님……과 같이 만드는 거구나."

"비밀만 지켜준다면 자유롭게 이용해도 된다고 했거든."

몰랐다. 우등생은 나 같은 일반인과 전혀 다른, 특별한 대우를 받는 건가.

확실히 수학 올림픽 사상 최연소 챔피언이 학습 의욕을 보인다면, 교사로서는 안 된다고 말할 수 없겠지.

"아, 하지만 지금 너한테 들켜버렸네. 곤란하게 됐는걸."

"선생님과 너만의 비밀이었다면, 그렇게 되겠지. 뭐, 아무한테도 말할 생각은 없어."

"죽여서 입막음할 수밖에 없나."

"……태연하게 무시무시한 소리 좀 하지 말아줄래?"

"농담이야. 실험 환경을 잃는 디메리트와 살인죄로 감옥에 갇히는 디메리트를 생각해보면, 명백하게 손해거든. 그런데 왜 하겠어."

"손해가 아니라면 죽일지도 모른다는 소리라서 섬뜩하네……."

"그러니까, 이만 나가줄래?"

"……말 한 번 뜬금없이 하네."

말주변이 참 없는 녀석이다. 문맥을 완전히 무시하며, 내가 나가주길 바라기에 쫓아내려 했다. 마치 미리 설정해둔 대로 울리는 스마트폰 알람 같다.

그는 내 말을 무시한 채 뭔가 작업을 시작했다. 물이 들어 있는 양동이를 들고 의자 위에 서더니, 에어 튜브 같은 것으로 미니어처 마을과 연결했다.

"지금 뭐 하는 거야?"

"아직 있었어?"

"방해만 안 하면 되잖아. 이렇게 재미있는 걸 봤는데, 어떻게 나가냐고."

"효율적으로 사람을 죽이는 방법을 찾고 있어."

"또 그거냐. 대체 무슨 소리야?"

이 기묘한 말에는 지적할 마음조차 생기지 않았다. 이 녀석은 이런 소리를 하는 이상한 녀석이라고 여기며, 그냥 받아들이기로 했다.

"이런 거야."

코히나타는 감정이 어리지 않은 목소리로 그렇게 말하더니, 에어 튜브의 스위치를 켰다. 그러자 양동이에서 빨아올린 물이 엄청난 기세로 소형 마을에 흘러 들어가더니, 도로가 순식간에 침수됐다.

길 위에 놓여 있던 인간형 장기말이 물에 휩쓸려서 떠내려갔다.

"어이. 너, 설마『효율적으로 사람을 죽이는 방법』이란 게……."

어째서 이렇게 정확하고 정밀한 미니어처가 필요한 것일까?

만약 특정 장소에서 어떻게 하면 마을에 괴멸적인 타격을 입힐 수 있는가, 같은 테러리즘이 싹트려는 것이라면…….

코히나타 오즈마란 남자는 엄청난 위험인물인 게 아닐까?

그런 의심이 가슴 속에서 싹튼 나는 그의 얼굴을 힐끔 쳐다봤다. 그러자—.

"자, 가 봐."

"어?"

코히나타는 상냥한 표정으로 아까 교실에서 만들었던 조그마한 기계…… 아마 시판되는 전자 부품으로 만든 단순한 구조의 로봇 같은 것을 물에 집어넣었다.

어떤 알고리즘으로 움직이는지는 모른다. 하지만 로봇은 자신의 판단으로 효율적인 루트를 움직이며, 물에 떠내려가던 인간형 장기말을 회수했다.

"저거, 구조하고 있는 거야?"

"응. 그래. 만약 홍수가 일어났을 때, GPS의 정보와 로봇의 자율 가동만으로 구조가 가능하다면 대단하지 않겠어? 내 가설이지만, 구조 가능한 인원이 늘어날 거야. ……그래도 아직 장난감으로 검증했을 뿐이니까, 이걸 크게 만드는 것과 운용 시의 과제 등을 파악해보면 다른 문제가 드러날 거라고 생각해. ……그래도 이번에는 대성공이야."

그렇게 말한 코히나타는 빙긋 웃었다.

긴 앞 머리카락에 가려져 있던 코히나타의 눈을 처음으로 똑바로 본 순간, 나는 무심코 어깨를 부들부들 떨며 웃었다.

"하, 하하하. 뭐야. 너, 평범하게 좋은 녀석이구나."

"뭐?"

"아니, 효율적으로 사람을 죽이는 방법을 찾는다고 아까 말했잖아. 그래서 위험한 사상을 지닌 무시무시한 녀석인 줄 알았어."

"그래? 사망 인원이 최대화되는 경우의 시뮬레이션으로 실험해보는 편이 좋을 것 같아서, 쭉 그런 생각을 했던 것뿐이야."

"말이 너무 부족해. 너, 툭하면 오해 사지?"

"글쎄. 남들이 나를 어떻게 생각하든 흥미 없거든. 신경 써본 적도 없네."

볼을 긁적이며 웃는 코히나타의 얼굴을 본 나는 제 생각이 옳다고 확신했다.

다른 애들의 악평은, 오해였다.

코히나타 오즈마와 친구가 되자— 그 결의는, 옳았다.

"오해를 풀자고. 코히나타, 너는 이렇게 대단한 일을 하고 있잖아. 실은 엄청 좋은 녀석이라고. 그걸 딴 애들한테도 알려주는 거야. 어때?"

"어, 됐어. 혼자서 이런 실험을 할 수 있는 장소를 제공해준 선생님, 그리고 너…… 으음, 이름이 뭐더라?"

"오오보시 아키테루."

"오오보시, 아키테루구나. ……성과 이름의 글자 수가 같네. 이름으로 부르는 건 시간 낭비겠어."

"그런 부분까지 철저한 거냐고. ……태어나자 붙여진 이름이니 어쩔 수 없다고. ……하아."

잠시 생각에 잠긴 나는 어떤 아이디어를 머릿속에 떠오르자, 씨익 웃었다.

"좋아. 그럼 이렇게 하자고. 나는 아키라고 불러. 두 글자면 효율적이지?"

"아, 그거 좋네. 부르기 쉽겠어."

"결정됐네. ……그 대신, 나는 오즈라고 너를 부르겠어."

"흐음, 너도 두 글자로 부르는 걸 좋아하는구나."

"아냐. 합리적인 사고방식은 내 적성에 맞지만, 너처럼 극단적이진 않아."

왜냐하면 나는 범골이니 말이다.

실험 내용과 사고방식, 말투, 그 전부에서 『천재』라는 것을 드러내는 코히나타 오즈마와는, 전혀 다른 존재다. 나는 너처럼 대단한 녀석은 될 수 없다. 그런 생각을 품고도 남을 만한 능력을 두 눈으로 목격했다.

하지만—.

"나도 너를 본받아서, 극단적인 효율충이란 게 되어볼까

하거든."

"흐음."

"그편이 너란 인간을 더 이해할 수 있을 것 같아. 그렇게 되면 조금…… 아니, 꽤나 이상한 애인 너와도 친구가 될 수 있을 것 같네."

"뭐, 하고 싶은 대로 하지 그래?"

"응, 그렇게 하겠어. ……오즈."

—그것이, 처음으로 내가 코히나타 오즈마를 오즈라고 부른 순간이었다.

절친이니까 자연스럽게 서로를 별명으로 부르게 된 것이 아니다.

서로를 두 글자짜리 호칭으로 부르는 편이, 효율적인 커뮤니케이션을 취하기 위한 최저 조건이었을 뿐이다.

표면적인 관계의 중요성을 배우고, 타인에게 흥미와 관심을 가지게 된 지금은 짧은 호칭으로 부르려고 하지 않지만…… 이 당시의 버릇 탓에, 우리는 지금도 서로를 두 글자짜리 애칭으로 부른다.

"아까 하던 이야기를 계속할게, 아키. 과학 선생님과 아키…… 이해자가 두 명이나 있으면, 나란 애는 충분히 행복하다고 생각해."

오즈는 그렇게 말하며 웃은 후, 다시 작업을 이어갔다.

집중하기 시작하자 내 존재를 까맣게 잊을 정도로 몰두했고, 그 바람에 우리의 대화는 완전히 끊겼다. 하지만 그렇다고 쓸쓸함을 느끼는 게 아니라, 묵묵히 손을 움직이는 오즈에 의해 무언가가 완성되어가는 모습을 보면서 즐거움과 함께 이제까지 느낀 적 없는 충실감에 휩싸였다.

오즈와 친구가 된 후, 나는 방과 후에 매일 같이 과학실에 갔다.

기본적으로 우리는 많은 대화를 나누지 않았다. 뭔가 새로운 물건을 만드는 오즈에게 내가 질문을 해서, 용도와 구조에 대한 설명을 들었다. 그 이외의 시간에는 아무 말도 하지 않으며 조용히 있었다. 과묵한 오즈가 자기 가설과 발명을 이야기할 때면 목소리가 의기양양해지는 게 인상적이었다.

우리의 중학생 시절은 시끌벅적하지 않았고, 친구 또한 많지 않았다. 그래도 나와 오즈는 충분히 만족했다.

*

"그날까지는 말이야."

수학여행, 숙박지인 호텔의 방.

은색 달을 바라보며 툇마루에 마주 앉아 한창 과거를 추억하고 있을 때, 내 말을 이어받듯이 오즈가 말했다.

"설마 유일한 이해자인 줄 알았던 과학 선생님에게 배신당할 줄은 몰랐어. 사람의 심리를 배우려 하지 않았던 대가를 치렀다니깐."

"시간문제였을 뿐이야."

머릿속으로 떠올렸을 뿐인데, 화가 치밀어 올랐다.

과학 준비실에 다니기 시작한 후, 나도 과학 선생님과 몇 번 얼굴을 마주쳤다. 처음에는 말이 통하는 좋은 사람이라고 생각했지만, 실은 천재 학생의 억지를 거부해서 기분을 상하게 한다는 결단을 내리지도, 여차 문제가 발생했을 때 책임을 질 배짱도 없는 어중간한 녀석이었다.

2학년이 된 후, 오즈는 당시 반에서 거들먹거리던 불량 학생의 타깃이 됐다.

그 녀석의 방식이 정말 악랄했는데, 오즈가 과학 준비실을 사유화했다며 교감에게 고자질을 해서 문제를 키운 것이다. 다른 교사에게 비난을 당한 과학 선생님은 손바닥 뒤집듯 전부 우리가 멋대로 벌인 일이라 말하며 설교를 시작했고…… 오즈는 그대로 실험 환경을 빼앗기고 말았다.

"비밀로 하라고 말한 것도, 결국 그런 이유에서였겠지. ……하아, 안 된다면 안 된다고 처음부터 말하면 됐잖아."

자기가 오즈의 억지를 받아줘 놓고, 상황이 나빠지자, 오즈에게 모든 책임을 떠넘긴다—.

그런 어른의 태도를 보고, 사회를 경멸하지 않는 게 오히려 부자연스러울 것이다.

나는 절대 그 교사처럼 되지 않겠다. 자신이 천재라고 인정한 오즈를, 끝까지 책임지며 사회가 인정하게 만들겠다.

참고로 그 후에도 오즈가 집단 괴롭힘을 당하는 등의 귀찮은 일이 벌어졌고, 그걸 해결하려고 나도 이런저런 일을 했지만…… 솔직히 말해 나한테는 흑역사라 이제 떠올리고 싶지 않다. 감정이 흔들렸다고 뭐든 다 회상할 거라고 생각했다면, 그건 큰 착각이라고.

"뭐, 그런 실험장을 준비해주지 못하는 나도 잘난 척할 자격은 없겠지만 말이야."

"그렇지 않아. 게임 세계는 정말 재미있어."

"어찌 보면, 상자 안에서 플레이어인 인간에게 어떤 조건을 제시하면 어떤 반응을 보일지…… 가설과 실험을 되풀이할 수 있는 시뮬레이터 같은 거잖아. 일반인이 무슨 생각을 하는지 이해하기 쉽고, 겸사겸사 자금도 벌 수 있으니 일석**삼조**라고 생각했어."

"나 혼자서는 다른 크리에이터와 손을 잡는다는 발상을 못 했을 테니, 실현이 불가능했겠지. ……정말, 아키한테는 도움을 받기만 한다니깐."

"네 커뮤니케이션 능력 상승까지 동시에 진행하는 건, 진짜로 힘들지만 말이야."

하아, 하고 한숨을 내쉬면서 캔을 입에 댔다.

어느새 토마토 주스 캔은 비어 있었다.

"아무튼, 내 본성은 이렇잖아. 원래는 미남도 뭐도 아닌, 오타쿠 기질의 아싸에 불과해. ……마이하마 양도 그걸 알면 나를 좋아하게 되지 않았을 거야."

"글쎄. 어쩌면 네 착각에 지나지 않을지도 몰라."

나는 스즈키 타케시란 동급생을 착각했다.

아니, 리얼충이라든가 자신과 다르다고 판단하며 멀리해온 학생들 전원을 제대로 파악하지 못했다.

그것은 오즈도 마찬가지이리라.

누군가와의 연애를 할 수 있을지는, 오즈가 용기를 가지고 한 걸음을 내디딜 수 있느냐 없느냐에 달려 있다.

"……나도 다 마셨어. 슬슬 잘까?"

"내일 일정도 있으니 말이야."

오즈가 하품을 하며 일어서자, 나도 이어서 몸을 일으켰다.

모든 불을 꺼서 방을 어둡게 만든 후, 발치를 조심하며 내 침대로 돌아갔다.

…………….

……누군가와의 연애를 위한 한걸음, 인가.

나란 녀석은 입만 살아서 되게 잘 떠들어대네. 뭐, 실제로는 입으로 한 말이 아니라 머릿속으로 생각했을 뿐이지만 말이야.

그런 생각을 하면서 이불을 덮었을 때, 머릿속에 여자애의 얼굴이 떠올랐다.

……그것도, 두 명이나 말이다.

한 명은 마시로. 나를 좋아한다고 말해준, 가짜 연인. 마시로의 입술 감촉은 지금도 볼에 남아 있다.

그리고 다른 한 사람은 이로하. 스마트폰을 꺼내서 LIME에 남아 있는 노도와도 같은 치근덕 메시지를 보고 있으니, 불가사의하게도 가슴이 일렁거렸다.

"이로하는 혼자서 외로워하고 있을까……."

겨우 며칠이라고는 해도, 매일 같이 어울리던 내가 없는 것이다.

나에게 그 정도의 존재가치가 있을까? 같은 생각이 들기는 하지만, 이 폭풍과도 같은 메시지가 쓸쓸함에서 비롯된 것이라면…….

"용기를 내서, 한 걸음……. 자의식 과잉이라며 놀림 받는 용기도, 거기에 속할까."

《AKI》 너, 쓸쓸한 거지?

《이로하》 ※깔깔 웃는 이모티콘.

《이로하》 ※말도 안 돼, 라며 손을 흔드는 이모티콘.

《이로하》 ※푸웁~! 하며 무시하듯 손가락질하는 이모티콘.

내 메시지에 바로 읽음 표시가 붙더니, 순식간에 짜증나는 이모티콘 3연타를 당했다.

《이로하》 말도 안 돼~. 친구 100명 인싸왕인 제가 쓸쓸할 리가 없잖아요?
《이로하》 선배 따위와 못 만난다고 쓸쓸해할 거라고 생각했어요~?
《이로하》 푸푸풉~!
《AKI》 나만이 아니잖아. 마시로도, 오즈도, 스미레 선생님도 없다고.
《AKI》 교토에 없는 건 너뿐이야. 쓸쓸하더라도 이상할 건 없어.
《이로하》 땡~! 유감이군요~! 이로하 님이라면 여기 있어~요☆

……뭐?
여기가 대체 어디지?
설마 이곳, 교토에 왔을 리는 없겠지?
의미심장한 소리로 나를 놀리려는 건가?

《AKI》 무슨 소리야?
《이로하》 그건 다음에 만날 때까지— 비, 밀, 이, 에, 요♪

이 녀석이 뭐라는 거야…….

무슨 소리인지 알려줄 생각이 없는 건지, 이로하의 메시지는 그쯤에서 끊어졌다.

전화라도 걸어서 캐물을까 생각해봤지만 밤이 깊으면서 졸음이 몰려온 탓에, 내 눈꺼풀은 천천히 감기며 의식이 멀어지고 있었다.

—뭐, 됐어.

이로하가 기운찬 것 같으니 됐다.

*

『우리가 느낀 감정의 일렁임이, 이로하의 치근덕에 가려버렸는걸…….』

『괜찮지 않을까? 아마 그거야말로 고객이 원하는 바일 거야.』

interlude 막 간 ····· 스미레와 미도리

"꿈도 희망도 없네. 하아~, 현실은 쓰레기야."

한밤중의 호텔.

나, 카게이시 스미레는 어둑어둑한 복도를 회중전등을 한 손에 쥔 채 걸으면서 땅이 꺼지게 한숨을 내쉬었다.

소등 시간 후, 룰을 어긴 어리석은 학생이 있으면 지도해 주려고 돌아보고 있는데, 실망스럽게도 다들 성실 그 자체! 불순 이성 교제도 불순 동성 교제도, 전혀 확인되지 않음!

왜야! 방 하나 정도는 적발되어서 꺄아~ 잘못했어요, 선생님! 해야 할 거 아냐! 내 꿈을 돌려줘!

뭐, 현실에서 그런 상황에 부닥치면 어떻게 하면 좋을지 모르지만 말이야. 실망 반, 안도 반이야.

"자, 슬슬 나도 잘까. 그 전에 한잔하고 싶긴 한데……."

일을 마치고 지친 몸에는, 얼음처럼 시원한 맥주가 딱이다.

잠들기 전에 한잔 마시면 다음 날 아침 체력 회복량이 늘어난다는 카게이시 스미레 머릿속 대학의 연구 결과가 있다(없다).

평소 같으면 무조건 마시겠지만…… 지금은 수학여행 중이다. 그럴 수는 없다.

인솔을 온 교직원은 나를 포함해 2학년의 모든 담임과 학년 주임이다.

남성 직원과 여성 직원이 다른 방을 쓰고 있다지만, 내 방에는 동료가 두 명이나 있다.

술에 취해서 집에 있을 때 같은 모습을 보일 수는 없다.

수학여행 동안에는 금주할 수밖에 없을 것 같다. ……아쉽지만, 어쩔 수 없네. 으으으.

하지만 한밤중에 호텔을 혼자 돌아보다니, 왜 교사가 이런 짓을 해야 하는 걸까.

전문가인 경비원을 고용하란 말이야. 교직원의 노무 계약에 심야 순찰 같은 건 없거든?

유령이나 거동 수상자와 마주치기라도 하면 어쩔 건데? 정말…….

"……지……."

……………………어?

"어……쩌……."

잠깐만. 이 작고 가녀린 목소리는 뭐지?

내 목소리는 아니잖아.

이 목소리는 여학생 방이 있는 층의 구석, 자판기와 조그마한 벤치가 있는 휴게소에서 들려오고 있다.

호, 혹시, 진짜 유령?! ……에, 에이, 에이에이에이에이, 그럴 리가 없잖아.

진정해, 나. 선생님과 동료의 눈길이 없다고 방심하지 마. 《맹독의 여왕》은 유령 따위를 두려워하는 여자가 아니잖아.

스읍~ 하고 숨을 들이마셨다. ……나는 여왕이야. 나는 강해. 나는 냉정해. 나는 교사야.

오케이, 마음 다잡았어. 자기 암시 완료. 이걸로 추태를 보일 위험은 줄었다……고 생각해. 아마도 말이야.

나는 의연한 태도로 휴게소에 다가간 후, 회중전등의 빛으로 벤치를 비췄다.

"거기 있는 건 누구얏?"

……말끝의 톤이 살짝 올라갔다. 목소리가 갈라지지 않은 것만으로도 합격이라 생각하자.

빛에 비친 이는 뜻밖의 인물이었다.

그녀는 퍼뜩 고개를 들더니, 내 얼굴을 쳐다보며…….

"언니……."

나를 그렇게 부를 사람은, 단 한 명뿐이다.

"미도리……?"

그렇다. **믿기지 않는 일이지만**, 카게이시 미도리였다.

목욕 후라 그런지 머리카락을 풀어서, 트레이드마크인 리본으로 묶은 포니테일 스타일이 아니었다. 하지만 친언니가 친동생의 얼굴을 못 알아볼 리가 없다.

너무 뜻밖이라, 나는 잠시 얼이 나갔다.

직무 중인데도 『카게이시 양』이라고 부르지 못한 점이 바로 내가 동요했다는 증거다.

“왜 이런 곳에 있는 거니? 소등 시간 이후에는 방에서 나오지 않기로 되어 있잖아. 네가 룰을 어기다니, 대체 무슨 일이야……?!”

설교, 가 아니라, 의문.

카게이시 미도리는 룰을 중시하고, 룰을 지키며, 룰을 집행했다. 법률은 물론이고, 불문율도, 로컬 룰도, 매너로 여겨지는 행위도, 사소한 약속조차도, 바보같이 지키며 자신을 다스리는 성실 오브 성실. 몬스터급의 우등생이다.

그런 그녀가 어째서 소등 시간이 지났는데도 방에서 나와, 핫코코아 캔까지 손에 쥐고 있는 것일까!

한밤중에 당분과 카페인을 섭취하는 죄까지 저지르다니, 미도리한테 대체 무슨 일이 일어난 거야?!

“언니…… 나, 어쩌면 나쁜 애일지도 몰라…….”

“뭐어?”

“그러니까 이렇게 룰을 어긴 거야. 구제할 길 없는, 최악의 여자. 그게 나…… 언니는, 이런 나를, 경멸할 거야?”

“잠깐만. 고민이 있다면 들어줄 테니까, 폭주하며 엇나가지 마.”

미도리가 금방이라도 울음을 터뜨릴 듯한 표정으로 그렇게 말하자, 진심으로 걱정되기 시작했다.

나는 미도리의 옆에 앉은 후, 엄격한 스미레 선생님과 스

© tomari

미레 언니의 사이 정도 되는 표정을 지었다.

"알아들을 수 있게 말해보렴. 천천히 이야기해도 돼."

"응……."

풀이 죽은 미도리가 천천히 입을 열었다.

"이건 친구의 친구의 친구의 이야기인데 말이야."

아, 그거구나. 자기 이야기라고 대놓고 이야기하는 거나 마찬가지인 그거 말이야. 그래, 오케이.

"실은 그 애의 친구한테 남친이 있는데, 친구는 남친과 자기 관계를 응원해달라고 부탁했지만…… 실은 그 친구와 남친은 진짜 연인 사이가 아니었어."

"어."

"그걸 비밀로 해왔고, 일부 가까운 지인 이외의 대부분의 사람은 진실을 모르는 것 같은데…… 후시미 이나리에서의 어떤 일을 계기로, 그 애는 남친 쪽으로부터 진실을 듣게 된 거야."

"그렇구나……."

아니, 이건 아키와 마시로의 이야기잖아……. 이 세상이 아무리 넓더라도 가짜 연인 행세 같은 걸 할 사람은 그 두 사람뿐일 거야…….

그러고 보니 후시미 이나리 신사는 수학여행 관광 루트잖아.

완전히 시의적절한 정보네. 이 애, 등장인물을 숨길 생각이 진짜 있긴 한 걸까.

"그걸 알게 되자, 그 애의 마음속에서 이상한 감정이 싹텄어."

"뭐?"

"그 남친이라는 사람— 남자의 얼굴이, 눈앞에서 어른거리며 사라지지 않는 거야. 그리고 가슴이 옥죄어드는 듯한 아픔이 가시지 않아."

미도리는 유카타 위로 가슴을 움켜쥐며, 고통스러운 듯이 헐떡였다.

연기로는 보이지 않을 만큼 처절한 그 모습을 본 나는 숨을 삼켰다.

"이제까지는 그런 생각을 하면 안 된다고 여기며, 계속 억눌러왔어. 친구의 연인을 상대로, 그런 발칙한 짓을…… 상상조차 하면 안 될 것 같아서, 계속 참았어. 하지만, 만약 친구와 남친이 진짜로 사귀는 게 아니라면……. 나한테도 기회가 있는 게 아닐까……. 그렇게 생각했더니, 친구에게 직접 확인해야만 직성이 풀릴 것만 같은 거야."

저기, 방금 자기 일이라고 실토했거든?

그런 눈치 없는 지적을 날릴 마음조차도 들지 않았다.

무리야. 아무 말도 못 하겠어.

태어나서 지금까지 진짜 연애를 경험한 적 없는 나는, 그 감정이 얼마나 무거운 건지 알 수 없었다.

하지만 여동생의 안타까운 표정을 보자, 도저히 농담 같은 걸 할 수가 없었다.

"그랬더니 말이지? 비밀을 지적한 순간, 친구가 엄청 충격을 받은 듯한 표정을 지었어. 그런 반응을 보이는 게 당연할 거야."

"응. 비밀이란, 비밀로 하고 싶은 사정이 있기에 비밀로 하는 걸 거야."

"응. 그런데도 캐묻다니, 정말 최악이야……. 하지만, 무리였어. 친구에게 물어보지 않을 수 없었어. 빨리 진실을 확인하지 않았다간, 머리가 이상해질 것만 같았단 말이야."

"미도리……."

카게이시 미도리란 여자애는, 상냥하고 똑똑하다.

자신의 행동이 어떤 결과를 낳을지 머릿속으로 생각했을 것이며, 타인의 아픔 또한 상상할 수 있으리라.

언니라서 과대평가하는 것이 아니다. 그녀의 인덕은 그녀 자신이 이제까지 학교에서 세운 수많은 활동 실적에 의해 뒷받침되고 있다.

그녀가 무리라고 말한다면, 그 말이 사실일 것이다.

"이렇게 머리 아픈 문제를 접한 건 처음이야. 답을 알려줘, 선생님. 이럴 때, 어떻게 하는 게 정답이야?"

"그건……."

한순간, 머뭇거렸다.

나에게 있어서도, 이것은 궁극의 선택지다.

미도리의 마음에서 눈을 돌리며, 포기하게 만들 것인가.

마시로의 이익을 무시하며, 등을 밀어줄 것인가.

……하아, 정말. 하느님은 참 심술궂어. 나한테 이런 선택을 강요하지 말란 말이야~.

우유부단한 자기 자신을 저주했다. 이럴 때 《맹독의 여왕》이라면 속단 속결로 냉혹한 판단을 내릴 수 있겠지만…….

나는 카게이시 스미레이자, 무라사키 시키부 선생님.

교사이자 일러스트레이터, 양쪽 다 선택한 어중간한 여자다.

그러니까—.

"둘 다 정답이며, 둘 다 오답이야. 랜덤으로 답이 변하니까, 정답이 나중에 오답으로 바뀔 수도 있어. 이건 그런 불합리한 문제야."

박쥐는 박쥐답게. 애매모호한 답으로, 도망쳤다.

나중에 어느 방향으로 굴러갈지는, 본인들에게 달렸다.

내가 어찌할 수 있는 게 아니다.

그러니 하다못해 누구 한 사람을 방해하지 않으며, 모두가 자신의 길을 전력으로 나아가게 해주자.

"마음대로 해. 그건 네 자유야."

"언니……."

순수한 미도리는, 내가 진지한 표정으로 한 말은 뭐든 믿는다.

이번에 해준, 조언처럼 들리지만 실은 아무런 내용도 담겨 있지 않은 말조차도…….

"……응. 알았어. 나, 후회하지 않도록 잘 생각해볼게."

그녀는 그렇게 말하며, 자리에서 일어났다.

핫코코아 캔의 뚜껑을 따서 한꺼번에 전부 들이킨 후, 빈 캔을 쓰레기통에 던지……지 않고, 차분히 집어넣었다.

"한밤중에 돌아다녀서 죄송해요, 카게이시 선생님. 방으로 돌아갈게요. 으음, 처벌은—."

"학생의 고민 상담에 밤낮 같은 건 상관없지 않을까? 상담을 받은 시간이 한밤중이었을 뿐이야. 조금이라도 미안한 마음을 가지고 있다면, 1분 1초라도 빨리 잠자리에 들어가서 잠을 청하도록 하렴."

"아, 네. 감사합니다."

미도리는 공손하게 고개를 숙인 후, 종종걸음으로 자기 방에 돌아갔다.

그 뒷모습을 보면서, 하아~ 하고 빌어먹게 커다란 한숨을 내쉬었다.

어이쿠, 빌어먹게 같은 상스러운 말을 동생 앞에서 할 수는 없지. 그래도 마음속으로 한 말이고, 그 애도 이 자리에 없으니까 이 정도는 양해해줬으면 한다.

아아……. 언젠가는 이런 날이 올 거란 생각했는데, 진짜로 와버렸구나.

안 그래도 이로하에 마시로, 아키를 좋아하는 두 사람 중의 한 명이 행복해지지 못할 거란 사실 탓에 가슴에 아픈데 말이다.

우여곡절 끝에 마시로와 서로의 비밀을 공유하게 된 후로는 그녀 쪽으로 약간 기울 수밖에 없게 된 시점에서, 아주 약간 죄책감을 느꼈을 정도인데…….

"친동생마저 참전하다니……. 마시로를 응원해야만 하는데, 고민돼……!"

뜻대로 안 되는 현실과 마주한 가운데, 뱃속 깊은 곳에서 샘솟은 소망은 일반적인 여교사의 발상과 거리가 멀었지만…….

분명 지금의 나에게 찬동해주는 사람이 잔뜩 있을 거라 믿으며, 이 말을 읊을까 한다.

"하렘, 합법이 안 되려나……."

007 제7화…… 친구 여동생과 나만의 키요미즈데라

"사고 쳤어……."

퍼뜩 놀라며 눈을 뜬 순간, 손바닥을 통해 온기 어린 감촉을 느낀 나는 맹렬한 후회에 사로잡혔다.

창문을 통해 아침 햇살이 스며들고 있었다.

짹짹, 하는 새 울음소리도 들려왔다.

아아…… 사고 쳤다. 수학여행의 마력에 휘말려, 어리석은 짓을 저지르고 말았다.

큰일 났어, 큰일 났다고…….

스마트폰을 충전하는 걸 깜빡했다.

이로하와 LIME 메시지를 주고받다가 잠든 탓에, 스마트폰을 충전 케이블에 다시 연결하는 것을 깜빡했다. 아직 아침인데, 배터리 충전량이 바닥을 치고 있었다.

일단 어제 오즈에게 빌린 전원 어댑터에 연결해봤지만, 아침을 먹고 관광을 하러 출발할 때까지 얼마나 회복될까.

"으음……. 아키, 왜 그래?"

"오즈."

뒤를 돌아보니, 막 일어난 오즈가 눈에 들어왔다.

몸치장을 하는 중인지 황금색 머리카락은 끝부분이 흐트러져 있었고, 멍한 눈으로 칫솔을 입에 물고 있었다.

"아~, 저기 말이야. 혹시 휴대용 배터리 가지고 왔어?"

"아니. 요즘 스마트폰은 풀충전해두면 이동 중에 배터리가 바닥나지 않잖아. 그리고 항상 여러 대를 들고 다니니까, 일부러 무거운 배터리를 챙기지 않아."

"그래……."

"스마트폰의 배터리가 바닥나면 말해. 한 대 빌려줄게."

"응. 그때는 부탁해."

아침을 먹는 동안에 조금은 충전될 테고, 애초에 관광 중에는 오즈와 항상 같이 다닐 것이다. 그러니 큰 문제는 일어날 리 없다.

그렇게 칠칠하지 못하게 시작한 오늘은, 수학여행 2일째.

우리 조의 행선지는 키요미즈데라다.

이동에 이용한 택시에서 내리자 오토와 산의 광대한 자연에 둘러싸인, 유서 깊음이란 말을 그대로 구현한 듯한 광경이 눈앞에 펼쳐졌다.

도회지와는 공기의 질이 달랐다. 들이마시기만 해도 수명이 3년은 늘어나는 것 같다.

여기서 종을 치면 이 일대의 사념이나 악령 같은 것이 쓸어버릴 수 있을 듯한, 그런 불가사의한 오컬트적 안도감이 느껴졌다.

"드디어 키요미즈데라에 왔어. ……여기가 나와 코히나타의 운명이 결정되는, 중요한 장소……!"

"인연맺기…… 후후. 마시로의, 기회야. 이로하 양에게, 지지 않겠어……."

—오히려 사념이 몰려들고 있는 거 아냐?

우리 조 여자애들의 표정이 무시무시한데…….

그런 생각을 하고 있을 때, 마시로가 나를 돌아보며 빠른 걸음으로 다가왔다.

무슨 속셈이냐고 물어볼 여유를 주지 않으며, 마시로는 나와 팔짱을 꼈다.

"어, 어이, 남들 앞에서 뭐하는……."

"흐, 흩어지지 않도록, 이러고 다니자."

"……확실히 관광객이 어마어마하게 많긴 하네."

그 말을 듣고 주위를 둘러보니, 어제 돌아본 관광지와는 비교도 안 될 만큼 사람이 많았다.

역시 연애 관련 일화로 유명한 곳과 키요미즈 무대 같은 명소가 이 많은 사람을 모으는 것이리라.

"연애 바위, 오토와 폭포. 연애 성취를 바라는 이에겐 기본. 사랑에 빠진 소녀에겐 상식."

"그렇다고 남들 앞에서 이렇게 들러붙을 필요는 없잖아."

"싫어. 모처럼의 기회인걸."

마시로는 말미잘처럼 들러붙어서 한사코 떨어지지 않았다. 귀여운 여자애와 이렇게 몸을 밀착하고 있는 게 기쁘지 않다면 거짓말이겠지만, 아까부터 조원들이 놀리는 듯한 눈길로 쳐다보고 있어서 여러모로 거북했다.

어젯밤에 한 왕게임의 영향일까? 마시로는 평소보다 더 적극적인 듯한 느낌이 들었다.

남자와 여자로 나뉘어 택시로 이동하는 시간조차도 참을 수가 없는 건지, 빈번하게 LIME 메시지를 보내왔다. 무시하는 것도 좀 안 되어서 답을 해줬더니, 스마트폰 배터리가 쑥쑥 줄어갔다.

"그러고 보니 키요미즈데라에는 이상한 소문이 있잖아~!"

"뭐, 어떤 건데?"

시끄러운 타카미야와 소박한 인상의 마이하마가 나누는 대화가 들려왔다.

"커플끼리 키요미즈데라 데이트를 하면 헤어진단 소문이야!"

"연애 성취로 유명한 곳인데 말이야?"

"커플이 아니면 OK, 커플은 NG라네. 어처구니가 없어서 웃긴다니깐~!"

"그러고 보니 사이좋은 남녀에게 질투하는 신도 있단 이야기를 들은 적이 있어. 연애 성취의 신사에서도 그런 일이 있구나. ……뭐, 나와 코히나타는 아직 사귀지 않으니까 세이프일 거야."

"뭐, 그래봤자 소문이잖아~! 마시로찡, 신경 쓰지 말고 꽁냥꽁냥거리게나~! ……어, 어라라?"

"징그러우니까, 반경 10미터 이내에 들어오지 마."
"아무리 그래도 이건 너무 극단적인 거 아냐?"

마시로의 태도가 손바닥 뒤집듯이 매몰차게 변했다.

냉큼 팔짱을 풀면서 거리를 벌리더니, 쓰레기를 보는 듯한 차가운 눈길로 나를 쳐다보고 있었다.

꽁냥거릴 때보다 훨씬 마시로다워서 안심이 되는 것을 보면, 나도 그녀에게 꽤 물든 것 같다.

거리를 벌리려고 한다는 건, 나와 계속 친하게 지내고 싶다는 마음을 드러내는 행동이다. 미움을 받는 게 아니다. 미움받는 게 아니라고. 그러니 충격을 받지 말라고, 나. 마음을 추스려, 나.

"어이, 오오보시. 무슨 일 있었어?"

"보기만 해도 아는구나."

"그야, 뭐……. 그런데 츠키노모리 양이 너무 떨어져 있는 거 아냐?"

"반경 10미터 이상의 거리를 유지해야만 한다네."

"미움받는 거 아냐?"

"엄청 사랑 받고 있는 것 같아."

"뭐어?"

스즈키는 영문을 모르겠다는 반응을 보였다. 그게 가장 올바른 반응일 것이다.

현실은 소설보다 아이러니하다. 지금의 나는 진실을 이야기하는데도 이해받지 못하는 주인공 같네.

……전혀 멋지지 않은걸.

*

"사고 쳤어……."

수십 분 후, 나는 머리를 감싸 쥐며 절망했다.

오늘 들어 이 말을 하는 게 두 번째인 것 같은 느낌이 드는데…… 기분 탓일까.

충전이 바닥나서 꺼진 스마트폰 화면에 비친 자신의 얼굴이, 참 한심해 보였다.

오른쪽을 쳐다봤다. 관광객으로 보이는 일본인 커플이 「YEAH!」하며 기념사진을 찍고 있다.

왼쪽을 봤다. 관광객으로 보이는 외국인 커플이 「풍류있군요」 하고 말하며 폭포를 향해 합장을 했다.

국내보다 해외에서 온 사람이 정취를 더 존중하고 있는 듯이 보이는 건 기분 탓일까?

뭐, 우연히 눈에 들어온 이들이 그런 것뿐이리라. ……아마 그럴 것이다. 틀림없다.

아무튼 주위를 슬쩍 둘러봤지만, 아까부터 눈에 들어오는 이들은 고유명사를 모르는 생판 남들뿐이다. 이것이 무엇을 의미하는지, 이미 짐작이 될 것이다.

그래요. 미아예요. 정말 감사합니다.

마시로도, 오즈도, 스즈키도, 타카미야도, 마이하마도, 조원 중 그 누구의 모습도 보이지 않았다.

전화로 연락해서 합류 장소를 지정할까 했지만, 혼잡한 탓에 전파가 불안정한 건지 좀처럼 연결되지 않았고…… 몇 번이나 재도전한 끝에 전화가 연결됐는데도 몇 마디 나누기도 전에 배터리가 바닥났다.

아무튼 앞으로 나아가다 보면 언젠가 합류할 거라고 생각한 나는 관광명소에는 눈길도 주지 않으며 조원들의 등만 찾으며 하염없이 돌아다녔다. 하지만 장내 지도에 따르면 꽤 안쪽에 있는 오토와의 폭포까지 왔는데도 아직 그들과 합류하지 못했다.

망했다.

이 광대한 키요미즈데라의 부지에서, 대체 어떻게 조원들과 합류할까.

돌이켜보면 플래그는 서 있었다.

키요미즈데라에 밀려들어가는 관광객들의 밀집 상황은 좀비 사태 뺨치는 수준이었다.

그런 상황에서 마시로가 10미터 떨어지라고 하는, 흩어지기 쉬운 조건을 제시한 것이다.

스마트폰의 배터리가 순식간에 바닥난 것도, 오늘 아침부터 벌어진 일들을 떠올려보면 충분히 예상 가능한 사태였다.

이 혼잡한 상황을 보자마자 오즈한테서 남는 스마트폰을 빌려뒀다면, 이런 사태는 벌어지지 않았을 텐데…….

마시로와 즐거운 수학여행을 하자고 약속했으면서…….

나 대체 뭘 하는 걸까.

—후회는 3분이면 족하다.

더 해봤자 시간 낭비에 지나지 않는다.

일단 돌아가는 길에 꼭 지나게 되는 정면 출구에서 대기하도록 할까.

모처럼 수학여행을 왔는데 관광을 못 하는 건 아쉽지만, 합류도 못 하고 남겨지는 리스크를 짊어질 수는 없다. 오토와의 폭포에서 대기한다는 방법도 있지만, 그 녀석들이 여기까지 올 거라는 보장도 없다.

……뭐, 됐어. 이번이 생애 최후의 교토 여행일 리도 없잖아.

오고 싶어지면 또 오면 된다. 기왕이면 《5층 동맹》 전원이 함께 관광하러 오자. 그러면 학년이 다른 이로하도 혼자 남는 일 없이 우리와 함께 여행을 즐길 수 있다.

응, 이 미아 사태는 다음의 즐거운 계획으로 이어지는 포석이라고 긍정적으로 받아들이자!

뭐든 긍정적으로 생각하면 미래는 밝아! 하하하! ……하아…….

억지로 낸 기운이 금방 사라지고, 한숨이 입에서 흘러나온 바로 그때였다.

"오, 오오보시……?"

"응? 이 목소리는……."

귀에 익은 목소리를 듣고 고개를 들었다.

맙소사. 절망 속에 강림한 여신 같은 건가. 아니, 신이라는 개념을 예로 드는 건 절에 온 인간답지 않은 짓인가? ……잘 모르겠다.

아무튼, 눈앞에 나타난 여학생을 본 나는 텐션이 하늘을 꿰뚫을 듯이 치솟았다.

"미도리 부장! 우와! 여기서 미도리 부장을 만나다니, 이건 기적이야!"

"어. 어. 잠깐만, 뭐야?!"

눈앞에 나타난 학년 굴지의 우등생, 수학여행 실행위원장, 『성실』이라는 재료를 푹 삶은 후에 『성실』이라는 껍질로 감싸서 『성실』이라는 접시에 토핑한 『성실』 요리를 과잉 섭취해 칼로리 균형이 무너진 건 아닌가 의심이 되는 노도와도 같은 초절정 고지식 인간— 미도리의 손을 마치 매달리듯 움켜잡았다.

살았다. 진짜로 살았다.

"아니, 조원들과 흩어졌거든."

"그러고 보니…… 오오보시, 혼자네."

"응. 너무 혼잡한 탓에 놓치고 말았어……. 너무 방심했어. 똑 부러지는 미도리 부장이라면 절대 안 할 실수잖아. 좀 부끄럽네."

"윽."

"……어? 왜 그래?"

"아~, 응, 그, 그래. 나라면 안 할 실수, 긴, 해……."

눈빛이 흔들리는 미도리가 허둥댔다.

나는 그 모습을 보고 눈치챘다.

미도리와 같은 조의 학생들이…… 한 명도 보이지 않았다.

"아~, 미안해. 미도리 부장을 비꼬려고 한 말은 아냐."

"그런 말 마! 평소에 항상 학급 반장처럼 굴며 완벽한 리더 행세를 했으면서, 문화유산의 아름다움에 정신이 팔려 다른 조원들과 흩어지고 만 나를 뚫어지게 쳐다보지 마!"

"으, 응. 미안해. 여러모로 고생이 많네."

"으윽……. 내가 이런 실수를……. 타락의 극치…… 일생의 불찰……."

"으음, 이렇게 되면 곤란한걸."

미도리 부장까지 미아 상태라면, 그녀의 조에 섞여서 이동하는 것도 불가능한가.

"이렇게 미아가 되어버린 걸 보면, 미도리 부장도 스마트폰의 배터리가 바닥났거나 호텔에 두고 온 거지?"

"어, 스마트폰?"

"그래. 조원들에게 연락해서 합류할 수 있을 텐데 그러지 않은 건, 그런 이유 때문인 거잖아? ……참고로 나는 보다시피, 배터리가 바닥나버렸어."

"스마트폰으로 합류. 아~, 너무 당황한 바람에 거기까지 생각이 미치지 않았…… 읏."

말을 하던 미도리의 입술에 경련이 일어나더니, 그녀는 말을 멈췄다.

"왜, 왜 그래?"

"기다려. 지금 IQ 300의 두뇌를 고속 가동 중이야."

"으, 응."

IQ 300이라고 말하니 왠지 IQ가 낮은 것처럼 느껴지는데, 괜찮으려나?

"오오보시는 혼자. 나도 혼자. 내 스마트폰도 배터리가 바닥난 걸로 하면, 상황적으로 어쩔 수 없는 걸로 하며 이대로 단둘이 키요미즈데라를 돌아볼 수 있어."

엄청 작은 목소리로 고속 영창을 하고 있다. 눈빛도 완전히 죽어버려서 무시무시해.

“미, 미도리 부장. 괜찮아? 어디 좀 안 좋은—.”
“오오보시!!”
“으, 응. 왜 그래?”
“매우 유감스럽게도, 내 스마트폰도 배터리가 바닥났어. 매우 유감스럽게도 말이지.”
“아, 으, 응. 그렇지? 안 그러면 미아가 되어서 혼자 있을 리가 없잖아.”
“그래. 이렇게 내가 혼자 이 장소에서 우왕좌왕하고 있는 게 증거야! 스마트폰의 배터리가 남아 있다면 이런 일이 벌어지겠어? ……아니, 안 벌어져!”
왜 일부러 반어법을 쓰는 거지?
여러모로 거동이 수상한 미도리를 보며 고개를 갸웃거리면서도, 나는 마음 한편으로 안도했다.
익숙하지 않은 지역에서 혼자 있으면 마음이 불안해지는 법이다. 옆에 아는 사람이 한 명 있기만 해도, 마음이 매우 편해진다.
“이대로 고립되어 있는 건 좋지 않아. 함께 가지 않겠어?”
“그, 그래. 어쩔 수 없네! 불가항력이야!”
“좋아. 그럼 입구로 가자.”
“어. 입구? 왜?”
“조원들과 합류하려면 걔들이 꼭 지나칠 입구에서 기다릴 수밖에 없잖아? 돌아다니다간 조원들과 합류 못 하는 리스크가 커져."

"아…… 안 돼! 그건 안 돼! 제대로 관광해야 해!"

미도리가 뜻밖의 말을 했다.

교토 관광 지도와 수학여행 지침서를 손에 쥔 미도리는 나를 향해 단호한 어조로 그렇게 말했다.

"이, 이유가 뭐야?"

"오오보시는 잊은 거야?! 수학여행이 끝나면 관광을 하며 배운 것을 리포트로 써서 제출해야 하잖아? 리포트를 쓰려면 전부 돌아봐야 해!"

"아니, 요즘 같은 시대에는 인터넷으로 조사해서 정보를 모으면……."

"나태! 불성실! 논외!"

"크…… 정론이긴 한데……."

"수학여행은 평범한 여행이 아냐. 우리의 눈과 몸으로 직접 문화를 배워서, 피와 살로 삼아야 해. 서적과 교과서, 인터넷의 정보만으로 얻는 지식과 다른, 생생한 견식을 얻을 기회잖아. 그걸 함부로 하면 안 돼!"

"알았어. 알았으니까 너무 흥분하지 마."

"누가 오오보시 상대로 흥분했다는 거야?!"

"그런 의미가 아니니까 진정해."

"아얏."

나는 딴죽을 날리면서 손날로 미도리의 머리를 살짝 때렸다.

물리 공격은 좀 그렇다는 생각이 들었지만, 이 신성한 신사에서 머릿속 핑크색 폭주 기관차인 미도리를 더 내버려 두면 안 된다는 생각이 들었다.

그건 그렇고, 정말 성실 오브 성실 그 자체의 학급 반장 기질의 애다.

이런 예상치 못한 사태가 벌어졌는데도, 학교에서 준 과제를 우선하니 말이다.

"미도리 부장이 여기를 돌아보고 싶어 한다는 건 잘 알겠어. 그럼 이렇게 됐으니…… 같이 돌아볼까?"

"그, 그래. 오오보시와 단둘이 돌아보다 무슨 짓을 당하는 건 아닌가 걱정이지만, 지금은 찬밥 더운밥 가릴 때가 아냐."

"싫으면 여기서부터 따로 행동해도 돼."

"아, 안 돼. 오오보시, 혼자서는 여기 시설을 안 돌아보고 돌아가 버릴 심산이지? 내 눈에 흙이 들어가기 전에는 절대 허락 못 해! 게다가……."

흥분한 어조로 언성을 높여 말하던 미도리가 갑자기 조용해졌다. 수학여행 지침서를 내 가슴에 대더니, 나를 올려다보며 작은 목소리로 말했다.

"츠키노모리 양과 사귀는 게 아니라면…… 나와 단둘이 돌아다녀도, 윤리적으로 아무 문제없잖아."

"뭐…… 그렇긴 해."

"그렇지? 그럼―."

나에게 진짜로 연인이 있다 한들, 미아끼리 같이 행동한다고 해서 바람피우는 게 되지는 않을 것 같은데 말이다.

그런 점을 신경 쓰는 것도, 성실한 미도리답다는 생각이 들었다.

한 걸음. 통통 튀는 듯한 발걸음으로 나와 살짝 거리를 벌린 미도리는 포니테일을 흔들며 나를 향해 손을 내밀었다.

"—가자."

"……응."

이것은 여행 기분이 자아낸 환각인 걸까?

목소리가 환해진 미도리의 미소는 우등생다움 제로의, 어디서나 볼 수 있는 평범한 소녀의 구김 없는 미소처럼 보였다.

*

나와 미도리는 우선 근처에 있는— 현재 우리가 있는 장소인 오토와의 폭포를 감상하기로 했다.

줄을 서서 차례를 기다리자, 드디어 우리 차례가 됐다. 국자를 들고, 세 줄기로 흘러내리는 조그마한 폭포 앞에 섰다.

키요미즈데라의 설명에 따르면, 이 폭포의 물을 마시면 효험을 얻을 수 있다고 하는데—.

"물줄기에 따라 다른 효험이 있지?"

"응. 오른쪽이 연명 장수, 한가운데가 연애 성취, 왼쪽이 학업 성취."

역시 미도리는 물어보자마자 바로 답해줬다.

나는 대략적으로 이 폭포 물줄기의 별칭이 연명수와 황금수 같은 거라는 점까지만 알고 있었다.

미도리를 상대로 그 지식을 함부로 선보였다간, 단어의 의미를 곡해하며 과잉 반응에 따른 직간접적 피해가 발생했을지도 모른다는 생각이 들었다.

"오오보시는 뭐로 할래?"

"글쎄……. 뭐, 무난하게 연명 장수로 할까?"

학업은 솔직히 말해 스스로의 노력으로 어찌할 수밖에 없다고 생각한다. 연애도 마찬가지다. 하늘의 도움을 기대할 것은 아니다.

건강도 마찬가지라고 할 수도 있지만, 흡연과 음주를 즐기면서도 장수하는 사람이 있는가 하면 매일 운동하며 규칙적인 생활을 하는데도 일찍 죽는 사람도 있다. 다른 두 가지에 비해 운에 따른 요소가 꽤 크다고 생각한다.

"미도리 부장은 뭐로 할 거야?"

"으음. 그럼…… 하, 한가운데……일까"

"흐음, 의외네. 학업 성취가 아니구나."

"바보 취급하지 마. 나를 공부 말고는 잘하는 게 없는 범생이 캐릭터라고만 생각하는 거지?!"

"아니, 그렇지 않아."

착각이 심한 캐릭터. 연기가 완전 꽝이었던 캐릭터. 의외로 성지식이 풍부한 캐릭터.

다각적인 측면에서 카게이시 미도리란 캐릭터를 봐왔다고 자부한다. 그저—.

"그저, 연애 성취는 의외야. 연애에 흥미 없는 타입이라고 생각했거든. 특별진학반의 누구를 좋아하는 거야?"

"읏……. 오, 오오보시와는 상관없잖아!"

"뭐, 맞는 말이야. 미안해. 너무 캐물었네."

"……차, 착각하지 마. 딱히 특별진학반에 좋아하는 사람이 있는 건 아냐."

연애 이야기에 내성이 없는 듯한 미도리는 얼굴을 새빨갛게 붉힌 채 말했다.

"포, 폭포의 효험에는 숨겨진 의미도 있어. 한가운데의 연애 성취의 폭포는 인연을 이어줄 뿐만 아니라, 미용에도 효과가 있대. 좋아하는 사람과 맺어지고 싶어서만 마시는 건 아니거든? 아, 알았어? 이해했지?"

"그래. 알았으니까, 국자로 나를 가리키지 마."

천벌 받을 것 같다.

그리고 연애 성취가 아니더라도, 미용 효과 같은 걸 기대한다는 것도 의외거든?

……미용 효과라. 나중에 사사라한테도 가르쳐줄까. 걔는 이런 걸 좋아하는 것 같거든.

"아, 맞다. 숨겨진 의미하니까 생각난 건데……."

미도리가 문뜩 생각난 투로 말했다.

"학업 성취에는 출세와 일의 성공으로 이어진다, 라는 효험이 있나봐. ……오오보시라면, 그쪽이 더 매력적이지 않아?"

"아…… 그거 좋네."

신에게 의지하지 않고 《5층 동맹》을 성공으로 이끌 생각이지만 말이다.

조금은 기도 버프를 받는 것도 나쁘지 않을 것이다.

"땡큐. 이쪽으로 하겠어."

나는 왼쪽에 있는 폭포 앞으로 간 후, 물을 펐다. 투명하기 그지없는 물을 입에 머금자, 희미하게 단맛이 감도는 차갑지도 뜨겁지도 않은 물이 뱃속으로 흘러들어오는 느낌이 들었다.

나는 건강을 위해 물 같은 것을 즐겨 마신다. 그래서 물맛이라는 것은 꽤 안다고 자부하는데, 황금수라는 별칭답게 꽤 각별했다.

이런 대사를 입에 담으면 미도리가 「벼, 변태……」 하며 질린 듯한 반응을 보일 것 같지만, 원래 존재하지 않는 의미를 인터넷 문화가 부여해서 만든 비속어와 전통적인 일본어를 혼동해서 받아들이는 미도리가 문제이지 결코 내가 문제인 건 아니다. ……아니, 잠깐만 있어 봐. 이건 전부 내 머릿속에서 이뤄지고 있는 생각이니, 아직까지는 내가 나쁜 건

가. 사과할게, 일본 문화.

"좋아, 종료. 그쪽은 어때? 미도리 부—."

부장, 하고 말하려던 나는 말을 잇지 못했다.

말을 거는 건 무례한 짓이다…… 자연스럽게, 그리 생각한 것이다.

머리카락을 쓸어넘기고, 눈을 감으며, 공손히 국자에 입을 댄 미도리의 모습. 머리카락을 하나로 모아 묶어서 그런지, 신사와 불교가 분리되지 않고 뒤섞인 뒤죽박죽 사고회로를 지닌 내 눈에는 그녀가 신성한 의식을 치르고 있는 무녀처럼 보였다.

새하얀 목이 희미하게 움직이면서, 입 안에 머금은 물을 꿀꺽 삼킨 후…….

감고 있던 눈을 떴다.

"……어?"

국자에 입을 댄 채, 나를 힐끔 쳐다보는 미도리와 눈이 마주쳤다.

"……윽!"

미도리는 반사적으로 눈을 감더니, 국자 안의 물을 전부 들이켰다.

그 호쾌함은 스미레를 연상케 했다. 역시 카게이시 가문은 술꾼의 계보인 것일까. 언젠가 합법적으로 술을 마실 수 있는 날을 맞이한 미도리가 제2의 무라사키 시키부 선생님이 되는 미래를 예감케 할 정도의 호쾌함이었다.

물을 다 마신 미도리는 푸하~ 하고 숨을 내쉬더니, 허억허억하고 숨을 헐떡이며 나에게 따졌다.

"크, 큰일 날 뻔했네. 겨우겨우 물을 안 뿜었어. 저기, 오오보시! 왜 내가 물 마시는 모습을 뚫어지게 쳐다본 거야?!"

"미, 미안해. 한 폭의 그림 같아서, 무심코……."

"너, 넋 놓고 쳐다봤다는 거야?"

"어찌 보자면…… 하, 하지만, 그런 게 아니거든? 너한테 변태 취급을 당할 법한 이유로 쳐다본 게 아냐."

"그런 이유로 본 거라도, 괜찮은데……."

"뭐?"

"아, 아무것도 아냐! 힐끔힐끔 쳐다보다니, 변태! 짐승!"

"대체, 어느 쪽인 거야?! ……아."

미도리와 말다툼을 하고 있을 때, 뒤에 있는 누군가가 내 어깨를 톡톡 두드렸다.

아차, 차례를 기다리는 사람이 있는데 너무 시간이 끈 것일까. 바로 사과할 생각으로 뒤돌아봤다.

"아, 죄송합니—."

"Hey Guys!!(저기 말이야)"

"……어?"

미국인 같아 보이는 남성이 엄청나게 끝내주는 미소를 지으며 나에게 인사했다.

“Is it a rumored japanese Tsundere Girl? KAWAII!!(이게 소문 자자하던 일본의 츤데레 소녀라는 거야? 무지 귀엽데이)”

표정으로 볼 때 우호적인 건 틀림없다. 일본어로 번역할 거면 사투리로 해야 할 수준으로 쾌활했다.

하지만 나는 원어민 수준의 영어를 듣는데 익숙하지 않아서, 무슨 말을 하는 건지 모르겠다. 어렴풋이 귀엽다는 의미의 일본어가 들린 것도 같았다. 칭찬이지만, 관광지에서 무차별적으로 여성을 칭찬하는 건, 헌팅일 가능성도 있다.

나는 재빨리 미도리의 손을 움켜쥔 후, 그 미국인 같은 남성을 향해 힘차게 고개를 숙였다.

“Sorry! I can't speak English!(죄송해요! 저는 영어를 못해요!)”

“오, 오오보시?! 나는 할 수 있거든?!”

“오래 기다리게 해서 죄송해요! 그럼 이만 실례할게요!”

줄 선 사람들에게 사과를 한 나는 미도리의 손을 잡아끌면서 서둘러 그 자리를 벗어났다.

“Good luck to lovers forever.(두 사람의 영원한 행복을 빌게~)”

마지막으로 등 뒤에서 들려온 말의 의미도 모른 채 달려간 나는 오쿠노인 앞에 와서야 겨우 멈춰 섰다.

느닷없이 뛰느라 빨라진 심박수를, 어깨를 들썩이며 거친

숨을 내쉬면서 진정시켰다.

마찬가지로 이마에 땀방울이 맺힌 미도리는 숨을 헐떡이며 물었다.

“하아, 하아…… 오오보시가 착각한 거야. 그 사람, 그냥 재미있어하며 말을 건넸을 뿐이었어.”

“하아, 하아…… 뭐야. 미도리 부장은 알아들었어?”

“응. 영어 회화는 마스터했거든.”

“영어 회화도, 아냐?”

대체 마스터 안 한 건 뭘까 싶을 지경이다.

“일본 여행을 즐기고 있는 애니 오타쿠 같았어. 내 태도가 츤데레 소녀 같아서, 일본에는 실제로 츤데레가 있구나~ 하며 감동한 게 아니려나? ……우리를 커플로 착각한 것 같더라니깐.”

“아……. 그렇게 보였을지도 모르겠네.”

츤데레. 그 단어를 듣고 보니, 확실히 미도리의 언동은 그런 느낌이었다.

애니메이션과의 치명적인 차이점이 있다면, 미도리는 진짜로 짐승 취급을 한다는 것이겠지만 말이다.

“아까 그 사람에게는 미안한 짓을 했는걸. 나는 미도리 부장을 헌팅하려고 하는 줄 알았거든.”

“언제나 침착한 오오보시가 착각해서 폭주하다니, 별일도 다 있네.”

아하하, 하고 미도리는 웃었다.

착각 망상 폭주 기관차의 대명사인 미도리에게 이런 식으로 웃음을 사니, 기분이 복잡했다.

“어쩔 수 없잖아. 진짜로 위험한 상황이었다면, 한순간의 망설임으로 돌이킬 수 없는 일이 벌어질 수도 있어. ……미도리 부장으로 도박을 하고 싶진 않았단 말이야.”

“오오보시…….”

미도리는 그렇게 중얼거리면서 아까까지 나와 맞잡고 있었던 자신의 손바닥을 지그시 응시했다.

……큰일 났다. 나, 사고 쳤다. 정신이 없었다고는 해도, 미도리의 손을 힘껏 움켜쥐고 말았다.

화난 것 같지는 않아서 안도했지만, 그녀는 나름대로 생각하는 바가 있는 것 같았다.

“미안해. 싫었지?”

“…………아냐. 스스로도, 깜짝 놀랄 만큼, 아무렇지 않았어.”

“그, 그래?”

이제까지 본 적이 없는 반응이었다.

어깨가 닿기만 해도 사람을 짐승 취급하던 미도리가 뜻밖의 표정을 짓자, 왠지 기분이 묘했다.

이 분위기를 질질 끌고 가면, 거북할 것 같다.

휴우, 하고 가볍게 숨을 내쉬었다.

그리고 아무것도 눈치채지 못했고 신경 쓰지 않는 척을

하면서, 평소와 다름없는 표정으로 미도리에게 말했다.

"자, 다음 장소로 가자. 수학여행은 자연 및 문화를 실제로 접하며 지식을 넓히는 거잖아."

"……응."

미도리를 손을 살며시 말아 쥔 후, 고개를 들었다.

아까까지는 전례가 너무 없어서 무슨 생각을 하는 건지 전혀 알 수 없었던 그녀의 표정이 확 변하더니, 환하게 빛나는 것처럼 밝아졌다.

"가자, 오오보시!"

아이러니하게도, 그런 미도리의 반응조차 이제까지 본 적이 없는 것이었기에…….

내가 느끼는 묘한 기분은 여전히 가시지 않았다.

*

오쿠노인과 아미다당을 차례차례 돌아본 후, 다음으로 우리가 향한 곳은 지슈 신사였다.

왜 사원에 신사가 있는 거야?! 하며 놀라지 말도록. 사실이 키요미즈데라와 지슈신사는 일본의 독특한 신앙 형태인 신불습합(神佛習合)의 상징 같은 곳이다. 성지로서의 불가사의한 매력에 이끌리듯, 이 장소에도 믿기지 않을 만큼 많은 커플이 있었다.

그들의 타깃은 당연히, 연애 바위다.

금줄이 쳐진 바위 두 개가 10미터 정도 거리를 두고 마주 놓여 있다.

한쪽 바위에서 반대쪽 바위까지 눈을 감고 걸어가서, 무사히 도착한다면 연애 성취의 효험을 얻을 수 있다고 한다.

과학적 근거가 전혀 없는, 미신 같은 이야기다.

"그러니까 기운 내. 응?"

"그, 그래! 과학적 근거가 하나도 없으니까 말이야!"

"맞아. 첫걸음 떼자마자 90도 엇나간 방향으로 걸어갔더라도, 연애에 실패한다고 확정된 건 아냐."

"그래! 내 사랑은 이제 시작됐는걸!"

"미도리 선생님의 다음 작품을 기대해주십시오, 같은 느낌의 발언이 됐네."

그러고 보니 아까 연애 성취의 물을 마실 때는 어디까지나 미용을 위한 거라고 말했던 것 같은데 말이다.

미도리는 몸을 일으키면서 주위를 허둥지둥 둘러보더니, 기와지붕인 건물을 손가락으로 가리켰다.

그 건물의 간판에는 연애 제비, 이라고 적혀 있었다.

"제비를 뽑아보면 좋은 결과가 나올지도 몰라!"

"으, 응. 그래."

"무녀분, 제비를! 제비를 주세요!"

제비를 뽑는 곳에는 여성 손님이 많았다. 미도리는 조바

심이 난 것 같지만, 새치기 같은 건 하지 않으며 예의 바르게 자기 차례를 기다렸다.

그 필사적인 모습을 보고 친근하면서도 청초한 웃음을 머금은 무녀분이 돈을 받은 후에 제비를 건네줬다. 제비를 건네받은 미도리는 펼쳐볼게 하고 내 앞에서 말하더니, 녹색 옷을 입은 용사가 성검을 뽑듯이 그것을 펼쳤다. ……미도리란 말의 일본어 의미가 녹색이라는 걸 가지고 그런 한심한 농담을 떠올린 내 앞에서, 그녀의 얼굴은 녹색이 아니라 아예 파란색으로 물들었다.

"마, 맙소사……."

충격을 심하게 받은 건지, 미도리는 절망적인 표정을 지으며 무너지듯 무릎을 꿇었다.

나는 그녀의 손에서 흘러내린 제비를 주워들었다.

"제비 가지고 뭘 그렇게 호들갑 떠는 건데?"

"호들갑 떠는 게 아냐……. 대흉인 데다가……."

"아무리 대흉이라도, 돌아가는 길에 다칠 수 있으니 조심하세요~ 같은 내용 아냐?"

"아냐. 그런 가벼운 내용이 아니란 말이야."

"그래그래. 미도리 부장은 언제나 리액션이 과장됐다니깐."

정말 호들갑스러운 애라니깐, 하고 생각하며 쓴웃음을 머금은 내가 종이를 주워서 내용을 살펴보니—.

대흉 : 당신은 살아서 돌아갈 수 없습니다.

"사망 선고?!"

이런 무시무시한 신의 계시는 처음 봐.

"나, 어쩌면 좋지? 이번 수학여행에서 죽을 거야! 뭐하나 원하는 대로 안 된 채, 절망에 빠져 스러지는 게 틀림없어~!"

"진정해! 안 죽어! 괜찮다고!"

"거짓말! 이 제비에 적혀 있잖아! 살아서 돌아갈 수 없다고 적혀 있는걸!"

"제비 결과 같은 건 거짓말이 뻔해! 이뤄질 리 없으니까 잊어버려!"

"오오보시, 신사 분들에게 들릴 만큼 큰 소리로 그런 말을 하면 안 돼!"

"너를 위로하려고 이러는 거잖아아아아아아아! 죄송합니다, 신사 관계자 여러분!!"

맹렬한 딴죽에서 물 흐르듯 태도를 바꾸며 사죄했다.

매장에 있던 무녀분들은 그런 우리를 보더니 참 귀여운 커플이군요, 하고 교토 사투리가 섞인 말투로 말하며 웃었다.

다행이다. 용서받았다.

…………

교토 사투리가 섞여 있는 탓에 진짜로 용서해준 건지 불안해지는데, 그건 편견이겠지……?

그건 그렇고 오토와의 폭포나 지슈 신사 같은 연애 성취의 명소를 돌아보면서, 깨달은 게 있다.

관광객의 호응이 매우 좋았다.

제비 결과에 따라 기뻐하거나 슬퍼하고, 연애 바위에서 흥분을 감추지 못했다. 연애에 관심 있는 사람이 이렇게 많다는 사실을 알고, 다시 한번 놀랐다.

커플로 보이는 관광객 중 일부는 느긋하게 있을 수 있는 장소에서 텐치도의 유명 게임 하드인 BOTTAN을 꺼내서, 몬스터를 사냥하는 게임을 즐기고 있었다.

—아아, 그래. 감각적으로는 느끼고 있었지만, 역시 그랬구나.

하며, 눈치챘다.

게임 유저 중에는 오타쿠 층 이외— 더 일반적인 층의 유저도 다수 있으며, 그들이 즐겨주느냐 않느냐에 따라 대히트의 벽을 돌파할 수 있는지가 바뀐다. 머리로는 알고 있었지만, 피부로 느낄 기회는 많지 않았다.

역시 나 자신이 한 단계 더 올라서기 위해서라도, 더욱 일반적인 감각을 기를 필요가 있을 것 같다.

"드디어 와버렸어, 오오보시. 키요미즈데라의 중심…… 키요미즈 무대로 유명한, 바로 그—."

"그래, 와버렸어. —본당에 말이지."

이곳저곳을 돌아보고 다니던 나와 미도리 앞에, 이제까지 본 그 어떤 건물보다도 압도적인 위용을 자랑하는 목조 건축물이 나타났다.

"결국, 누구와도 합류하지 못했네."

"그, 그래. 어디서 엇갈린 걸지도 몰라. 아하, 아하하."

"뭐, 좋아. 미도리 부장과 이렇게 돌아보는 것도 꽤 즐거웠거든."

"즈, 즐거웠어? 어어, 어째서?!"

"인터넷에 올라와 있지 않은 수준의 토막 지식도 알려줬고, 역사적 배경 같은 것도 이야기해줬잖아. 솔직히 말해 공부가 됐어."

음란하고 므흐흐한 지식만 마구 늘어놓는 미도리를 볼 때마다 여러모로 문제 있는 애일지도 모른단 의혹을 품었던 게 부끄럽다.

다른 분야의 온갖 이야기를 들려주는 그녀를 옆에서 보며 확신했다.

미도리는 온갖 분야에 박식할 뿐이다. 음란한 지식만 두드러지는 건, 그녀가 나빠서가 아니라 자연스럽게 그런 분위기를 자아내는 주변 사람들이 나빠서다.

카게이시 미도리란 여자애는 거울 같은 존재인 것이다.

……아니다. 어쩌면 누구나 다 그런 게 아닐까?

예를 들어 나한테만 짜증스럽게 구는 녀석이 많은 건, 애초에 내가 짜증스러운 녀석이기 때문이거나…….

큰일 났다. 진짜로 그럴지도 모른단 느낌이 들기 시작하니…… 우울하다.

"오오보시는 특이하네."

"우울해하는 사람을 궁지에 좀 몰지 마."

"그런 게 아냐. 내가 잡학을 이야기해봤자, 다른 애들은 귀를 기울이지 않아. 그런데 오오보시는 관심을 가지며 들어주네."

"지적 호기심은 누구나 가지고 있는 것 아냐?"

나는 어리둥절한 표정을 지으며 그렇게 말했다.

미도리에게 아부하는 게 아니다. 모르는 것을 알게 되어 즐겁다는 감각은 누구나 느낀다고 진심으로 생각했다.

하지만 미도리는 표정이 환해지더니…….

"맞아!"

몸을 쑥 내밀며 환한 목소리로 말했다.

"모르는 것이나 의문을 그대로 두면 기분 나빠서, 조사해보게 된다니깐."

"동감이야. 처음에는 인터넷으로 조사해보는데, 쓸모없는 낚시성 기사만 뜨지."

"그래. 쓸모있는 기사를 찾을 때까지 계속 뒤져야 하잖아. 요즘은 그게 너무 귀찮아서, 그 주제에 대해 해박한 사람이 쓴 책을 확 사서 읽는 경우도 있어."

"이해해. 전문 서적의 전자화가 더 가속되면, 엄청 쓸모 있을 것 같아."

"응. 해외 논문이나 기사를 뒤지는 것도 재미있어. 마니악한 연구 결과를 보고 있으면, 순식간에 시간이 흘러버려."

"해외 기사도?! 나는 거기까지 시간을 투자하진 않는데……."

"스스로도 그러면 안 된다고 생각하면서도, 호기심에 지고 말아. 쓸모없는 정보도 많으니까, 오오보시처럼 바쁜 사람에게는 추천 못 하겠네."

"재미있는 이야기라면 알고 싶지만 말이야. ……잠깐만 있어 봐. 미도리 부장한테 물어보면 효율적으로 재미있는 이야기만 들을 수 있겠네."

"잠깐만, 그게 무슨 소리야. 나를 미디어 대용으로 쓸려는 거야?"

"너무 부려 먹기만 하는 거겠지? 하하하."

"맞아, 정말. 오오보시는 이래서 문제라니깐."

양손으로 허리를 짚는 학급 반장 자세(엄청나게 어울린다)를 취한 미도리가 화를 냈다.

그리고 고개를 슬며시 돌리더니, 작은 목소리로 이렇게 말했다.

"오오보시가 정 원한다면…… 때때로 어울려줄 수는, 있어."

"응. 때때로 부탁할게."

"……후후. 응."

화난 얼굴이 산산이 부서지더니, 미도리는 환한 표정으로 고개를 끄덕였다.

관광하며 들뜬 타카미야와 마이하마, 달콤한 음식을 먹을 때의 사사라 같은 순수한 미소였다. 이런 표정을 지을 화제치고는 좀 딱딱하단 느낌도 들지만, 이 몬스터 우등생에게는 어울린다 싶기도 했다.

미도리와는 연극부를 도울 때와 이런저런 볼일이 있을 때 말고는 이야기는 나눈 적이 없었던 만큼, 좀 신선한 느낌을 받았다.

이렇게 사적인 대화를 나누면서 처음으로 알게 된 것인데, 나와 미도리는 의외로 말이 잘 통할지도 모른다.

바쁘게 살기만 해서는 절대 알지 못했을 것이다.

그런 별것 아닌 대화를 나누면서, 나무로 된 바닥을 밟으며 나아간 나와 미도리는 절벽에서 튀어나와 있는 나무 무대 가장자리에 섰다.

혼잡한 인파를 헤치며 겨우 도착한, 난간 바로 앞의 가장자리.

"우와, 대단해! 정말 대단해, 오오보시!"

"그래……. 이건 절경이네."

"지면까지 거리는 한 약 13미터 정도야. 뛰어내리는 건 절대 무리겠네."

"키요미즈 무대에서 뛰어내리다,[#3] 였나? 그런 속담이 있는 것도 이해가 될 만큼, 박력이 넘치네."

누가 봐도 무리라고 여겼기 때문에, 대중의 공통적인 인식으로 자리 잡았으리라.

나무로 된 무대에서 내려다보는 오토와 산. 새빨간 단풍이 비단처럼 깔려 있다. 그 너머에는 교토의 마을이 펼쳐져 있다.

관음보살에 봉납하는 장소로서 이 로케이션을 지정하다니, 최고의 환대다.

단 하나, 유감스러운 점이 있다면—.

"사진 찍고 싶은걸."

"뭐?"

내가 무심코 읊조린 순수한 감정을, 미도리는 놓치지 않았다.

그녀는 나를 돌아보며 눈을 깜빡였다.

"정말 아름다운 풍경이잖아. 여행담 들려주면서 보여주게 사진을 찍어두고 싶었어."

이로하와 마키가이 나마코 선생님. 《5층 동맹》의 동료들에게도 이 수학여행의 추억을 이야기해주고 싶다.

뭐, 나의 일방적인 아집이지만 말이다.

#3 키요미즈 무대에서 뛰어내리다(清水の舞台から飛び降りる) 높은 무대 위에서 뛰어내릴 만큼 과감한 결단을 내린다는 의미의 관용구.

이 감동을 공유하는 것도, 동료 간의 커뮤니케이션으로 괜찮지 않을까.

……어려운 이유를 떠나, 그저 그렇게 하고 싶었다.

"찍으면 되잖아? 나, 오오보시가 핀스타 올릴 사직 찍네~ 하며 놀릴 생각 없거든?"

"그런 걱정 안 해. ……그게 아니라, 스마트폰의 배터리가 바닥났거든."

"아……."

스마트폰의 배터리가 바닥나서 이런 문제가 생길 줄은 몰랐는걸. 스마트폰으로 충분할 것 같아서, 따로 디지털카메라 같은 건 챙겨오지 않았다.

나는 그제야 퍼뜩 놀라며 미도리의 얼굴을 쳐다봤다.

괜한 소리를 한 것일지도 모른다.

스마트폰의 배터리가 바닥난 것은 나만이 아니라, 미도리도 마찬가지다.

받아들이기에 따라서는, 미도리를 비난하는 것처럼 들릴 수도 있는 발언이었다.

그 말을 증명하듯, 안타까운 표정을 지은 미도리가 입술을 깨문 채 침묵에 잠겼다.

"아, 미안해. 분위기를 망치는 소리를 했네."

"아냐. 나쁜 건 나야……."

미도리가 머리를 흔들자, 그녀의 포니테일이 좌우로 흔들렸다.

미도리는 한동안 망설이는 눈치였지만…… 곧 뭔가를 결의한 것처럼 힘차게 고개를 들었다.

"오오보시!"

"응? ……우왓?!"

키요미즈 무대에, 바람이 불었다.

쏴아아…… 하며 나뭇잎이 스치는 소리가 울려 퍼지더니, 이 일대의 붉은색이 물결치듯 흔들렸다.

"바람이 세네. 괜찮아? 미도리 부장—."

갑자기 불어닥친 강한 바람 탓에 한순간 감았던 눈을 다시 떴다.

그러자…….

머리카락이 흩날릴 정도의 돌풍에도 미동조차 하지 않으며, 눈을 꼭 뜬 미도리가…….

카메라 기능을 켠 상태인 스마트폰을, 나에게 내밀었다.

"……어?"

"이걸 써. 사진 찍으면, LIME으로 보내줄게."

"고맙긴, 한데…… 어라? 아까, 미도리 부장도……."

배터리가 떨어졌다고, 말했던 것 같은데…….

내가 그런 의문을 끝까지 입에 담기도 전에, 미도리는 내 손을 움켜잡으며 억지로 스마트폰을 쥐어줬다.

"미안해! 나, 거짓말했어! 보다시피! 스마트폰은 무사해!

충전 90%!"

우등생다운 배터리 잔량이었다.

진짜로 필요할 때 이외에는, 거의 쓰지 않아야 가능한—말도 안 되는 수치다.

"그, 그래. 그런데 왜, 그런 거짓말을……."

"저, 저기, 오오보시. 오오보시는 나한테 거짓말했었지?"

"……뭐?"

미도리는 질문에 질문으로 답했다.

"—츠키노모리 양과 사귀는 게 아니고, 언니의 약혼자도 아닌데다, 할리우드의 프로듀서도 아니잖아?"

"그래. 그건 어제 이야기한 대로야. 그런데 그 일과 이게 무슨 상관……."

"그럼…… 나한테도 기회가 있는 거네?"

"……아!"

그 일과, 이 일이, 이어지고 말았다.

그녀가 무슨 말을 하는 건지, 어떤 감정을 나에게 품고 있는지, 눈치채고 말았다.

"오오보시와 함께 있고…… 아냐. 둘만의 시간을, 보내고 싶었어!!"

그리고 그 예상은, 한 치의 오차도 없이 적중하고 말았다.

"실은 끝까지 숨길 생각이었어. 하지만 아쉬워하는 오오보시를 보니…… 무리였어. 죄책감을 견딜 수가 없지 뭐야! 내가 거짓말을 실토하면, 오오보시의 추억을 남길 수 있는 걸. 그런데도 입 다물고 있는 건…… 나한테는 무리야! 그러니까 이걸로 찍어!"

"아, 응……."

미도리가 쥐여준, 스마트폰. 당혹스러워하며 무대 위에서 주위 풍경의 사진을 찍었다.

하지만 아까까지 망막에 강렬한 인상을 남겼던 키요미즈데라의 풍경이, 지금은 빛바랜 것처럼 보였다.

어쩔 수 없잖아. 그것을 능가하는 임팩트가, 곁에 있단 말이야.

이 순간, 이 자리에 있는 그 누구보다도, **키요미즈 무대에서 뛰어내리다**, 라는 말에 어울리는 애가, 곁에 있으니 말이야.

"만족스러운 사진이 찍혔어?"

"그래……. 고마워, 미도리 부장."

나는 얼이 나간 상태에서 미도리에게 스마트폰을 돌려줬다.

그러면서 손과 손이 살짝 닿자, 나는 이제까지 미도리에게 혼났던 것을 떠올리며 본능적으로 움찔했다.

하지만 미도리는 성희롱! 하고 외치지 않았다.

"다행이야. ……응, 역시 싫지 않네. 내 물건을 오오보시가 써도, 이렇게 손이 닿아도……."

"아…… 뭐냐. 저기, 미도리 부장. 이런 말을 하는 건 멋없는 짓일지도 모르지만…… 역시, 미도리 부장은, 나를……."

"타임 오버야."

"뭐?"

"재들, 오오보시의 조원들이지? **아쉽네**. 합류하고 말았어."

미도리는 뒤편을 힐끔 쳐다보며 말했다.

그녀의 시선이 향하는 곳을 돌아보니, 나를 향해 크게 손을 흔드는 타카미야와 그녀에게 이끌려서 이쪽으로 오고 있는 마시로가 보였다. 그리고 오즈, 스즈키, 마이하마가 그 뒤를 따르고 있었다.

"오늘 밤, 소등 직전의 자유 시간에 호텔의 전망 테라스와 와줄래? 아까 하려다 만 이야기를 나누고 싶거든."

"……알았어."

"고마워. 그럼 나도 조원들과 합류할게."

배터리가 충분한 스마트폰을 가볍게 흔들어 보인 미도리는 이 자리를 벗어나려 했다.

……하지만, 한순간 멈춰서더니…….

"오오보시 탓에, 나쁜 애의 수학여행이 되어버렸네. ……그래도, 고마워!"

그 말을 남긴 후, 이번에야말로 뛰어갔다.

말꼬리처럼 머리카락이 흔들리는 뒷모습을, 나는 멍하니 쳐다보고 있을 수밖에 없었다.

*

키요미즈데라를 나와서, 다음 목적지로 향하는 택시 안.

창밖을 쳐다보면서도 내 머릿속에 떠오른 건 교토의 마을 풍경이 아니라, 불가사의한 거짓말을 한 여학생의 얼굴이다.

조원과 합류한 탓에 어영부영 넘어갔지만, 아까는 분명 고백 무드였다.

내 자의식 과잉……이 아닐, 것이다.

그렇잖아?

스마트폰으로 연락을 취하면 바로 조원들과 합류할 수 있는데, 나와 함께 돌아보고 싶다는 이유로 배터리가 바닥났다는 거짓말을 한 것이다.

만약 카게이시 미도리라는 한 명의 여자애가 효율적으로, 합리적으로, 연애를 성취하려 한다면 분명 그렇게 할 것이다. 나도 그렇게 할……지는, 모르겠지만 말이다.

마시로는 느닷없이 LIME으로 고백을 했기에, 마음의 준비조차 할 수가 없었다.

아마 미도리가 진짜로 고백을 한다면, 오늘 밤에 할 것이다. 아까 미도리가 말한 때와 장소에서 말이다. 그렇다면 나는 그때까지 마음의 준비와 나름의 답을 찾아야 한다.

"놀랐어. 설마 아키가 카게이시 양에게 함락당할 줄은 몰랐네."

"확정된 사항처럼 말하지 마. 아까도 설명했잖아? 미도리 부장도 미아가 되어서, 함께 행동했을 뿐이야."

"츠키노모리 양에게는 그렇게 설명한 것 같던걸. 하지만 내 눈을 속일 수 있을 것 같아?"

"……뭐, 그건 그래."

나는 백미러 너머로 조수석을 살폈다.

스즈키는 잠들었다.

하아, 잘 거면 호텔 방에서처럼 코 골면서 티를 내라고. 그러면 괜히 확인할 필요도 없잖아.

"오늘 밤, 어쩌면 고백을 받을지도 몰라."

휘유~ 하고 오즈가 휘파람을 불었다.

"본격적으로 러브코미디 주인공 빰치는 인기남이 됐네. 이의 있어?"

"……이제 부정할 마음은 없어. 주인공치고는 연애 쪽으로 뇌가 덜 발달했지만 말이야."

"그런데, 그 고백은 어떻게 할 거야?"

"그건……."

한숨 섞인 목소리로 그렇게 말하면서, 아까 일을 떠올렸다.

미도리와 좋은 분위기가 됐을 때, 나는 분명— 두근두근 하고, 심박수가 상승했다.

만약 그 감각이 연애 감정과 이퀄이라면, 나는 분명 미도리를 좋아할 것이다. 그런 게 된다.

하지만 그 현상이라면 이로하, 마시로와 있을 때도 느낀 적이 있다.

그뿐만 아니라 스미레나 오토이 씨 상대로도 느낀 적이 있는 것이다.

이 감각만을 근거로, 연애 감정이라고는 도저히 생각할 수 없다.

연애 제비를 뽑으려고 몰려든 연애에 환장한 커플 관광객들을 떠올렸다.

그 사람들은 어떤 흐름으로 자신의 연애 감정을 자각했고, 연인 관계에 이른 것일까.

모르겠다.

하지만, 모른다는 소리나 할 때가 아냐.

"나는, 누구를 좋아하는 걸까……?"

"쓰레기 같은 발언이네☆"

"내 말이 그 말이야! 쓰레기 같은 소리라는 건 나도 안다고……."

"그냥 확 모든 여자애와 사귀면 되지 않으려나."
"미소녀게임풍 하렘 망상 좀 관둬."

현실적으로 말이 안 된다고. 일본은 일부다처제를 채용하고 있지 않거든.

애초에 나 같은 남자에게, 여러 여자애를 행복하게 해줄 그릇이 있을 리 없잖아.

매사에서 자기 분수를 알아야 해. 내 좌우명은 자기 주제를 알라, 야.

—밤이 되려면 아직 시간이 있다.

온 힘을 다해 고민하고, 생각하며, 뇌를 한계까지 쥐어 짜낸 후…….

미도리와 마주하도록 하자.

연애 동정인 이 재주 없는 녀석이 할 수 있는 거라곤, 그게 전부다.

*

『참고로 키요미즈데라에서 나온 후로, 츠키노모리 양도 어딘가 좀 이상했어.』

『그래…….』

『카게이시 양과 단둘이서 좋은 분위기인 모습을 목격했겠지?』

『아마 그럴 거야…….』

『그런데도 아키에게 따지지 않고 최대한 평소처럼 대하려 한 데서, 다른 뜻이 느껴져서 무서운걸.』

『아니, 그렇지는…….』

『………….』

『………….』

『………….』

『……저기, 무슨 말 좀 해봐. 침묵하니 무섭다고.』

『수라장 수고~(빙긋)』

키요미즈데라를 세운 인물이 누구인지, 알아?

카게이시 미도리

사카노우에 타무라마로.

마시로

딩동댕.

마시로

그럼 그 사카노우에 타무라마로는 어떤 사람이야?

카게이시 미도리

무예와 계략이 뛰어난 인격자이며, 정이대장군에도 임명됐어.

카게이시 미도리

비사문천의 화신으로도 여겨졌어.

마시로

역시 미도리 부장. 즉답&정답이야.

마시로

그래, 비사문천…… 무예를 관장하는 신이야.

마시로

어쩔 수 없을 거야.

마시로

키요미즈데라에서 그런 장면을 목격해버린걸.

마시로

사카노우에 타무라마로에, 비사문천인걸.

마시로

이래서야 싸우라고 신이 말하고 있는 거나 마찬가지야.

카게이시 미도리

츠키노모리 양의 심정은 이해해.

카게이시 미도리

하지만 나도 눈치챘으니까, 이제 와서 물러날 순 없어.

마시로

미도리 부장. 『이야기』 좀 하자.

카게이시 미도리

……좋아. 나는 도망 안 쳐.

카게이시 미도리

시간과 장소는?

마시로

저녁 식사 후, 목욕 시간 전. 호텔 안의 탁구장에서 기다릴게.

카게이시 미도리

알았어.

카게이시 미도리

미안해, 츠키노모리 양.

카게이시 미도리

하지만, 사과는 이걸로 끝이야.

마시로

…………

마시로

오케이.

interlude 막 간 ····· 마시로와 미도리

스미레 선생님이 학생을 위해 필사적으로 수배한 이 호텔은 사람은 빵만으로 살 순 없다는 정신으로 운영하는 건지, 호화로운 식사와 온천뿐만 아니라 다양한 오락 시설까지 갖춰져 있다.

탁구장도 그중 하나다.

저녁 식사 후. 유카타를 갑옷 삼아 걸친 마시로는 한 탁구대 앞에 당당히 서 있었다.

손에 쥔 것은 일본도가 아니라 라켓.

약속 시간까지 5분 남았다.

하지만 숙적은— 미도리 부장은, 이미 이 사투의 무대에 나타났다.

유카타의 소매를 걷고, 말꼬리 같은 머리카락을 휘날리며, 우아하면서도 가련한 발키리가 걸어왔다.

통…… 통…… 탁구공이 라켓의 고무면 위에서 경쾌하게 튀는 소리가 들렸다.

미도리 부장은 능숙하게 탁구공을 컨트롤하면서, 마시로의 맞은편— 적대자의 위치에 자리했다.

"도망치지 않은 건, 칭찬해줄게."

"도망 안 쳐. 제대로 이야기를 나누고 싶은 건, 나도 마찬가지인걸."

"마시로의 마음은 알고 있지?"

어젯밤, 온천에서의 일이다. 아키와의 연인 관계가 거짓이라는 것을 들키고 추궁당했을 때, 마시로는 미도리 부장에서 솔직히 털어놨다.

하지만 그와 동시에, 마시로의 본심도 밝혔다.

관계는 거짓이지만, 아키를 좋아하는 마음은 거짓이 아니다…… 라고 말이다.

"그런데도, 키요미즈데라에서……. 두 사람, 엄청 좋은 분위기였어. 미도리 부장은…… 마시로의 마음을 알면서도, 앞으로 나아가기로 결심했구나."

"몰랐었어."

"뭐?"

"나도 내 마음을 몰랐었어. 오오보시를 어떻게 생각하는지를 말이야. 연애 같은 건 해본 적이 없거든. 뭐가 옳은지, 어쩌면 좋은지도 몰랐었어. 답을 찾을 수 없는 문제에 직면한 게, 몇 년 만인지 모르겠더라니깐."

"……과거형, 이네."

"키요미즈데라에서 오오보시도 미아가 됐다는 말을 들었을 때, 기회라고 생각했어. 한나절 동안 함께 다니다 보면, 내 마음의 정체를 알 수 있을지도 모른다고 생각한 거야.

……그랬더니 말이지? 깜짝 놀랄 정도로 간단히 답을 찾아냈어."

토——옹……. 하며, 탁구공을 한층 더 세게 튕겼다.

"행복했어. 긴장도 했고, 즐겁기도 했고, 놀라기도 했다니깐. 그 외에도 『아아, 그를 좋아하는구나』 하고 느낄 만한 일이 잔뜩 있었어. 하지만 그중에서 가장 확신할 수 있었던 건, 『행복해』란 생각이 한순간 머릿속을 스쳤을 때야."

미도리 부장은 떨어지는 주황색 구체를 손바닥으로 힘차게 받아냈다.

그리고 자세를 낮추며, 서브의 예비 동작을 취했다.

……시작돼.

마시로도 자세를 낮추며, 집중력을 끌어올렸다.

운동은 잘하는 편이 아니다. 하지만, 이대로 물러설 수는 없다.

"츠키노모리 양의 마음은 알아. 하지만, 실제로 사귀는 게 아니라면 조건은 동등해."

탁구공이 또 허공에 떠올랐다. 이번에는 장난삼아 튕긴 게 아니라…….

싸움을, 시작하기 위해서……!

"선택하는 건 오오보시야. 다른 애가 어떻게 생각하든—상관없어!"

힘찬 어조로 그렇게 말하며 날린 서브가 날카로운 궤적을 그리며 탁구대 위를 갈랐다!

혼이 담긴 일격이었다. 그 기세에 놀랐지만…… 마시로의 벽은, 이 정도로는 꿰뚫을 수 없다!

"아키는 미도리 부장은 선택하지 않아. ……아니, 누구도 선택할 수 없어……!"

"…………읏."

마시로는 그대로 받아쳤다.

탁구 경험은 거의 없다. 하지만 발언권을 얻었을 때의 논파력이라면 초일류다. 이래 봬도 프로 소설가인 것이다. 말로 싸운다면, 미도리 부장한테도 지지 않는다.

탁구 테크닉? 그런 건 기세만으로 충분하다.

"아키가 여친을 만들 생각이었다면, 이미 가장 가까운 곳에 있는 이와 맺어졌을 거야. 알게 된 지 반년밖에 안 됐으면서, 대체 뭘 안다는 거야? 마시로가 이제까지 쌓아온 시간에는 절대 이길 수 없어."

"쌓아온 시간과 연애 관계의 성립은 아무 상관없어. 확실히 단순한 접촉 횟수가 많은 쪽이 호감도를 쌓기 쉽겠지만, 가장 감정이 타오르는 타이밍을 놓친다면 뇌는 연애 대상이 아니라고 판정한다는 연구 결과도 있어. 츠키노모리 양이야말로, 소꿉친구로서 긴 세월을 함께 해온 바람에 이제 여자로 여겨지지 않는 걸지도 몰라."

"……읏?!"

랠리 사이에 어마어마한 정보량의 탄환이 날아왔다.

"마시로는 예외야. 중학교 3년 동안 만나지 못했고, 올해 봄에 재회했는걸."

"그럼 나와 만난 시기는 그렇게 차이 나지 않네. 쌓아 올린 시간, 단순 접촉 횟수, 양쪽 다 츠키노모리 양이 앞서겠지만 나도 충분히 싸워볼 만한 범위야."

"뭐……."

날카로운 공격을 받고, 무심코 휘청거렸다. 겨우겨우 라켓을 댄 탁구공은 힘없이 허공을 가르더니, 찬스볼이 되고 말았다.

미도리 부장이 씨익 웃었다.

그 순간, 마시로는 확신했다.

—방금 그거, 일부러 노린 거야.

마시로가 전개한 논리를 강렬하게 부정할 뿐만 아니라, 거기에 직전의 논리에 모순이 생길 수 있는 대답으로 유도하는 함정을 깐 것이다.

자신의 주장을 그저 통과시키기만 하는 게 아니다. 동시에 상대의 논리를 파탄시켜서 궁지에 모는, 빈틈없이 완벽한 오류 유도(미스리드)다.

이, 이게 몬스터 우등생과의 키보드 배틀. 너, 너무 강해……!

"아키는 꿈을 좇고 있어! 꿈을 실현하기 위해서는 연애 금지라는 약속을 지킬 수밖에 없는 거야! 꿈을 이루기 위해

선, 어른과의 계약이 필요해. 그래서 지금은 고백해봤자 절대 성공하지 않고, 아키는 여친을 만들 수가 없는 거야!"

천장에 닿을락 말락 할 정도로 떠오른 탁구공이 내려오기 전에, 숨조차 쉬지 않으며 말을 쏟아냈다.

논리가 아니라, 감정에 따라 토해낸 말이다.

자신이 왜 이렇게 필사적인 건지 알 수 없었다.

혹시, 두려워하고 있는 걸까.

직시하게 되는 것을.

무엇을?

"그건 이상해. 납득할 수 없어."

미도리 부장은 진지한 눈길로 떨어지는 공을 응시하며, 라켓의 그립을 고쳐 쥐었다.

"법률로 정해진 것도 아닌데, 개인의 연애 자유를 빼앗는 룰 설정. 어른이 그런 무책임한 속박을 하고 있다면, 그 어른이야말로 진짜『악』이야."

스매시.

강렬한 타구가 타악! 하고 튕겨나듯 마시로의 진지에 작렬했다.

평소 같으면 받아낼 수 없을 위치다.

하지만 마시로는 힘껏 팔을 뻗으며 몸을 날려서, 겨우겨우 공을 받아냈다.

이렇게 필사적으로 탁구를 하는 이유를 스스로도 알 수

가 없었다. 하지만, 온 힘을 다해야만 한다. 그런 느낌이 들었다.

"멋대로, 지껄이지 마……!"

확실히 정론이다. 하지만, 폭론(暴論)이었다.

마시로는 아키가 《5층 동맹》의 성공에 얼마나 진심인지 누구보다 곁에서 느껴왔다.

불쑥 튀어나온 애가, 아무것도 알지 못하면서 멋대로 떠들어대니 화도 났다.

"자기 연애 감정만 우선하며, 아키가 하고 싶은 일을 무시하는 거야? 진정으로 좋아한다면, 아키의 마음을 헤아려줘야 해. 그렇지 않아?"

말은 아직 잘 나왔다. 괜찮다. 아직 맞설 수 있다.

하지만 무리한 자세에서 날린 타구는 이번에도 힘없이 떠오르기만 했고—.

"만약 오오보시에게도 연애 감정이 있다면 어때?"

"뭐?"

"꿈을 위해 그걸 참는 게, 오오보시에게 있어 진정한 행복일까?"

"그건……."

"나는, 그렇게 생각하지 않아!"

건곤일척. 전심전력. 오늘 들어 가장 강렬한 스매시가 작렬했다.

주황색 탄환이 마시로의 얼굴 옆을 가르며 지나가더니, 등 뒤의 벽에 부딪히며 퍼엉! 하는 소리를 자아냈다.

톡, 톡, 톡……. 탁구공이 바닥 위를 굴러갔다.

미도리 부장은 휘두른 라켓을 손바닥 위에서 돌리더니, 그 끝으로 마시로를 가리켰다.

“연락처를 가르쳐줘. 오오보시를 위법적인 룰로 속박하고 있는, 그『어른』이란 사람의 연락처 말이야.”

“뭐.”

“내가 직접 담판을 짓겠어. 오오보시를 자유롭게 만들 거야. 그러면서 오오보시의 꿈도 이룰 수 있도록, 두 마리 토끼를 다 잡을 수 있도록 교섭하면 돼. —그렇지 않아?!”

“……윽.”

더는, 무리다.

정곡을, 찔리고 말았다.

그래. 이것인가. 직시하고 싶지 않았던 것은…….

공세를 펼치고 있는 것 같지만, 가장 중요한 부분에서 눈을 돌리고 있는 약해 빠진 자신…….

“어떻게 된 거야…… 미도리 부장. 룰을 어기면서까지, 자신의 주장을 관철하려 하다니……. 마치, 사람이 달라진 것 같아…….”

“츠키노모리 양이 나를 어떤 인간이라 생각하는지 모르지만, 나는 원래『룰을 지키며 뭐든 참는 애』가 아냐.”

마시로는 그 말을 듣고 퍼뜩 놀랐다.

성실한 인간. 시간을 지키고, 룰을 지키며, 어른의 말이라면 무조건 따르는 착한 아이—.

만약 그렇다면, 어마어마하게 거대한 모순이 발생한다.

연극부 부장을 맡고 있다— 그 점만으로도, 눈치챘어야 했다.

엄격한 교육자 일족 출신. 스미레 선생님조차도 일러스트레이터 활동을 가족에게 밝히지 못할 만큼 엄격한 가정에서, 공부 이외의 활동에 많은 시간을 할애하는 것이 어째서 허락됐을까?

대학 진학에 도움이 될 가능성이 있는 부활동이라면 모르겠지만, 폐부 직전에 《5층 동맹》이 개입하기 전에는 소꿉놀이 수준이었던 연극부의 활동 같은 게 허락될 리가 없다.

그렇다. 미도리 부장은, 카게이시 미도리라는 몬스터 우등생은…….

자기가 좋아하는 것을 계속하기 위해서, 전과목 만점이라는 압도적인 실적으로 어른들을 두들겨 패서 이해시켜온 진정한 무투파인 것이다.

"룰을 준수하며, 최고의 결과를 추구한다. ……그게 내 신조야!"

—강하다.

최강의 우등생이 사랑에 진심이 되면, 이렇게 강해지는 건가.

자신이 얼마나 물렀는지를 깨닫고 무너진 마시로에게서 돌아선 미도리 부장이 걸음을 옮겼다.

미도리 부장의 뒷모습이, 누군가의 뒷모습을 연상케 했다.

"어째서……."

자신이 보고 만 환영에, 자신이 놀랐다. 그리고 더 깊은 절망에 빠져들었다.

아키를 닮았다.

그렇게, 생각하고 말았다.

목표를 향해 흔들림 없이 나아가며, 억지로라도 자기 뜻을 관철하는 강한 의지.

사회 안에서 순응하면서도 왕도와 사도의 라인 위를 풀 액셀로 달려 나가는 듯한, 억지스러우면서도 논리적인 방식.

만약 미도리 부장이 전력을 다해 어택한다면, 아키는—.

마시로도, 이로하 양도 아닌, 미도리 부장을 덜컥 선택하는 게 아닐까.

그런 생각이, 들고 말았다.

"어쩌면 좋지……."

초조와 불안에 떠는 마시로의 중얼거림은, 아무도 없는 탁구장에 연기처럼 퍼져나간 끝에 사라졌다.

008 제8화 …… 친구 여동생이 나한테만 고백

유리문을 열고 전망 테라스로 나가 보니, 막 목욕한 몸으로 쬐기에 너무 차가운 바람이 불고 있었다.

옥상……은 아니지만, 엘리베이터로 갈 수 있는 곳 중에서는 최상층이다.

100만 달러짜리 야경(츠키노모리 사장에게 배운 옛날 표현)을 감상하는 대가라고 생각하면, 이 강렬한 가을바람도 쬘 만하다는 생각이 들었다. 추락 방지용 칸막이는 야경을 배려해 투명한 소재로 되어 있었다. 관엽식물과 비치 체어, 망원경과 족욕탕. 그야말로 나무랄 데 없는, 우등생 느낌이 물씬 나는 공간이었다.

LIME으로 미리 정해둔 약속 시간이 되려면 아직 10분 남았다. 5분 전에 오면 상대방이 먼저 와있을 것 같아서 일찍 왔는데, 내 감도 아직 녹슬지 않은 것 같았다.

예상대로— 아니, 예상보다 훨씬 더, 이 애는 우등생이었다.

"빨리 왔네. 언제 온 거야?"

"10분 됐어."

"그럼 약속 시간보다 20분 전에 왔네. 두 손 두 발 다 들겠는걸."

"에헴. 나를 얕보지 마. ……오오보시도, 여기 앉아."

미도리는 그렇게 말하면서 자기 옆의 의자를 손으로 두드렸다.

그녀는 족욕탕 앞에 있었다. 의자 옆에 여관 샌들을 가지런히 두고, 맨발을 물에 담그고 있었다.

—이 광경, 어딘가에서 본 적이 있는 것 같네.

등장인물의 실루엣도 포함해서, 왠지 데자뷔가…… 거기까지 생각한 나는 화들짝 놀랐다.

그렇다. 카게이시 마을의 여관에서 스미레와 이야기를 나눴을 때다. 그때는 닥터피시 수조였다는 게 지금과 다르지만, 그래도 구도 자체는 거의 흡사했다.

"카게이시 가문 사람은 유전적으로 족욕을 좋아하는 거야?"

"우리 가족이 어떤지는 모르지만, 나는 딱히 좋아하진 않아. ……하지만 재미있어 보여서, 발을 담가보고 싶어졌어."

호기심 덩어리였다.

"오오보시가 아는 나 이외의 우리 가족이라면, 언니겠네. 언니도 이런 걸 좋아하는구나?"

"그래. 엄청 기분 좋아 보였어."

"에헤헤. 언니와 같구나. 그 말 들으니 좀 기쁘네."

미도리는 발로 살며시 물장구를 치면서 배시시 웃었다.

"오오보시는 언니와 친구 사이야?"

"친구……일까. 그다지 생각해본 적이 없네."

"아무 관계도 아닌 건 아니지? 함께 행동하기도 하잖아."

"그야, 뭐……. 자세한 이야기는 해줄 수 없지만…… 신께 맹세코, 불순한 관계는 아냐. 그것만은 믿어줘."

"일단은 친구라는 관계에 가장 가까운 것 같네. 그럼 나로서도 잘됐어."

"잘됐다니?"

"언니의 친구라면, 오오보시에게 나는 『**친구 여동생**』인 거잖아?"

"그렇게 되겠네……."

머릿속으로 몇 번이나 떠올렸던 개념이지만, 미도리가 직접 저렇게 말하니 묘한 기분이 들었다.

"……어, 잠깐만. 영문을 모르겠거든? 친구 여동생인 게 왜 잘됐다는 거야?"

"언니라는 공통된 소중한 사람을 통해 형성된 관계니까, 앞으로도 잘 이어져갈 거라고 생각하거든. 우리가 사귀게 된다면 언니가 상담 상태가 되어줄 테고, 한쪽만 일방적으로 편들지 않으며 밸런스 좋게 우리를 도와줄 거잖아. 결혼하게 된다면, 상대방의 가족 중에 잘 아는 사람이 적어도 한 명 있는 환경이 유리하다고 생각해. 친척 간의 트러블이 일어날 가능성이 확 줄 거잖아?"

"결혼을 전제로 했어?!"

"게다가 설령 우리가 헤어지더라도, 영원히 관계가 단절되지는 않을 거야."

"…………윽."

마치 토막 지식을 알려주는 듯한 가벼운 어조로…….

미도리는, 그 관계성의 기묘한 점에 발을 들였다.

그래. 그런 거야.

친구 여동생이라는 건…… 설령 나와 그 녀석의 관계가 어찌되든 간에 친구와의 관계가 이어지는 한, 변함없이 친구 여동생으로 있을 수 있다.

그러니 궁극적으로 유리하며—.

절대 단절되지 않을 관계이기에, 착각에 따라 서로의 거리감이 버그가 생길 수 있어서 무섭다.

미도리처럼, 그 관계의 플러스적인 측면만 긍정적으로 받아들인다면 좋겠지만 말이다.

적어도 천성이 부정적인 나는 그럴 수가 없다.

"옆에 앉지 않는구나."

"족욕을 할 기분이 아냐."

"그래."

첨벙첨벙하는 소리를 자아낸 미도리는 수면에 비친 자신의 흐릿한 얼굴을 쳐다보며 말했다.

"오오보시는 머리가 좋으니까, 이미 알고 있지? 내가 뭘 하려는 건지 말이야."

"그래."

"…………."

허벅지 위에 둔 손을 꼭 움켜쥐었다.

미도리가 고개를 숙이고 있어서 표정이 보이지 않지만, 머리카락 사이로 희미하게 드러난 귀가 벌게져 있었다.

그리고…… 고개를, 치켜들었다.

미도리는 물에서 발을 빼고, 발치의 수건으로 젖은 맨발을 닦은 후, 연설자처럼 힘차게 몸을 일으켰다.

"오오보시!! 나는 지금부터, 제 인생에서 가장 어려운 문제를 풀 거예요!"

"……뭐?"

나는 이상한 소리를 냈다. 상상했던 전개와 약간, 아니, 꽤 달랐다.

미도리는 IQ가 뛰어난 학자 같은 포즈를 취하며 이야기를 시작했다.

"내 감정을 M, 일반적으로 연애 감정이라 부르는 상태를 L이라고 하겠어요."

"으, 응."

"L이란 『얼굴을 보면 가슴이 뛴다』, 『같이 있으면 가슴이 콩닥거린다』, 『몸이 닿으면 땀범벅이 된다』를 더하고, 『같이 있으면 즐겁다』, 『상대방에 대해 더 알고 싶다』 그리고 무엇보다 『항상 상대방의 얼굴로 머릿속이 가득 차 있으며, 문득문득 의식하고 만다』—를 전부 어우르고 있어요."

"그, 그래?"

"그리고 M에, 오오보시와 커뮤니케이션을 취했을 때의 숫자를 대입하면 『두근두근』, 『콩닥콩닥』, 『땀범벅』, 『즐겁다』, 『알고 싶다』를 전부 만족시키는 데다, 실은 문득문득 의식하기도 하기에, M=L이 성립해요. 즉, 수학적 귀납법에 따라—."

미도리는 눈을 치켜떴다. 나 또한 등을 꼿꼿이 폈다.

그리고—.

"—저는 당신을 좋아해요!! Q.E.D.!!"

……하고 말했다.

예상대로의 결론을, 예상 밖의 우등생다운 논리(로직)로…….

용기를 쥐어 짜내 과감하게 말하면서도, 역시 미도리는 미도리였다.

미도리는 두려움에 사로잡힌 것처럼 눈을 감았다. 어깨가 떨리고, 목소리가 떨렸다. 하지만 내 얼굴을 살피듯 눈을 뜨더니…….

"오오보시의 증명도, 들려줘."

……하고, 말했다.

이 말을 들을 거라는 건, 예상했다.

뜸을 들이면 들일수록 시간 낭비다. 효율적으로, 합리적으로. 솔직한 대답을 최대한 빨리 전해주는 것이야말로, 나

© tomari

다운 행동일 것이다.

하지만, 그럴 수 없다.

그렇다. 대답하지 않는 게 아니라, 할 수가 없다.

이 상황에서도, 내 머릿속에는 명확한 답이 존재하지 않았다.

"대답하기 전에, 미도리 부장이 가르쳐줬으면 해. 머리가 좋은 너라면, 분명 답을 알고 있을 거라고 생각하거든."

"……좋아. 이미 알몸을 보여준 거나 마찬가지인걸. 어떤 질문을 받더라도 무섭지 않아."

"연애 감정을 가르쳐줘."

"뭐?"

"지금 품고 있는 이 감정이 연애 감정인지, 아닌지를. 내가 누구를 좋아하는지, 아니면 딱히 그런 상대가 없는지, 솔직히 말해 모르겠어. 확신을 품을 수가 없는 거야. 여러 사람에게 쓸데없이 참견했고, 남의 인생에도 개입했어. 나는 좋아해서 그 사람을 도운 걸까? 아니면 연애와는 전혀 다른 감정 때문일까? 남과 마구 얽히면서, 인생을 고속으로 내달리다 보니, 내 감정의 정체를 모르게 된 거야."

오즈, 이로하, 오토이 씨, 스미레, 마시로, 미도리, 사사라…… 트러블이 발생할 때마다 분주하게 뛰어다니며, 문제를 해결했다. 그것은 나에게 있어 당연한 일이라, 자기 자신의 어떤 감정에서 기인한 건지, 생각해본 적도 없다.

하지만 그 안의 어딘가에 연애 감정이란 것이 숨어 있다면…….

구별해낸 끝에, 도달해야만 할 듯한 느낌이 들었다.

츠키노모리 사장과 한 약속이 있지만, 무자각 상태에서 각성하는 것만으로도 눈에 보이는 세상이 달라질 거라고 생각한다.

"좋아. 오오보시가 좋아하는 사람을 가르쳐줄게."

미도리는 여관 샌들을 신은 후, 나에게 다가왔다.

그녀의 손이 볼에 닿았다. 차가운 바람이 부는 실외인데도 불구하고, 따뜻했다. 그녀는 체온이 꽤 높은 것 같았다.

손바닥에서는 따뜻한 온기가 느껴질 뿐만 아니라, 부드러워서 기분 좋았다.

하지만—.

"따끔, 했지?"

"뭐?"

"나한테 고백을 받고, 내가 이렇게 볼을 만져주니……. 죄책감. 나쁜 짓을 하고 있다. 그런 느낌을 받았어?"

정곡을 찔렸다.

미도리는 완벽하게 내 마음을 꿰뚫어 보고 있었다.

"**그 사람**이야. 지금, 이 광경을 보여주고 싶지 않다고 생각한 사람. 지금, 머릿속에 떠오른 얼굴. 그 사람이 바로, 오오보시가 좋아하는 사람인 거야."

"……그래……. 그런, 거구나……."

나와 미도리가 이러는 모습을, 만에 하나라도 보여주고 싶지 않은 상대—.

그 말을 듣고, 내 머릿속에. 내 망막에.

누군가의 얼굴이 어른거렸다.

그리고 그 사람이 내가 좋아하는 이라는 말을 듣자, 거부감을 드러내거나 변명을 할 마음이 들지 않았다. 그저, 그래, 그랬던 거야, 같은 생각이 들며 마음속으로 받아들여졌다.

"……반응을 보니, 나는 아닌가 보네."

"…………미안해."

몇 번을 경험해도, 호의를 거절하는 것에는 익숙해지지 않았다.

입안에서 쓴맛이 돌더니, 저주처럼 온몸의 세포가 좀먹어 들어가는 느낌이 들었다.

정말, 나란 자식은 뭐가 그렇게 잘난 걸까.

좀 고지식하고 붙임성이 없는 편이지만, 미도리는 누구라도 인정하는 미소녀다. 우등생이고, 장래가 촉망되며, 잘못된 길에 접어들 리도 없다. 연인 혹은 결혼 상대로서, 이상적인 여자애라고 생각한다.

나처럼 잘난 구석 하나 없는 평범남 따위는 이렇게 대화를 나누는 것만으로도 감사해야 마땅한 상대를 차다니, 자기 주제를 좀 알라는 소리를 해주고 싶다.

좌우명은 어디 갔어? 자기 주제를 알라고, 인마.

하지만, 무리다.

좋아하는 사람의 얼굴이 확연하게 떠올랐으니, 나는 미도리의 고백을 받아들일 수 없다.

미도리는 한동안 침묵했지만, 곧 양손을 머리 위로 쭉 뻗더니…….

"으음~, 차였네!"

개운한 표정을 지으며 그렇게 말했다.

"미도리 부장…… 정말 미안해."

"무슨 소리를 하는 거야, 오오보시. 처음에 말했지? 나는 친구 여동생이야. 차이더라도 인연이 끊어지기 어려운, 꽤 약아빠진 포지션이거든? 사과하지 않아도 돼. 점괘를 보고 예감은 했었거든. 키요미즈데라에서 했던 거, 기억하지? 나, 결과가 처참했잖아."

"……응. 그래."

"신을 의심하면 안 된다니깐! 점괘가 틀림없다는 게 증명됐어! 아하하."

미도리는 억지로 밝게 행동하려 했다.

그런 모습 하나하나가 내 마음에 비수처럼 꽂혔다.

"미안한 표정 짓지 마. 죄책감 탓에 오오보시가 나를 피한다면, 그게 더 충격일 것 같거든."

"……그래. 이제까지처럼, 변함없이 대할게."

"친구 여동생으로, 말이지. ……욕심 좀 부리자면, 재미있는 잡학 토크를 할 수 있는 친구면 좋겠네. 앞으로도 나를 그런 친구로 여겨준다면, 기쁠 것 같아."

"네가 허락해준다면, 나야말로 바라는 바야."

"좋아. 허락할게! 자, 소등 시간이 다 됐네, 방으로 돌아가야겠어."

성실한 학급 반장 타입의 우등생다운 태도로 그렇게 말한 미도리는 뒤돌아섰다.

이상하다는 생각이 들었다. 사랑 고백을 하던 아까까지의 그녀는 드레스를 입은 이국의 공주님 같은 특별한 존재처럼 보였는데, 지금은 마법이 풀린 신데렐라처럼 평소와 다름없는 카게이시 미도리로 보였다.

"오오보시도 룰을 지키지 않으면 용서 안 할 거야!"

"그래……. 나도, 금방 돌아갈게."

서둘러 안으로 걸어가는 미도리의 뒷모습을 보면서, 나는 하늘을 올려다보았다.

아이러니하게도 달이 참 아름다웠다. 밤하늘에 뻔뻔하게 떠 있는 저 달은, 분명 연인들이 『달이 참 아름답군요』라는 정석적이고 고리타분한 대사로 사랑을 일굴 수 있도록 스탠바이하고 있는 것이리라. 그럴 기회를 못 줘서, 정말 미안해.

하다못해 시간이라도 벌어주기 위해, 앞으로 몇 분 동안이라도 바라봐줘야겠다.

나에게 괜한 부담을 주지 않기 위해, 미도리 부장은 태연한 표정으로 『원래대로』를 연기했다. 그 노력을 헛되이 하지 않기 위해서라도, 이 자리를 벗어날 시간을 그녀에게 조금만 더 주고 싶었다.

정말 미안해, 미도리.

처음 만났던 시절에 비하면, 연기가 참 능숙해졌지만 말이야.

역시 연기력이 굉장한 애를 항상 봐와서 그런지, 나는 눈치채고 말아.

연기의 어색함, 이라는 것을 말이지.

*

『남이 우는 게 싫어?』

『당연하잖아.』

『누군가를 선택한다는 건 그런 거야. 드디어 네 감정을 눈치챈 거지?』

『……그래.』

『각오해두는 편이 좋을 거야. 적어도 한 번은 더, 누군가를 상처 입혀야 하잖아.』

『……알아.』

『그럼, 됐어.』

interlude 막간 …… 미도리

손이 부르르 떨렸다.

환하게 빛나는 스마트폰 안에서는 즐거운 대화가 오가고 있었다.

《칠흑의 연극부원A》 수학여행, 유혹 승려, 종말물, 통각차단의 우로보로스.

《YAMADA》 으음~, 입학 직후, 중학 폭행, 휴학 얏호~~!

《카게이시 미도리》 별 생각 없이 LIME 열어봤는데, 이 흉흉한 대화는 다 뭐야?!

《YAMADA》 아! 미도리 부장이다! 방가방가!

《일반 통과 엑스트라걸》 소등 시간 지나니 너무 심심해서 즉흥 랩 메모 대결 중이에요.

《카게이시 미도리》 너희는 수학여행 와서도 여전하네…….

《칠흑의 연극부원A》 영원불변. 천고불역.

《일반 통과 엑스트라걸》 코히나타 사부의 LIME에서 난리 피우는 건 좀 그래서, 이쪽에서 하는 거예요.

《일반 통과 엑스트라걸》 여기서 떠드는 건 왠지 오래간만이네요.

《카게이시 미도리》 그렇긴 하네.

《YAMADA》 심심해서 예전 채팅 뒤져보니 반가운 거 잔뜩 나옴ㅋㅋ

《칠흑의 연극부원A》 흑역사. 연극부 설립의 근원.

《카게이시 미도리》 어디어디…….

그런 메시지를 입력한 후, 화면을 대충 스크롤해서 과거의 메시지를 살펴봤다.

연극부 활동에 관한 진지한 이야기도 있는가 하면, 부원들 간의 별거 아닌 잡담도 있다.

비율은 얼추 3대7 정도. 물론 진지한 게 3이다.

이 그룹의 멤버와는 1학년 때부터 어울려왔다.

연극부에 입부하니, 당시 3학년 선배들은 다섯 명이나 입부해줘서 기쁘다며 매우 환영해줬다.

다음 날부터, 3학년은 전부 유령 부원이 됐지만 말이다.

아무래도 원래 의욕이 없어서, 부를 유지할 신입생이 들어오면 자신들은 은퇴하려고 결정했던 것 같다. 2학년 부원은 한 명도 없어서, 그 후로 나는 부장으로서 연극부를 이끌게 됐다.

예산과 연습 장소의 확보도 쉽지 않아서, 겨우겨우 기자재와 의상을 준비해 누구에게도 배우지 않으며 독학으로 연극을 해나갔다.

실적이 전무한 부활동에 많은 시간을 할애하는 것에 부모님도 반대했지만, 절대로 성적이 떨어지지 않겠다고 설득했을 뿐만 아니라 명확한 실적으로 증명해줬다.

연애 따위를 할 시간은 없었지만 말이다. 연극부 부원이 다 함께 성장해서, 언젠가 대회에서 이기고 올라가자, 자신들이 봐도 최고라고 생각하는 연극을 만들자— 그런 꿈 같은 목표를 추구하던 하루하루는 참 즐거웠다.

그저 그것만으로 충분했다. 그 외의 행복 따위, 바라지 않았다.

연애 감정—.

신화에서, 그것은 낙원에 떨어진 한 방울의 독이라고 한다. 아담과 이브에게 주어진 그 감정이 왜 금단의 과실로 표현된 것인지, 이제라면 이해된다.

"몰랐으면 좋았을걸……."

무심코 그렇게 중얼거렸다.

연극부 부원들과 꿈을 이루기 위해 나아가기만 했다면, 도중에 발이 얽혀 넘어지는 일이 있더라도 즐겁게 하루하루를 보낼 수 있었을 것이다.

이 LIME 그룹의 대화가 영원히 이어지는 세상이, 펼쳐졌을 텐데…….

……오오보시도, 각오해두는 게 좋을걸?

연극부와 《5층 동맹》은 약간 닮은 구석이 있다. 물론 《5

층 동맹》 사람들의 재능은 우리와 비교하는 것 자체가 주제 넘을 정도로 엄청나다. 하지만 마음속 깊은 부분에는 흡사 한 면이 있다.

오늘. 그때. 그 순간. 오오보시도 연애의 저주에 걸렸을 게 틀림없다.

《5층 동맹》의 목표 달성을 위해서만 힘쓴다면, 그것만으로도 행복할 것이다.

그 이외의 길도, 발견하고 말았다.

오오보시는 언젠가, 나와 같은 꼴을 겪고 말리라.

《YAMADA》 미도리 부장의 영압이…… 사라졌어……?

《칠흑의 연극부원A》 심야 심연, 수면 유혹.

《일반 통과 엑스트라걸》 괜찮아요?

—왜 이 타이밍일까?

오오보시 앞에서는 참을 수 있었다. 호텔의 공용 화장실 개인 칸에 틀어박혀서도 참을 수 있었다.

하지만 연극부 부원들의 메시지를 읽은 순간—.

"읏, 으흑…… 아아……."

참고 있던 눈물이 터져 나왔다.

코자이 고교의 학생들이 하나같이 착한 아이라서 다행이다.

소등 시간 이후에 방에서 나오는 애가 없으니까, 지금 화

© tomari

장실에 들어오는 애는 한 명도 없다.

내 울음소리를 들을 사람은 없다.

나쁜 아이가 나 뿐이라, 다행이다.

띠링, 띠링♪ 하며 착신음이 이어지면서 부원들이 걱정스러운 메시지가 차례차례 올라오고 있는 LIME 화면이, 커다란 눈물방울에 젖어 들었다. 친구의 온기에 매달리듯 스마트폰을 움켜쥔 나는, 시간 가는 것을 잊은 채 엉엉 울었다.

epilgue1 ······ 에 필 로 그 1······ 이로하와 스승

"와버렸어……."

신칸센을 내리고 전면 유리 벽으로 된 역사 빌딩을 배경 삼아서 선 나, 코히나타 이로하는 부르르 떨었다.

연예인 느낌 물씬 나는 선글라스! 센스 있는 사복! 몇 박이나 할 셈이냐는 딴죽을 받아도 이상하지 않을 커다란 슈트케이스! 들뜬 관광객으로 보이는 이 미소녀는 누구지? 네, 바로 저예요!

익숙하지 않은 토지에 홀로 온 것만으로도 긴장되는데, 곧 만날 사람은 대배우다. 게다가 영화 촬영까지 견학할 수 있다고 생각하니, 심장이 오버킬 당할 것만 같아!

평일 한복판에 학교의 출석기록에 구멍을 내면서까지 여행을 오다니, 내가 생각해도 참 대담한 짓을 하고 말았다.

이건 전부 무책임하게 내 등을 떠민 사사라 탓이다. 혹시 귀찮아서 내쫓은 거 아냐?

돌아가면 백배는 치근덕거려야지. 각오 단단히 해두란 말이야! 흥!

"그건 그렇고, 의외로 평범한 도회지네."

교토하면 오래된 시대극 같은 마을이라 길가는 여성은 일본식 기녀 스타일일 거란 편견을 가지고 있었는데, 우리 동네와 그렇게 큰 차이가 없는 것 같았다. 선배들이 있는 관광 명소라면 좀 분위기가 다른 걸까?

"또 선배를 떠올렸네. 나도 문제야. 기대해봤자 소용없는데……."

선배를 만나고 싶어서 온 건 아닌데, 이렇게 의식해버릴 줄이야.

나, 진짜 선배한테 완전 빠졌다니깐.

교토는 넓은 지역이다. 우연히 마주칠 확률은 선배에게 지금 바로 여친이 생길 확률과 비슷할 것이다. ……앗, 거의 제로란 의미니까 잘 부탁드려요.

……제로, 맞죠?

마시로 선배의 맹렬한 어필에 넘어가거나, 여행 출발 전에는 두각을 보이지 않던 다크호스가 느닷없이 나타나서 마구 히로인 행세를 하며 선배의 마음을 슈팅☆하거나 한 건 아니죠?

윽, 하아아아아아, 정말! 연애 뇌야, 썩 꺼져라아아아~!

내가 머리를 때리면서 뇌를 핑크색으로 물들이는 불안을 쫓아내고 있을 때—.

"어, 어이, 저기 좀 봐……. 엄청난 미녀야……."

"멋져…… 눈을 못 떼겠네. 연예인일까?"

주위가 술렁거리는 느낌이 감돌았다.

학교에서 나에게 쏟아지는 시선과 같아! 뇌가 반사적으로 반응하자, 등이 자연스럽게 쭉 펴졌다.

연예인 같은 모습. 엄청난 미녀. 지금 이 자리에서는 바로 나일 게 틀림없어!

나처럼 연예인 같은 복장을 한 수상한 애는 흔치 않을 테니 말이야!

남들이 쳐다보고 있다면, 기대 받고 있다면, 거기에 부응할 수 있는 내가 되자.

신념 같은 게 아니라 이제까지의 인생에서 자연스럽게 익히게 된, 코히나타 이로하란 동물의 습성 같은 것이다.

"……어라? 하지만 좀 이상한데……."

미녀, 라는 표현이 기묘했다.

미소녀라 불리는 일은 많지만, 미녀라 불린 경험은 거의 없다.

아름답다기보다 귀여운 느낌의 청초한 여고생을 칭송할 때, 미녀라고 하는 걸까?

그런 내 의문은 곧 해소됐다.

길을 가는 사람들의 시선은 내가 아니라 다른 사람을 향하고 있었다.

"안녕주르, 이로하 양. 오래간만의 해후. 잘 지냈, 나요?"

기품있게 손을 흔들면서 어른의 색기도 흩뿌리고 있는, 우아한 걸음걸이로 다가오고 있는 끝내주는 몸매의 **미녀**.

은색 장발을 휘날리는 모습에서, 붙은 별명이 바로 《백은의 여신》!(인터넷으로 조사했다)

마시로 선배의 어머니이자, 내 스승이 될지도 모르는 여성—츠키노모리 미즈키 씨다.

평범한 지면이 마치 레드카펫이라도 깔린 것이 아닐까 하는 착각이 들게 할 만큼, 미즈키 씨는 당당한 걸음걸이로 다가오고 있었다.

이 근처를 돌아다니는 일본인이 브로드웨이에서 활약하는 여배우의 얼굴을 알 리가 없지만…….

그저 존재하는 것만으로도 범상치 않다는 분위기를 풍기며 주목을 모으는, 압도적인 존재감.

—진정한 대배우.

"이렇게, 다시 보니…… 미즈키 씨는 참 거대한 존재 같아 보여요."

"후후. 걱정 불필요. 할 필요 없어요. 이로하 양, 그 사람의 딸. 포텐셜은 무한. 얼마든지 지녔어요."

"엄마 말인가요……?"

이 상황에서 왜 엄마가 언급되는 걸까.

그러고 보니 엄마가 출장을 가서 집을 비운 틈에 학교를 빼먹었는데, 어떻게 둘러댈까. 결석만 한 거라면 몰라도 영화 촬영에 동행했다는 걸 들키면 분명 화낼 테고, 슬퍼할 거야. ……너무 그런 생각은 말자. 응, 적어도 지금은 말이야.

하지만 미즈키 씨가 이 타이밍에 엄마를 언급했다는 건…….

혹시, 엄마도 옛날에 연기자였던 건…….

"네. 저, 그 사람에게 못 이겨요. 바스트 사이즈. G의 혈족. 만만치 않아요."

"가슴 크기 이야기냐~!"

"어? 틀렸, 나요. 제 가슴을 쳐다보며 말, 했잖아요."

"눈높이 탓에 자연스럽게 가슴으로 눈길이 향했을 뿐이에요! ……하아……."

무심코 딴죽과 함께 한숨을 내쉬었다. 왠지 김샌 기분이다.

"—이로하 양."

"어. 아, 네."

상냥한 눈길로 내 머리를 쓰다듬어준 미즈키 씨는 의미심장한 미소를 머금었다.

그 미소의 이면에 어떤 감정이 숨겨져 있는지는 모르겠지만…….

나는 그게, 참 믿음직했다.

"가죠. 당신에게 『세계』를 보여, 줄게요."

"네. 잘 부탁드려요……!"

뒤돌아선 미즈키 씨가 당당히 걸음을 옮기자, 나는 종종 걸음으로 쫓아갔다.

힐끔 쳐다본 내 발치에는 레드카펫이 깔려 있지 않지만…….

이 사람을 뒤따라가다 보면, 분명 뭔가를 깨달을 수 있을지도 모른다.

마시로 선배도, 스미레 쌤도, 성장하며 진화하고 있다.

『검은 새끼 염소가 우는 밤에』를 더욱 발전시키기 위해, 선배와 오빠도 시행착오를 거듭하며 지금도 성장하려 하고 있다.

그럼 나도, 같은 자리에서 안주하며 어리광만 부릴 수는 없다.

—선배, 기다려주세요.

저는 저 나름의 방법으로 성장해서, 반드시 《5층 동맹》에 공헌할게요!

epilgue2 ······ 에필로그 2······ 사장 정례회의

『흠, 별일도 다 있구나. 설마 네가 나에게 전화를 다 주다니 말이야. ―마시로.』

"별일 아냐."

『지금은 수학여행 중이지 않니? 혹시 아빠의 사랑이 그리워졌다거나 말이야.』

"끊을게."

『이야, 기다려주렴. 사랑하는 마이 스위트 도터. 자기가 연락해놓고 이렇게 매몰찬 태도를 보이는 건 좀 그렇지 않니?』

심야. 수학여행 숙박지인 호텔. 자판기와 재떨이가 놓여 있는 휴게소에서, 마시로가 스마트폰과 마주하고 있다. 소등 시간이 지나고, 선생님들의 순찰도 끝난 후의 복도에는 인기척이 전혀 없었다. 아마 이런 시간에 깨어 있는 나쁜 애는 마시로뿐일 것이다.

스마트폰에 연결된 이어폰에서 흘러나온 건, 기억 속에 똑똑히 새겨져 있는 짜증나는 목소리다.

아버지인 츠키노모리 마코토다.

……아니다. 이제부터 할 일을 떠올려라, 마시로.

아버지가 아니라, 츠키노모리 사장.

그렇게 인식을 바꿔야만 한다.

마시로는 크게 숨을 들이마시며 머릿속을 깨끗하게 정리한 후, 이어폰 마이크를 향해 준비해둔 생각을 말했다.

"아빠— 아니, 츠키노모리 사장님에게, 부탁이 있어."

『……호오. 사장으로서의 나에게, 말이구나. 좋아. 말해보렴.』

"아키와 헤어지고 싶어."

『뭐……?』

츠키노모리 사장은 마시로의 제안을 듣고 당황했다.

연애 경험이 풍부한 이 사람이라면, 마시로의 진짜 마음을 알고 있을 것이다. 그렇기에, 그와 헤어지고 싶다는 마시로의 말이 믿기지 않는 것이리라.

『아키테루 군과 싸우기라도 했니? 아니면 그가 사고라도 친 거야?』

"아냐. 그런 게 아냐. 마시로는 이제, 괜찮아. 아키가 지켜주지 않더라도, 혼자 싸울 수 있어. ……괴롭힘을 당하고, 풀이 죽어 틀어박혀 지내기만 하던 마시로는 이제 없어."

『그러니 가짜 연인 관계를 끝내고 싶다는 거니?』

"응. 이제부터는 평범한 클래스메이트이자, 사촌. 그걸로 충분해."

『…………………………………………….』

츠키노모리 사장은 아무 말도 하지 않았다. 말은 하지 않지만, 감정은 느껴졌다.

이어폰을 통해, 침묵에 잠긴 상대방이 숨을 삼키는 소리가 희미하게 들려왔다.

『…………안 돼.』

“왜야?”

『트라우마라는 건 사소한 계기로 되살아나는 법이지. 지금은 아무 일도 없으니 진정되었을 뿐일지도 몰라. 마시로 나는 말이지. 사업에서는 이판사판의 도박을 하는 걸 좋아해. 흑자가 되면 좋고, 적자가 나도 내 뜻대로 되지 않은 미지의 영역이 존재한다는 사실에 가슴이 뛰지. 대히트로 이끈다면 절정의 행복을 맛본단다.』

흥분 어린 빠른 어조로 이야기하는 그 내용은 향락에 휘둘리는 못난 어른과 종이 한 장 차이란 느낌이 들었다. 매료된 것은 회사 경영이냐, 경마 혹은 파친코냐의 차이가 있을 뿐이다.

그런 너무한 소리를 늘어놓은 츠키노모리 사장이 갑자기 목소리 톤을 낮췄다.

『하지만— 딸의 인생을 가지고 도박을 하는 취미는 없어.』

“알아. 어떤 마음으로 마시로를 전학시킨 건지도, 걱정해주는 것도 말이야. 하지만—.”

미도리 부장이 보여준 강한 마음을 떠올렸다.

진정으로 아키를 생각한다면, 아키를 좋아한다면…….

부모 정도는 설득할 수 있어야 하지 않을까?

“이제, 예전의 마시로가 아냐. 수학여행을 와서 똑똑히 깨달았어.”

『마시로…….』

“예전 학교에서 마시로를 괴롭히던 애들과 비슷한 애도 있어. 분위기 전혀 살피지 않으며, 자기만 즐거우면 됐다는 생각으로 마시로를 놀리는 애도 말이야. ……예전 같았으면 절대로 못 견뎌서, 도망치고 말았을 거야.”

『맞아. 그래서 나는 아키테루 군을 네 곁에 두려고―.』

“하지만 그건 마시로가 약해서야. 지금이라면, 그 애들과도 눈을 쳐다보며 이야기를 나눌 수 있어.”

『……백보 양보해서 그 이야기가 사실이라고 치자꾸나. 하지만, 아키테루 군과 형식상 사귀고 있는 걸 유지해도 괜찮지 않니?』

“마시로와의 관계 탓에, 아키는 자유로운 연애를 못 해. 그 속박에서 해방시켜주고 싶어.”

『그래. 아키테루 군과 진짜 연인 사이가 되고 싶어서, 이런 말도 안 되는 소리를 하는 거구나.』

“그것만이 아냐.”

『……그럼, 어째서니?』

어째서? 라고 물어도, 남을 이해시킬 만한 논리적인 이유는 없다.

마시로가, 그래야 한다고 생각했을 뿐이다.

가짜 연인 관계 같은 지위에 얽매여 있어선 안 된다는 것을, 미도리 부장의 눈을 보고 생각했다.

이로하만으로도 강적인데…….

아키의 주위에 있는 여자애들은 하나같이 우수하다.

거짓된 안전지대에 안주하며 가짜 행복을 즐기고만 있어선, 절대 이길 수 없다.

……아까, 미도리 부장이 화장실에서 우는 소리를 듣고 말았다. 츠키노모리 사장에게 전화할 장소를 찾으려고 돌아다니던 도중에, 우연히 말이다.

분명 아키에게 고백을 했다가, 거절당했을 것이다.

그 정도의 각오와 강한 의지를 품고 고백을 한 미도리 부장을, 가짜 여친이라는 달콤한 지위를 유지한 상태에서는 친구로서 다시 만날 자신이 없다.

다음에 가슴을 펴고 미도리 부장과 얼굴을 마주하기 위해서라도, 이것은…….

"마시로 나름대로, 결판을 내려는 것뿐이야."

『흐음. ……결의는 굳은 것 같구나. 하아, 누구를 닮은 건지 우리 딸은 참 완고하다니깐.』

츠키노모리 사장은 어처구니 없다는 듯이 한숨을 내쉬었다.

『하지만 마시로는 착각하고 있는 것 같구나. 이 연인 관계는 아키테루 군과 맺은 계약이야. 《5층 동맹》이 통째로 허니플레에 들어올 수 있도록 편의를 봐주기로 한 거지. ……《5층 동맹》은 대체 나에게 어떤 이익을 줄 수 있지?』

왔다.

당연히 이 질문을 받을 거라 예상했다.

아키는 대단해. 진짜 일류 기업 사장과, 대등한 거래를 해 왔구나.

이로하 양, OZ, 무라사키 시키부 선생님 — 동료들을 위해 이렇게 영혼이 갈려 나갔던 거야.

—이번에는, 마시로의 차례야.

“마키가이 나마코의 대표작, 『백설 공주의 복수 교실』을 줄게.”

마시로는, 준비해뒀던 조건을 제시했다.

『뭐……?!』

“허니플레를 주관사로 애니화와 게임화를 진행하자고, 카나리아 씨에게 말하겠어.”

일류기업에 대한 불손한 태도라고 여길까?

하지만 마시로는 그러고도 남을 『힘』을 지니고 있다.

마키가이 나마코.

3년 전에 UZA문고 신인상에서 대상을 수상, 수상작이 시리즈 누계 300만부를 넘는 대히트작이 되며 화려한 데뷔를 한 초대형 신인 라이트노벨 작가.

해산물에 대한 깊은 조예와 야유 섞인 문장, 상식과 동조 압력을 비틀어 없는 듯한 통쾌한 작풍과 주인공 조형이 평가되고 있으며, 이런 성공을 거뒀는데도 만화나 애니 및 실사 같은 미디어믹스에는 전혀 흥미 없다는 듯이 거절해오고 있다—.

하지만 지금도 히트할 수 있다고 여기며 교섭해오는 기업은 많다.

"마시로는 알아. 미디어믹스도 하지 않고 단기간에 이만큼이나 팔린 원작은 거의 없어. 대제국서점의 『검기 접속』이나 『은둔 니트 판타지아』에 필적하는 인기를 얻을 수 있도록 성장할 가능성이 있다며? 이 두 작품은 게임 업계에서도 존재감이 상당해."

『그건 과대평가야. 우리의 경쟁사— 보우다이 게임즈의 주가가 단숨에 상승하며 주주들이 기뻐하는 정도지.』

"응. 그래서 투자가들 사이에서는 『백설 공주의 복수 교실』의 미디어믹스에 어디가 관여하느냐에 매우 주목하고 있어."

『…………』

"허니플레도 IP 획득을 위해 교섭하고 있지? 카나리아 씨와도 몇 번이나 만나서 이야기를 나누지 않았어?"

『……일전에도 그녀의 별장까지 찾아가서 부탁했지. 거절당했지만 말이야.』

"너무 노출되어서 유명해지는 게 무서웠어. 그래서 UZA문고와 다른 어른들이 마시로의 작품을 원하는 걸 알면서도, 계속 도망친 거야. 하지만…… 이제, 도망치는 건 관뒀어."

『……어른을 얕보면 곤란해, 마시로. 미디어믹스는 너에게도 이익이 되지. 그 시점에서 조건은 대등해. 거기에 추가로 《5층 동맹》을 우대해줄 의리는 없다고 생각하는데 말이야.』

"아, 그래? 그런 식으로 나오는구나. 하지만 그래봤자 소용없어, 츠키노모리 사장님. —이미 외통수거든."

『뭐?』

"마시로는 말이지? 텐치도 사장의 연락처를 가지고 있어. 이 말의 의미, 알지?"

『설마, 협박하는 거니?!』

그 반응을 접한 마시로는 이 비장의 카드가 지닌 위력을 확신했다. 여러모로 조사해본 후에 교섭에 임하길 잘했다. 상대의 약점, 욕망, 처한 환경…… 온갖 지식과 정보를 가지고 있기만 해도, 이렇게 이야기를 유리하게 풀어나갈 수 있다. 이것은 미도리 부장과 언쟁을 하며 배운 것이다.

허니플레와 텐치도는 동서를 대표하는 엔터테인먼트 기업의 쌍두마차다. 어느 한쪽으로 저울이 기울지 않으며, 항상 절묘한 파워 밸런스를 유지하며 절차탁마하고 있다.

하지만 그것은 학생들이 시험 점수를 경쟁하는 듯한, 그런 유치한 매상 비교 배틀 같은 게 결코 아니다. 더욱 절실한 문제를 배경으로 삼으며 벌이는 경쟁이다.

아키가 말했다. 요즘 들어 세계적으로 인기를 콘솔 게임이 늘고 있다고 말이다.

그런 한편으로 요구되는 작품의 수준 및 예산 규모가 해가 갈수록 상승하고 있으며, 웬만한 작품은 인기를 끌지 못하고 있다.

그럼 그런 환경에 처한 업계에서는 무슨 일이 일어나고 있을까?

―바로 우수한 인재의 획득 경쟁이다.

압도적인 매상을 자랑하며 넘버원을 유지하기 위해서는 우수한 인재를 모을 필요가 있다. 누구나 고액의 보수를 받으면서, 수많은 이가 즐겨주는 게임을 개발하는 장래성 있는 회사에서 일하고 싶어 할 것이다.

"강력한 IP의 획득 경쟁에 져서 텐치도에게 마키가이 나마코를 빼앗긴다면, 파워 밸런스가 무너질 가능성이 있지? ……그래도 괜찮다면, 마시로는 상관없어."

『일개 작품 하나가 그 정도의 영향력을 지녔을 거라고 생각하니?』

"허니플레의 명맥이 끊길 정도는 아닐 거라고 생각해. 하지만 무시하며 넘어갈 수 있을 만큼 작은 상처일까? 별것 아닌 의사 결정을 한 번 실수한 탓에 망한 회사는 어마어마하게 많다고 생각하거든? 사장으로서 탐내던 콘텐츠를 최대 라이벌에게 빼앗긴다― 그것을 소소한 일 정도로 여긴다면,

마시로의 제안을 거절해도 돼."

『……하아. 예술가 기질의 작가인 줄 알았더니, 실은 장사꾼이었구나. 정말, 누굴 닮은 건지…….』

전화 너머라 보이지 않지만, 우아하게 기른 수염을 손가락으로 만지작거리며 생각에 잠기는 모습이 쉬이 상상할 수 있었다.

그 후로 한동안 침묵이 이어지더니, 츠키노모리 사장은 깊은 한숨을 내쉰 후에 이렇게 말했다.

『항복이야, 마시로. 내가 졌어. 《5층 동맹》과 맺은 계약의 조건 변경— 받아 주마.』

*

"하아…… 하아…… 해냈어……. 해낸 거야……!"

아버지와의 통화를 마친 후, 마시로는 벤치에 앉으면서 작은 목소리로 승리의 환호성을 질렀다.

마키가이 나마코가 지닌 비장의 패를 이용해서, 타인이 자신의 억지를 받아들이게 만든 것은 이번이 처음이다. 올바른 행동이 아니라는 것은 알고 있다. 하지만 바라는 결과를 이뤄내기 위해, 자신이 지닌 무기를 전부 쓰며 전력을 다하는 건 나쁜 짓이 아니다.

가짜 연인 관계도 해소되면서, 조건은 완전히 공평해졌다.

아키를 속박하는 계약도 사라졌으니, 운명은 믿기지 않을 만큼 빠른 속도로 굴러갈 것이다.

그러니 마시로는 이로하 양이 없는 수학여행 동안에 아키의 마음을 차지하고 말 생각이다.

“내일은 사흘째. 조원과 같이 다니지 않아도 되는, 완전한 자유행동 날이야.”

막 통화를 마쳐서 열기를 머금고 있는 스마트폰을 다시 거머쥔 마시로는 LIME 화면을 켰다.

LIME에 표시된 상대방의 이름은 아마치 오토하.

“여보세요. 오토하 씨인가요? 저기, 이전에 제안해주셨던 텐치도 오피스 견학 말인데요—.”

아키의 마음을 마시로에게 향하기 하기 위해서라면, 허니 플레든 텐치도든 전부 이용해주겠다.

“내일, 아키와 함께 갈게요.”

■작가 후기

전국의 독자 여러분, 항상『친구 여동생이 나한테만 짜증나게 군다』, 줄여서『동생짜증』를 읽어주셔서 감사합니다. 작가인 미카와 고스트입니다. 이번에는 이로하가 없는 지옥의 수학여행편이었습니다만, 재미있게 읽으셨는지요?

이 책이 출판된 2021년 현재, 중고생 독자 여러분 중에는 코로나의 영향으로 수학여행을 못 가거나, 혹은 원래 가기로 했던 장소에서 변경된 분도 있을 거라고 생각합니다. 그런 상황을 고려……한 건 아닙니다만, 제8권에서는 마치 등장인물들의 수학여행에 동행한 것 같은 유사 체험을 할 수 있도록 교토 관광지를 가능한 한 세밀하게 묘사했습니다.

교실에서 보여주지 않는 그 애의 러프한 모습을 보거나, 동경하는 그 애와 비일상 속의 시간을 공유하는 거죠. 인생에 단 한 번뿐인 잊을 수 없는 추억이 된다— 그것이야말로 수학여행의 진수라고 할 수 있을 겁니다. 뭐, 저는 남자 고등학교에 다닌 탓에 그런 경험을 못 했지만요. 하하하.

아무튼 웃음과 눈물, 두근거림, 그리고 미도리가 있는 이 기절초풍할 짜증꽁냥 수학여행을 즐겨주십시오. 이런 수학여행을 저도 하고 싶었습니다. ……딱히 우는 건 아닙니다.

감사의 말씀을 드릴까 합니다.

일러스트를 담당해주신 토마리 선생님. 항상 최고의 일러스트를 그려주셔서 감사합니다! 귀엽고 존재감 넘치는 멋진 캐릭터들입니다. 새로운 일러스트를 제 두 눈으로 보는 것을 항상 고대하고 있습니다. 앞으로도 잘 부탁드립니다!

코미컬라이즈판을 담당하고 계신 만화가, 히라오카 히라 선생님. 코믹스에서도 미도리와 오토이 씨 같은 멤버가 등장하기 시작하면서, 이야기가 더욱 재미있어지고 있습니다. 미도리는 제가 머릿속으로 상상한 대로 IQ가 바닥(?)이라서 정말 끝내줬습니다. 원작 독자분 중에서 아직 코미컬라이즈는 안 보신 분은 꼭 읽어봐 주십시오. 최고입니다.

그리고 담당 편집자이신 누루 씨, GA문고 편집부 및 관계자 여러분, 항상 마감 직전에 원고를 완성해 죄송합니다. 농땡이를 피운 건 아닙니다. 그저 고품질의 원고에는 고품질의 오락이 깃든다는 말(방금 만들었습니다)에 따라, 더 좋은 작품을 만들기 위해 하루하루를 열심히 살았을 뿐입니다. 변명하지 말라고요? 네, 죄송합니다.(순진)

그리고 마지막으로 독자 여러분! 8권까지 읽어주셔서 정말 감사하기 그지없습니다. 텔레비전 애니메이션 방영을 앞두고 더욱 화제를 모으고 있는 이 시리즈를, 앞으로도 계속 응원해주시면 감사하겠습니다.

—그럼, 미카와 고스트였습니다!

■역자 후기

안녕하십니까. 근로청년 번역가 이승원입니다.

『친구 여동생이 나한테만 짜증나게 군다』 8권을 구매해주셔서 진심으로 감사드립니다.

벌써 2023년도 1/3이 지났습니다. 독자 여러분께서는 어떻게 보내고 계시는지요.

이제 마스크에서도 좀 자유로워져서, 가볍게 여행이라도 떠나고 싶어집니다.

이제까지 한 번도 안 가본 곳에 가면 어떨까 싶어 추진해볼까도 했습니다.

하지만…… 역시 바빠서 여의치가 않네요, AHAHA.

옛날에 알바 인생(^^) 시절에 일자리 찾아 전국 유람 느낌으로 돌아다녔습니다만, 당시에 일만 하고 관광을 못 했던 지역을 언젠가는 해보고 싶습니다!

그럼 『친구 여동생이 나한테만 짜증나게 군다』 8권에 관해 이야기를 좀 해볼까 합니다.

스포일러가 포함되어 있을 수도 있으니 본편을 안 읽으신 분은 유의해주시길!

지옥의 수학여행편!

네, 지옥의 수학여행편입니다.

우리의 친구 여동생, 이로하는 1학년이니 수학여행에 같이 못 갑니다. 그러니 등장 분량이 적을 거라 예상했습니다.

하지만…… 또 다른 친구 여동생이 두각을 보입니다. 카게이시 미도리. 무라사키 시키부 선생님의 동생이니 아키에게 있어선 이쪽도 친구 여동생이죠! 암요!

……아무튼, NEW 친구 여동생과 함께 수학여행을 간 아키와 유쾌한 친구들의 이야기가 이번 권에서 그려지고 있습니다.

그 안에서는 여러 캐릭터의 새로운 일면이 그려집니다. 아키와 오즈의 과거, 자신의 마음을 깨달은 미도리, 그리고 자신이 안고 있는 모순을 깨달은 마시로……. 수학여행을 온 그들은 여행 자체를 즐길 뿐만 아니라, 이 여행을 통해 한 걸음 더 앞으로 나아가려 합니다. 그런 학생들의 풋풋하면서도 진지한 모습을 독자 여러분께서도 재미있게 즐기셨기를 빕니다!

그럼 이만 줄이겠습니다.

항상 재미있는 작품을 맡겨주시는 L노벨 편집부 여러분에게 진심으로 감사 드립니다. 앞으로도 잘 부탁드립니다!

호우 특보 날에 놀러 온 악우여. 얼굴 본 건 좋은데, 꼭 이렇게 비를 몰고 와야 했냐. 나야 뭐, 네가 와서 밭과 화단의 침수 공사 도와줘서 좋았다만……. 인간적으로 라면만 먹여서 보낸 건 나도 좀 미안하다 싶어. 다음에 오면 밭에서 상추 좀 따서 고기 먹여줄게.^^

마지막으로 언제나 제게 버팀목이 되어주시는 어머니와 『친구 여동생이 나한테만 짜증나게 군다』를 읽어주신 모든 분께 진심으로 감사드립니다.

최종 보스 강림(?)과 히로인 난입(^^)이 펼쳐질 9권 역자 후기 코너에서 다시 뵙겠습니다!

2023년 5월 초

역자 이승원 올림

친구 여동생이 나에게만 짜증나게 군다 8

초판 1쇄 발행 2023년 6월 10일

지은이_ mikawaghost
일러스트_ tomari
옮긴이_ 이승원

발행인_ 최원영
편집장_ 김승신
편집진행_ 권세라 · 최혁수 · 김경민 · 최정민
편집디자인_ 양우연
관리 · 영업_ 김민원

펴낸곳_ (주)디앤씨미디어
등록_ 2002년 4월 25일 제20-260호
주소_ 서울시 구로구 디지털로 26길 111 JnK디지털타워 503호
전화_ 02-333-2513(대표)
팩시밀리_ 02-333-2514
이메일_ lnovellove@naver.com
L노벨 공식 카페_ http://cafe.naver.com/lnovel11

ISBN 979-11-278-6879-6 04830
ISBN 979-11-278-5641-0 (세트)

값 8,500원